U0025521

有川 浩
Hiro Arikawa

Illustration
徒花スクモ
Sukumo Adabana

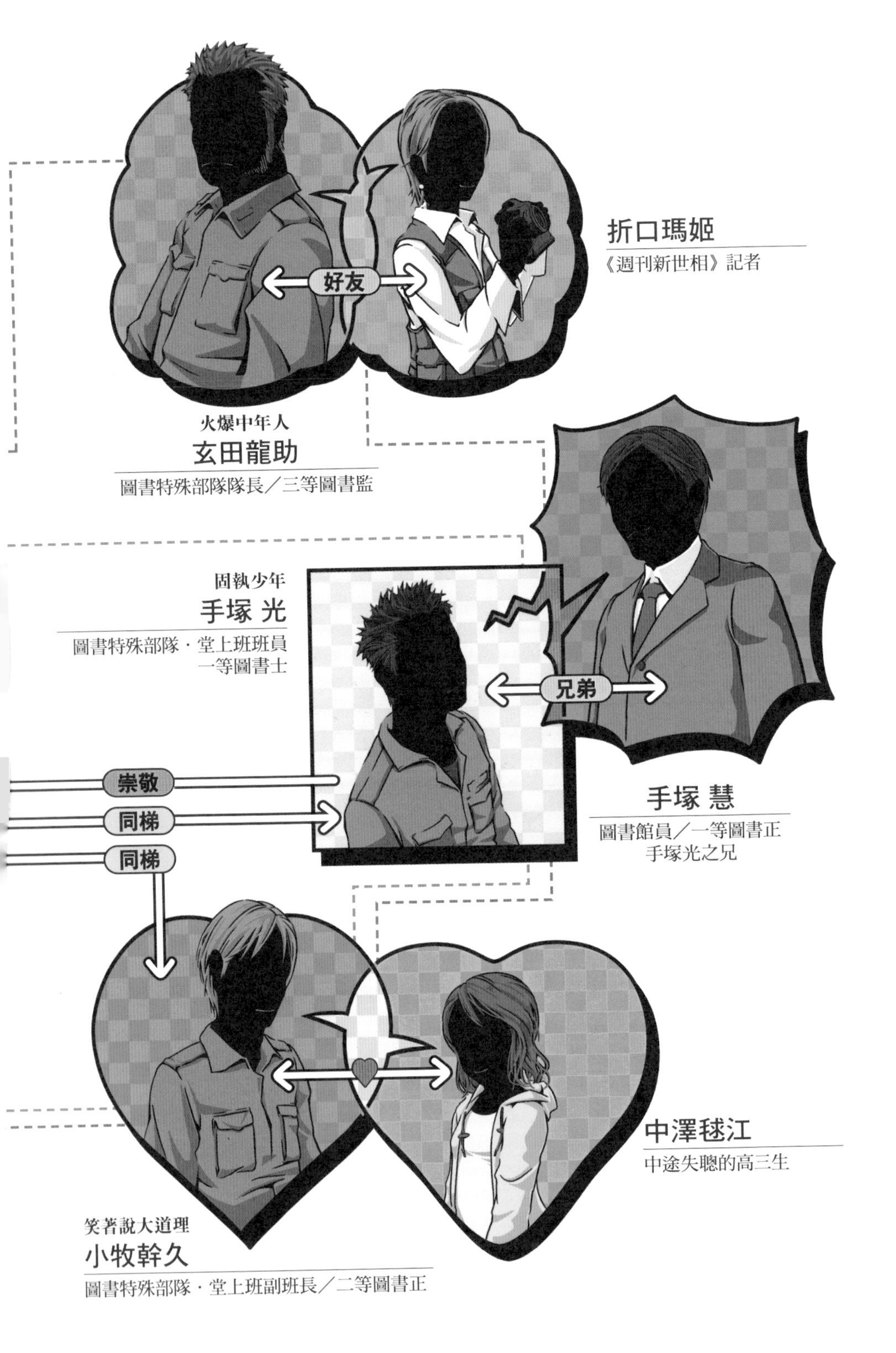
折口瑪姬
《週刊新世相》記者
好友
火爆中年人
玄田龍助
圖書特殊部隊隊長／三等圖書監
固執少年
手塚 光
圖書特殊部隊・堂上班班員
一等圖書士
兄弟
手塚 慧
圖書館員／一等圖書正
手塚光之兄
崇敬
同梯
同梯
中澤毬江
中途失聰的高三生
笑著說大道理
小牧幹久
圖書特殊部隊・堂上班副班長／二等圖書正

登場人物介紹

圖書隊

稻嶺和市

關東圖書基地司令
特等圖書監

Library Taskforce
圖書特殊部隊

堂上班

熱血笨蛋
笠原郁

圖書特殊部隊
堂上班班員
一等圖書士

同梯

易怒的矮子
堂上篤

圖書特殊部隊・堂上班班長
二等圖書正

包打聽
柴崎麻子

武藏野第一圖書館・圖書館業務部的館員
一等圖書士

前情提要

正化三十一年。有鑑於媒體擾亂善良風俗、違反社會秩序暨侵害人權，「媒體優質化法」通過並實施至今，已過了三十年。眼見媒體優質化委員會的檢閱行徑逾越法規，圖書館在十五年前設立了圖書隊，抗衡於審查，同時保護所有「被狩獵的書籍」。

曾受某位圖書隊員在危急時相救，笠原郁為了當年的憧憬而加入了圖書隊。並以女性少有的卓越體能獲得提拔，被編入圖書特殊部隊，成為堂上班的一員。只不過，她成天惹堂上發怒，也不敢將自己在戰鬥單位任職一事秉明父母。

歷經「情報歷史資料館」攻防戰、圖書藏匿等等事件，郁也漸漸成長。然而她始終沒有遇到當年那個救過她的「白馬王子」。就在正化三十二年秋天，隊友手塚的哥哥把王子的真實身分告訴了她，讓她不知所措……

目
錄

導讀

大森 望

有川浩旋風席捲出版界！二〇〇四年二月，在輕小說海平面上形成的這個颱風，挾著一股強大力量漸漸增強，在一般文學書單行本的平台上登陸。接著更輕而易舉超越原有的分類及媒體架構的高牆，以壓倒性的姿態睥睨日本文藝娛樂界。

談到撰寫逼真的懸疑冒險小說，當然還有其他名家。至於擅長寫扣人心弦的青春小說、或是喜感十足的逗趣愛情，日本小說界也不乏優秀作家。不過，能將這三項要素以如此高水準呈現在長篇小說的，就屬她一人！尤其是她筆下描寫那些在團體中努力不懈的專業男性們，個個英姿煥發。這類獨特的文風至今無人能仿效。

她從將現代寫實的「怪獸小說」具體化的《鹽之街》、《空之中》、《海之底》（通稱「自衛隊三部曲」）出發，在接下來的《圖書館戰爭》系列作品裡，一舉將創作領域拓展到「軍事愛情鬧劇」的新天地。對於一般讀者，有川浩也以嚴肅的愛情小說或文學小說來證明自身實力。在此，先以各個系列來簡單回顧有川浩的創作歷程。

榮獲二〇〇三年第十屆電擊小說大賞，相當值得紀念的初試啼聲代表作。二〇〇四年由電擊文庫以《鹽之街wish on my precious》的書名出版，更在二〇〇七年加入四篇番外短篇後重新修訂，以《鹽之街》為名出版精裝單行本小說。

故事背景架構在近未來（或可稱為平行世界）的日本。某天，直徑五百公尺的白色隕石狀物體以迅雷不及掩耳之勢墜落在地球上。同一時間，發生了人類變化成鹽柱的詭異現象（一般稱之為「鹽害」），光是日本地區的死亡人數便估計多達八千萬人。文明社會在一瞬間崩潰，劫後餘生的人們逃到農村，過著自給自足的貧乏生活……

小說的前半段淡淡地描寫因鹽害失去家人的女孩和同住的男子生活的情景，然而，故事到了後半段，男子真實身分揭曉後節奏一變，一口氣帶動起有川風格。

重新拜讀後，才了解到本書已幾乎包含所有有川浩作品的特色——科幻背景的設定；比起解開危機的科學之謎更著重在因應面；大團體旗下一群專業男子大顯身手的英雄式小說；不擅言詞、個性笨拙的腳踏實地型主角搭配圓滿周到、伶牙俐齒的配角；讓人看了心焦的超緩慢戀情發展……唯一稍嫌薄弱的逗趣愛情要素，也由收錄於精裝本的幾篇番外短篇（首見於《電擊ｈｐ》誌）精彩補足。堪稱有川浩的原點。

《空之中》

基本上可說是「沒有超人力霸王（註：ウルトラマン）的超人力霸王」，或是將金

子修介導演在電影「卡美拉 大怪獸空中決戰（註：電影「ガメラ 大怪獸空中決戦」，一九九五年）」中所呈現出的意象（摒棄過去怪獸電影制式化的描寫，改以具體懸疑情節敘述的手法）在小說世界裡重現的科幻冒險鉅作。

故事發生在四國海域高度兩萬公尺的高空中。民營超音速噴射機開發小組的測試機和自衛隊軍機相繼在同一片領空發生了神秘的意外，似乎有相當巨大的不明飛行物飄浮在上空。民營事故調查委員會委員——春名高巳造訪自衛隊基地，與失事當時駕駛同一小隊另一架軍機的女飛行員武田光稀一同前往事故領空展開調查。

另一條故事線的主角是住在高知市近郊的高中生——齊木瞬。瞬在海邊撿到了類似水母的不明生物，將其取名為「費克（FAKE）」。費克擁有任意操縱電波訊號的能力，透過瞬過世的父親留下的手機，以生澀的語言和他交談……這部分就成了「E．T」風格的青少年科幻路線。以使用方言的筆法鮮活重現高知當地的氣氛，充滿青春小說的寫實風格。

兩線故事夾雜敘述，在後半段合而為一時展現出一幅雄偉浩大的景象。這部傑作在現代小說中，重新鮮活地感受到兒時首次看到「超人力霸王」瞬間的感動與激情。

《海之底》

主角為海上自衛隊，敵人則是神秘的巨大螯蝦群，人稱「海蠍（Regalis）」。在有川作品中少見地以密室發生的緊湊故事為主軸。

主要的故事舞台為停泊於美軍橫須賀基地的海上自衛隊親潮級潛艦「霧潮」。在接獲命令準備啟航時，卻因不明緣故陷入無法航行的狀態。於是艦長做出決定，要艦上所有人員撤退；然而當艦組人員步出霧潮艦時，目睹的竟然是一群體型大如人類的甲殼類生物捕食基地人員的淒慘畫面……

小說主角是海上自衛隊的一組年輕自衛官，夏木大和與冬原春臣。兩人雖然帶領十三名參加基地教學觀摩活動的兒童逃進了霧潮艦，卻也因此而行動受限。另一方面，地面上則由神奈川縣警官和警政廳參事組成特勤小組，為擬定因應海蝲來犯對策而奔走……是一部描寫現場一群男子拚盡全力奮鬥的災難科幻小說，情節緊湊，一氣呵成。有如以「大搜查線」加「卡美拉2 雷基歐來襲（註：電影「ガメラ2　レギオン襲來」，一九九六年）」為主軸，探索理想的英雄形象。

《クジラの彼》、《ラブコメ今昔》

兩部都是聚焦在自衛隊隊員的戀愛小說集。《クジラの彼》收錄的六篇故事中，「ファイター・パイロットの君」是《空之中》的支線短篇。描寫的是春名高巳和武田光稀的「後續發展」。此外，書中同名短篇以及「有能な彼女」中也出現了《海之底》的人物（冬原春臣與中峰聰子、夏木大和與森生望兩對情侶）。

《ラブコメ今昔》同名短篇，講的是習志野第一空艇團的大隊長，被一名新任公關部軍官無理要求：「讓我採訪你結婚的經過啦！」兩人展開一逃一追的輕鬆喜劇。至於另一篇「青い衝撃」，敘述一名妻子對於隸屬Blue Impulse小組一員的丈夫感到不安，是有川浩對於心理懸疑風格的全新挑戰。

圖書館戰爭系列

《圖書館戰爭》、《圖書館內亂》、

《圖書館危機》、《圖書館革命》、

《別冊圖書館戰爭1》＋《雨林之國》

系列作品總計熱賣一百一十萬冊，成為超級暢銷大作，並已改編成動畫躍上電視螢幕，堪稱有川浩的代表作。

構想起源於日本圖書館協會於一九五四年通過的「圖書館的自由宣言」（一九七九年部分修訂）。一、圖書館有收集資料的自由。二、圖書館有提供資料的自由。三、圖書館必須保守使用者的秘密。四、圖書館得以拒絕所有不當的檢閱。圖書館的自由被侵犯之時，吾輩必團結力守自由。

《圖書館戰爭》系列作品以平行虛構的日本社會為背景。在此，五項「宣言」不單單只是理念，而是賦予武力行使正當性的基本法，架構出一部圖書館動作推理（也包含愛情喜劇）鉅作。

故事從正化三十一年的日本揭開序幕。昭和最後一年，為取締擾亂公共秩序、善良風俗而制定了「媒體優質化法」。反對人士對此期待將前述的「宣言」提升為圖書館法，以作為對抗支持審查圖書館一派的核心勢力。三十年過去——總部設在法務省的優質化委員會，在各都道府縣都配置了合法審查的執行部隊，也就是優質化特務機關。另一方面，圖書館方面也增強防禦力，編制警備隊。

「時至今日，兩組織的抗爭本身已具有超越法規的特性。只要抗爭不侵害公共物品以及個人的生命與財產，司法也不會介入。」在這樣的狀況下，「圖書館也擁有了設置在全國十個區域裡用來訓練圖書防衛員的根據地——圖書基地」。

……在這些說明下，看來像是嚴肅的社會寫實類情節。然而，故事一開始就是新進圖書館員女主角（衝動魯莽型）被魔鬼教官嚴格操練的趣味新兵訓練喜劇。整個系列的基本架構就是兩人讀來令人難為情的戀情發展，以及周遭極具吸引力的人物們所交織出的青春喜劇（同時可見圖書隊與優質化特務機關的對峙）。

本篇在《圖書館戰爭》、《圖書館內亂》、《圖書館危機》及《圖書館革命》四冊告一段落。之後由番外短篇系列接棒發展，目前描寫笠原與堂上甜蜜關係的《別冊圖書館戰爭1》已經出版。二〇〇八年的春天播放的動畫「圖書館戰爭」則是以《圖書館戰爭》為原作。至於漫畫版，已有弓黃色的《圖書館戰爭ＬＯＶＥ＆ＷＡＲ》以及《圖書館戰爭ＳＰＩＴＦＩＲＥ！》兩冊單行本出版（註：以上為日本出書時間）。

此外，《雨林之國》（註：原書名為《レインツリーの國》，新潮社出版）則是將《圖書館內亂》裡出現的虛構小說實際出版的支線長篇故事之單行本，是有川浩作品中唯一一本系列作品純戀愛長篇小說。

《阪急電車》

以關西大型民營鐵道公司阪急電鐵所擁有的路線中規模最小，全長僅有九．三公里的阪急今津線為舞台，描寫在電車中上演的種種人生風貌。

從寶塚到西宮北口，單程不過十五分鐘，「載著每個人的故事，電車駛在不往任何地方的軌道上」（摘自本文）——就這樣，由偶然搭乘同一列電車的人們交織出的一個個小故事填滿往返旅程。

與在圖書館遇見過的心儀女孩，於列車上再度重逢的二十多歲上班族。在籌備婚禮時遭前男友劈腿，於是穿著白紗闖入男友婚禮的豪氣粉領族。還有帶著伶俐孫女、個性堅強的時江。空有帥氣臉孔卻腦袋空空的暴力男，和遲遲無法分手的女人……

由於搭乘時間短暫，無法鋪陳出太長的情節，每一個場景鮮活切割出人生的一小格，展現有愛、有笑、有淚的人生百態。沒有華麗的打鬥、超帥氣的男主角，也沒有甜蜜的逗趣愛情，這本小說可說將有川浩向來擅長的技巧完全封印，卻更能藉此清楚體認到有川浩的實力所在，同時也獲得輕小說及科幻類作品之外的廣大讀者群支持，更進一步拓展個人創作領域。

以上簡略介紹有川浩至今已出版的著作。進入文壇僅僅四年就躍升為娛樂小說界一線作家的有川浩，其日後的精彩表現將值得矚目！

大森 望

Ohmori Nozomi

一九六一年生。

譯者、評論家。

主要著作有《現代SF1500冊》、《特盛！SF翻譯講座》、《ライトノベル☆めった斬り！》（三村美衣 共同著作）、《文學賞メッタ斬り！》（豊崎由美 共同著作）等。

關於圖書館自由的宣言

一、圖書館有收集資料的自由。
二、圖書館有提供資料的自由。
三、圖書館必須保守使用者的秘密。
四、圖書館得以拒絕所有不當的檢閱。

圖書館的自由被侵犯之時，吾輩必團結力守自由。

一、王子夢醒

＊

「不，還給我！」

眼見優質化隊員就要把書扔進塑膠箱裡，郁跳上前去緊抓著那人的手臂。

「放手！還是妳想被當作是偷書現行犯，跑一趟警察局嗎!?」

聽到威脅的話，郁一瞬間被嚇得心底涼了半截。不，我才不是在偷書。驚覺周遭的眼光，郁四顧起來，卻見不遠處稍微上了年紀的店長，依舊一副悲痛的表情，搖了搖頭。她知道那是在叫她不要違抗。

他能了解郁的行為。在郁如此作想的瞬間，她心中怒火頓起。

「好啊，去就去！店長，請你報警，因為我偷了書！請他們連我帶書一起抓到警察局去吧！」

抓小偷要人贓俱獲，否則是沒辦法定罪的。

那名隊員嘖了一聲，面色兇惡。

「少囉嗦，放手！」

郁被隊員一把甩開——在狠狠跌個四腳朝天之前，有人及時扶住了她。郁扭頭看去，只見一名西裝畢挺的青年用單手支撐著郁。

已經腿軟的郁就這麼癱坐在地。還沒來得及看分明，青年已經步向優質化隊員，二話不說便伸手拿起那本書。

「你這傢伙想做什麼！」

面對激動大吼的優質化隊員，青年從懷中掏出類似手冊之類的東西亮給他看：

「這裡是關東圖書隊！基於圖書館法第三十條的資料收集權，我以三等圖書正的執行權限，宣布這裡的書籍為圖書館法施行令下的裁量圖書！」

看著那個高聲宣告的背影，郁的腦中只湧現了一句話。

——真是個正義的使者！

她一直在作夢。

夢見五年前、不，六年前救過她的三正。夢見優質化隊員要搶走她當時想買的書，而那位三正祖護了她，讓她從此以圖書隊為志向——雖然她不記得他的長相，也不知道他的姓名，只是把他當作一個憧憬的象徵。原本應該只是個象徵。

置身夢中卻清楚那是個夢，是因為同一個夢在那一晚就重覆了三、四次。

她總是擅自將那個人想像得更為高大，卻在這不斷反覆的夢境中發現自己根本從沒在那個人面前站起來過，而當時也只是在他的攙扶下跌坐在地。事情結束時，郁發現自己扭傷了腳，但對方並沒有回頭把她從地上扶起來。

所以，她一直是仰頭看著那一幕。再加上素來不擅認人——新進隊員最該認得的圖書基地司令竟被她叫成「老先生」。

她沒記住青年的長相，和當時的混亂也不無關係。在郁的心目中，那位三正就是「正義使者」的象徵，而且沒有人知道他是誰，因此她才敢放心地崇拜。

打個比方，就像影迷在電視機前對著偶像發出不顧形象的叫聲，反正偶像本人聽不到，影迷也就不必害臊，是吧？

可是對方竟然從一開始就聽到了──這種事怎麼會開心啊？

被柴崎狠狠嫌棄之後，郁不敢再發出慘叫，改從被窩中跳起來以取代驚嚇後的反應。每一次跳起來總是氣息紊亂。可是愈來愈多羞死人的往事被她挖出來，愈回想就愈令人忍不住要哀嚎。

想起在入隊面試時大談自己對那名三正的景仰，而當時在場的面試官全是她現在的長官。頂頭上司的堂上從頭聽到尾，不但沒有抬頭，甚至幾乎是伏在桌上，叫她怎麼可能發現他就是故事裡的正義使者。

這跟對著心儀的人，滔滔不絕地訴說自己是多麼喜歡他有何不同──她還在當事人面前，把過去的他用力描述成白馬王子！

好不容易克服屈指難數的羞恥回憶，另一種惶恐和慚愧卻如高山般壓頂而來。

那個肩線比她還低、卻十分精悍的背影。任她沒大沒小也不敢不敬畏的魔鬼教官，身後只要有他在，她就覺得格外放心。

這樣的堂上，如今是用什麼樣的眼光看待郁的呢？每當她提起王子的故事，總見他顯得滿臉厭煩，這也就表示——

堂上教官討厭我。

每一次醒來，她只能得出這樣的結論。

再閉上眼時，總覺得淚水令眼底一熱。

*

第二天的臉成了慘劇。暗自啜泣著入睡的後果是眼皮極度浮腫，臉也腫得怎麼洗都無法消退。

「怎麼又把臉搞成這麼恐怖？」

柴崎替她從廚房弄來一點冰塊，總算在上班前稍微消除了臉部的浮腫。

「惡夢有點可怕嘛。」

「妳想唬誰呀。」

柴崎沒好氣的聳聳肩，丟下一句「我先走了，懶得管妳」就走出寢室。

柴崎可能生氣了，但這種事很難說出口。

當年的王子其實是今日的長官。而長官又好像討厭自己，此刻郁的心裡竟有一種受傷的感覺，簡直像是——

在表示我喜歡堂上教官似的。

她為了要不要裝病請假掙扎了好久，直到最後一刻還是穿上了訓練服。煩惱太久，上班時間快到了，已經來不及穿制服。

況且還有手塚慧託付的事。錢的事情要儘早辦妥，家裡的大人從小就是這麼教她的。

「哇啊，妳怎麼了啊！」

見郁晚了一步、沒準時出勤，堂上大概想對她發牢騷，卻像是在見到郁的臉那一刻又臨時改口。

「天啊，整個臉都哭腫了～」

小牧毫不遲疑的走過來看，手塚卻是拘謹的保持距離，不知是心有顧忌還是不想淌混水。

「沒什麼啦。對不起，我遲到了。還有這個。」

勉強用顫抖的聲音應道，郁從上衣口袋裡拿出手塚慧的信，抽出裡面的萬圓新鈔。

「堂上教官，這個。」

郁垂眼說道。既然覺得被他討厭，更不敢直視他。

「這是什麼？」

「手塚的哥哥要我還你餐費。他裝了兩萬圓，所以我跟你平分。」

聽到這句話的當下，堂上的臉色驟變。

「那封信……是手塚慧寄來的？他寫了什麼，給我看！」

堂上八成把郁哭腫臉的原因直接連結到信的內容，伸手就要從郁手中抽走那封信。

「等等，這不是……！」

我真笨，為什麼要連信一起帶來！現在後悔已經太遲了。也許是睡眠不足造成的注意力缺乏，和上班快遲到的慌張也有關係。

「但那是我哥的筆跡沒錯啊！」

手塚站得那麼遠，還多事跑來確認。堂上的血壓更高了。

「反正給我拿過來！有沒有關係我看了再判斷！」

「呃，等等，你們冷靜一點。笠原小姐哭腫了臉又不見得是為了那封信，而且若是她的私人信件，外人也不該過目吧。」

小牧的調停名正言順，不知怎麼的卻反而使現場氣氛更激動。

「就算是私人信件，也可能是給她洗腦！」

郁受到的震撼程度的確和洗腦不相上下，但也不能就此讓堂上看見信的內容。

「我今天是哭得像豬頭，但跟這封信沒有關係！信上除了叫我把錢還給你，其他什麼都沒寫！」

「既然沒寫別的，就讓我看！」

「堂上！」

小牧看不過去，硬是擠進來阻攔，堂上也使勁不讓他介入。

「她才剛被捲入那種倒楣事裡，我自會判斷這件事跟手塚慧有沒有關係！」

——火災現場的怪力，原來不是亂說的。

信封被抽走之後的五秒內，郁的記憶是一片完美的空白。

直到驚天動地的一聲巨響，堂上飛出去仰倒在辦公桌之間，她才回神。

「堂上！」

小牧的聲音不再是調停的語調，而是緊張的詢問。別班隊員也神色大變的聚攏過來，人聲之中卻獨獨沒聽見堂上的回應。

「呀啊————————————！」

郁撲到堂上身旁，抓著他尖叫起來。

「堂上教官？堂上教官！對不起，我不是故意的！是我的手自己動的，求求你出個聲，不要死啊——————！」

「……手塚，笠原小姐太吵了，把她拎走。」

小牧厭厭地指示道。

「堂上只是腦震盪，我們會送他去醫護室的。」

手塚把郁「拎」到訓練室的道場，在那兒告訴她那空白的五秒鐘內發生了什麼事。

「那一記柔道技巧的『大外割』真漂亮，只可惜是在那種沒辦法受身的地方施展就是了。」

據他的描述，郁狠狠抓住堂上伸出來的手，一個使勁就把堂上整個人絆得仰翻過去。

「一般情況是不會飛得那麼遠啦，我想堂上二正也是一時疏忽。加上你們兩個體格身高差這麼多，完全沒得說。妳大概會名留青史了，妳是唯一有本事給堂上二正最華麗的一招倒地的女性。」

玄田帶出來的特殊部隊，淨是嘴巴不饒人。郁可以想見事情會被怎麼傳開，但想到這下子就更被堂上嫌棄，害她心情直落泥沼。

「話說回來，到底跟我哥的信有沒有關係啊？」

手塚畢竟還是有些在意。

「他跟我聊到有關工作的嚴肅話題，但真的跟那無關。只不過……」

郁重重嘆了一口氣：

「你哥很懂得挑小細節、惹人厭呢……」

「……初次見面就讓妳體會到這一點，妳的遭遇著實令人同情。身為他的親人，我願致上深切的歉意。」

手塚拿政府官員的口吻來道歉，郁不禁噗嗤笑了出來。

就在這個時候，道場的門開了。

「唷，在這兒啊。」

探頭進來的是小牧。

「手塚，你先去和青木班會合做射擊訓練，我等笠原小姐平靜下來之後就帶她過去。」

是！手塚起立回答，郁也跟著站起身。

「我已經沒事了，可以去會合。」

「還不行哦，讓情緒不穩的人參與訓練，恐怕給青木班添麻煩。更何況那還是使用槍炮的訓練。」

手塚走出道場後，郁還沒開口問，小牧就先說了：

「妳不用擔心堂上，讓他躺上一個小時就會自己醒來了。」

那就好。郁放下心來，卻還是沮喪。

「再來是先前的問題。手塚慧的信裡確實寫了什麼吧？」

這種不強迫的斷定，反而令人難以否定，郁只有低下頭去。堂上雖然表現得神經質了些，郁那般抗拒卻也不對勁。不惜把長官摔出去也要阻止他，等於擺明了那封信大有問題。

小牧大概早就料到一切，才搶著把私人信件與隱私給提出來吧。

「妳要是不敢對堂上說，那麼我呢？我也算是妳的長官。不要只是自己一個人扛，還哭到眼睛都這麼腫。」

若堂上的處事方式就像北風，小牧則無疑是太陽。

「你保證不會跟堂上教官講？」

郁可憐巴巴的攀著小牧的肩膀：

「手塚慧說……堂上教官就是我的那個王子。」

有那麼一刻，她期待小牧大笑以對，卻沒想到他的臉色凝重起來，然後仰天嘆了一口氣。

「……那人也挺喜歡幼稚的惡整方式嘛，我看。」

郁還沒有遲鈍到聽不出這話裡的肯定語意。

「我——我不知道王子的身分，所以才敢放心的崇拜他，也從來沒想過堂上教官就是王子。我老是拿王子跟他相提並論，還講過好多過分的話。甚至說我是欣賞王子才入隊的，可是世上才沒有任何一個小孩會因為崇拜堂上教官而想要加入圖書隊。」

「哇啊——那真是致命的一擊。」

小牧的低喃帶點兒遺憾，令郁記起當時的對話。

當時在書店裡的人若是堂上教官，我才不會想當圖書隊員！

那是她極盡所能的諷刺，原只是想激怒堂上。卻見他沒有光火，反而像是畏縮——帶著受傷似的神情。

「我講了一大堆過分的話。」

有朝一日見到那位王子，她要為當年的事向他道謝。並且告訴他，自己是為了追隨他而來到這裡——她好想這麼說。

結果，她卻用最傷人的話去頂撞他。

「想也知道，堂上教官一定恨死我……」

郁抱膝縮起身子，就快哭了出來。卻聽到小牧語帶驚訝：

「等等？怎麼會是這種結論？」

「因為我這個人知恩不圖報，講話難聽、做人差勁，而且又笨又死纏爛打。」

她喉頭一緊，快擠不出聲音了。

「每次只要我一講王子的事，堂上教官的臉色就很難看。可見他討厭我提起那件事，也不喜歡被我當成白馬王子，不是嗎？」

「哇——啊——妳居然這麼想。」

小牧皺著眉頭交抱雙臂。先喃喃自語說「要揣測一個年長五歲的男人心思是有點困難啦」，才又對郁說道：

「妳現在說得像是多麼卑微不堪，不過，起碼就長官和部屬而言，堂上並不討厭妳啊。妳把他對妳這個部下的重視忘得一乾二淨，對他實在很不公平。」

對他不公平——這種說法令她的心頭一沉。

手塚慧企圖動搖她的心志時，是堂上在外頭敲窗喚醒了她。他走進來用氣息未勻的聲音說了句「這是我的部下」，就把她帶離了那間餐廳。

只要郁碰上麻煩，堂上總會趕到，簡直和正義使者沒兩樣。

「說他過度保護，可能有點誇張。不過我倒是向他建議過，這麼一來反倒讓妳成為一個不好驅策的人才，那還不如交給別的班去管理算了。」

原來兩位上司之間曾有過這麼一段對話，郁此刻聽來更覺心慌。對堂上教官而言，我果然是個不好帶的部下。

小牧像是看出她的心思，一邊搖搖手又說：

「啊——不是不是，我是說這完全是堂上自己的問題。妳想想，妳是個有戰力的部下，他卻總是不把妳編在主要戰力之內，要保護也不是這麼個保護法。」

「可是，那他為什麼——」

堂上若不是討厭她——

「為什麼他要把王子講成那麼差勁？讓我覺得他——他只想讓我討厭王子，不准我再崇拜他而已！還有……」

郁將膝蓋又抱得更緊了。

「被堂上教官如此嫌棄，不知為什麼，我心裡好難過。」

哦——原來是為了這個而哭啊。小牧意會地點了點頭。

「先是突然發現王子的身分，讓妳不知所措，是吧？」

這句切中要題的話，輕輕鬆鬆地就讓郁上鉤，而抬起頭看他。

「堂上排斥做妳的王子，對妳來說，就像被一個自己欣賞的人排斥，所以心裡難受。」

郁沒多想，用力點頭。

此刻，她無暇思及這其中可能還包括對堂上抱有好感的可能性。

「笠原小姐，妳先盡量讓自己冷靜下來。妳對王子的仰慕跟他本人講過那麼多次，他無動於衷是個事實。而在這六年來——六年是嗎？妳也沒有多踏出一步啊！假使現在叫妳思考自己是否喜歡堂上，我看妳也未必想得出來，頂多為了他是妳曾經崇拜過的王子而感到極度震驚罷了。不要再把堂上連結到王子去了，該換個角度觀察現在的他。只把他當作一個一入隊就對妳特別嚴格，脾氣壞又不講情面的魔鬼長官。」

否則那傢伙也會消沉的——小牧苦笑著加了這麼一句。

「消沉……」

「你們都是當事人，等時機成熟了再去體會吧？我不好評論什麼。」

小牧出現這種口氣時，就表示他的結論已定，不容旁人置喙。郁也就不再追問。

「好了，等妳心情平靜了再來參加訓練。今天是我的個人指導，直接來找我報到就好。還有……」

小牧在道場門口停下腳步。

「笠原小姐，妳回想起六年前的自己，感想如何？」

年輕氣盛的失敗與窘迫，塵封的種種回憶被他這麼一問全都衝上了腦海。郁忍不住提高聲調：

「好丟臉！」

……但也有很多值得懷念的，郁小聲地補上這一句。便見小牧笑了起來：

「所以我們也一樣啊。這樣講，會不會讓妳安心一點？」

說完，小牧就離開了道場。

郁把頭靠在牆上，仰頭盯著天花板看。

我在提王子當年勇時，堂上教官大概也覺得難為情吧。

想到這一點，混亂的心緒才稍稍平靜下來。

不論如何，王子身分真相大白的事得對堂上隱瞞下去。

然後要讓一切歸零。不要再王子長、王子短的，不要再拿堂上跟王子相比而出言頂撞，試著好好當他的部屬。

做到這些之後，應該就能做到小牧所謂的「換個角度觀察現在的他」了。

——而那起事件就發生在郁如此下定決心的數日之後。

*

業務部辦公室裡，毬江坐在柴崎身旁忍著不敢哭。桌上柴崎為她泡好的紅茶一口也沒喝，只怕現在的她也沒有那個胃口。

柴崎很清楚。

毬江現在應該只等著那個人來。除了他，沒有人能解除她的渾身驚顫。

腳步聲倉促接近，辦公室門打開時發出好大的聲響。

「毬江？」

也許是其他人的顧慮，衝進辦公室的只有小牧一個人。

毬江倏地站起來衝進小牧懷中，緊抓著他的制服啜泣起來。

聽覺障礙的她，就算在這種時候也不敢放聲大哭，因為她怕自己哭得太大聲而不自知。

「怎麼回事？」小牧毫不猶豫伸手抱住毬江，一面向柴崎問明事情。

按捺下沒捉到犯人的憾恨，柴崎盡量平靜地說明。

毬江當時可能正在找書，就像平常那樣。

找到一半，她發現身旁有個男人蓄意靠近。起初覺得是自己多心，她於是避開，結果對方又跟上來。就在這一避一走的過程中，她被逼到人少的角落，然後——

「看她不敢喊叫，對方做了一些猥褻的舉動。」

這是她從跟毬江的筆談中問出來的。

毬江不敢喊叫，一來是因為受到驚嚇，二來是不在圖書館喧嘩的意識根深蒂固。再者就是因為她失聰的緣故，沒辦法控制自己的音量，使她不願輕易出聲。

「犯人呢!?」

小牧說話很少這樣粗暴。

「對不起，讓他逃了。」

館員一發現就呼叫警衛，對方拿東西撞開他就跑了。

「畜生……」

小牧也很少說粗話。

「我先送她回家。幫我跟堂上轉告一聲好嗎？」

「我很樂意。請先安撫她的情緒吧，剛才叫她回憶事發經過，一定很難受。」

犯人若是就逮，恐怕小命不保呢。柴崎目送他們離開後，在工作表寫下預定前往執行業務的地點，然後走出辦公室。

她寫的是特殊部隊辦公室。

「色狼？」

玄田的語氣活像見到一灘廚餘在面前。一如往常大方走進這兒的柴崎，則是若無其事地點頭道：

「是的。偷拍、偷摸、偷看……等等的猥褻行為。」

堂上班的這會兒也靠攏過來。

「正式的委託待會兒就會提出，只是我跟你們這裡熟，先來通報一聲。畢竟這一回犯人惹到的是小牧教官，八成會是你們班出動。」

小牧前往業務部時，堂上班都知道是毬江出事，唯獨玄田不知事情的詳細經過。

「有人敢在圖書館做出那種……那種羞羞臉的事。」

玄田臭著一張臉講出「羞羞臉」三個字，眾人倒也體貼地沒有拿來開玩笑。柴崎回頭向郁問道：

「其實這種事挺多的嘛，像是在書店之類也會有。」

「啊，嗯……」

郁紅著臉點頭。不像柴崎可以這般坦然。

「我們以為沒人敢做，所以就疏忽了。而閱覽人專心看書時，其實也注意不到腳下。在這一點上，館員或書店店員其實也同樣會受害。發生在圖書館的機率或許不高，但我在書店就曾被偷拍過好幾次。色狼怎麼會放過像我這樣的美女，是吧？」

柴崎故意這麼說，引得全體苦笑。她又轉頭去問郁：

「妳也遇過一、兩次吧？」

咦——？要在這裡講？講給他們聽？

郁很是躊躇，但見這幫男性對書店或圖書館的猥褻行為似乎毫無概念，只好拿自己的親身經歷當作範例了。

「呃——我高中的制服是短裙。有次在書店看書時，旁邊站了一個男人，但不知什麼時候發現他坐在我腳邊的地上……大概在偷窺我的裙底……可能也有用手機拍照。還有我以為是公事包不小心碰到，結果卻是用手摸我的屁股。」

真低級，手塚啐道。堂上也板著臉問：

「那妳遇到時，呃，對方……」

「只能找警衛或店員來嚇跑對方，或是請他們去抓人。不過大多在還搞不清狀況時，就已經被人家爽完之後落跑了。」柴崎插話。

一個妙齡未婚女子別用「爽完之後落跑」這種語詞啦！這般不堪的色狼回憶，卻在不同層面的意味上讓郁想哭。

「圖書館的書架最下面一排會有空間，對吧？甚至是故意事先把書本抽出來，趁對面有女性蹲下時動手。」

柴崎不把話說明，但眾男性已經聽懂，個個露出作嘔的表情。

「之前跟市區的書店交流時也聽說過，聽說同樣的受害者有增加的趨勢。搞不好是某種流行。書店至少可以請警方加強巡邏，圖書館現在卻是司法三不管地帶，他們只能消極協助。」

「可是已經出事了啊？都出現受害的女性了？」

郁不禁追問，卻見柴崎擺擺手，像是在安撫她：

「說是加強巡邏，又沒有什麼實質效果。而且警察只能採取預防措施，不能緊盯著等事件發生，結果還不是一樣？連書店老闆都苦笑說：『就算穿了制服的警察來也一樣。』」

誰會蠢到當警察在場時，拿出偷拍器材呢？到頭來，書店只能張貼告示提醒女客提防，最多要求店員「多注意」罷了。

「怎麼？這會兒連捉犯人的舞台，都幫我們準備好啦？」

玄田探身向前說道：

「我們就來個殺雞儆猴、把事情搞大，讓色狼不敢放肆就行了吧？要誘餌或把風的，我們這兒都有。抓到現行犯交給警察、讓事情登上報紙，對那些蠢蛋就是最好的牽制。此外，還可以促使閱覽民眾自衛。」

「圖書隊的服務章程裡，也沒有不准引誘搜查的條例呀。」

柴崎笑得不懷好意。圖書館法第四章的施行令中有針對搜查權所增補的條例，卻只是「限與圖書館有關的問題方可認允」這般非常概括的制約。

「毬江還好吧？」

這是郁最擔心的一環。男同事們當然不會漠不關心，雖然也感到憤慨，但對於這一類問題的感受卻和女性截然不同。

「她當然嚇壞啦！小牧教官趕到之前，她都坐著不敢動呢。」

莫名被一個陌生人的手恣意撫摸，是多麼噁心和恐怖？男性恐怕不容易想像。能馬上把那份恐懼化成憤怒的女性實屬少數，就算像郁這樣好鬥，都沒法兒在事發當時立刻採取行動。

不僅如此，對普通女性而言，出聲求救尚且需要幾分不怕羞的勇氣。而毬江要做起來，就得比擁有正常聽覺者克服更多心理障礙了。

那種令人厭惡的感覺，絕不是在得到情人給予的安全感之後就會淡化的。心理上的創傷很可能長時間也難以抹消。

觸碰、撫摸等等的肌膚之親，誰都希望只許諾給自己喜歡的人。因弱勢而受到這樣的侵犯，根本是不可原諒。

何況，又是在愛書人聚集的圖書館，專挑女性不備之時。更有甚的——

是在我們的地盤上！

「……我們非逮到那傢伙不可。」

郁說得堅定，便見堂上也堅定的笑道「這表情不錯」。

——小牧教官說他沒有討厭我，大概可信吧?被我捧出去的事，他也原諒了我。郁這麼想著，稍稍放下心來。

*

回家的路上，毬江始終緊抓著小牧的衣袖。小牧能感覺到她的手在微微顫抖。

原想在這段路上問問她是否見到對方的長相，這麼看來是不可能了。單是餘光瞥見她拭淚的動作，他就知道此刻絕不該觸及此事。

只能任她抓著袖子。

其實他不知道自己該不該過問，只知道回想此事會令她受傷。毬江的個性並不怯懦，這卻是她頭一次顯得如此受驚，讓小牧因此不知所措。這一點又更令他對自己生氣，他還是想從她口中問清楚事情始末。

所以，在回到家之前，先讓她抓著袖子就好。

走到望得見毬江家的地方時，她啞著嗓子喚了一聲「小牧先生」。

「幫我蓋掉。」

小牧沒聽懂她的意思，顯得有些疑惑。卻見毬江的眼淚大顆大顆的落下。

「等等就要回家了，回家前最後一個碰我的卻是那男人，我不要。」

離家這麼近，也許會有鄰居經過，但這都不重要了。

平常他一直刻意和她保持些許的距離。聽她如此要求，那麼，如今幫她覆蓋掉那種感覺才是當務之急。

小牧拉過毬江，用力抱緊她。那力道恐怕會讓她發疼，但也應該能讓她感覺自己正被緊緊抱住。這是他們頭一次擁抱。

毬江的身體纖細而嬌小，不過小牧又多施了幾分力氣。這一刻，他也明白了這副身軀應該被多麼珍視。

——卻有人憑一己欲念而任意玩弄。一思及此，一股深沉的怒意湧現。

他在毬江戴了助聽器的耳畔輕聲說：

「我沒說好之前，別來圖書館。想看什麼書，我會替妳送來。那座圖書館——我絕對會讓它恢復成讓妳能放心再來的場所。」

見毬江在懷裡點頭退開，小牧才送她走進家門。毬江懂事的先上二樓，回自己房間，留下小牧對她的母親說明事情。

「這陣子就請您多留意，也不要讓她來圖書館……」

聽小牧這麼說，毬江的母親卻露出苦笑：

「當然。不過，大概就只有你來時，那孩子才最有精神呢。我想你也忙，不過還是麻煩你盡量多為她費點心吧。」

從那略顯寂寥的表情和語氣，小牧度忖：毬江的父母也許已經察覺到兩人的關係有所改變。

＊

見小牧回到辦公室，郁下意識地縮了縮身子。感覺到鄰座的手塚也有類似的反應，兩人便把頭壓到桌面下交頭接耳起來。

「好恐怖～～～我猜想到他會變臉，但沒想到這麼恐怖～～～」

「不知道是不是我多心，妳不覺得他眼睛下面那兩圈超黑的嗎？」

「應該是某種精神層面的戰鬥迷彩，可能只有我們才看得見。」

「連那種調查會都熬過的小牧二正，就為了毬江氣成這樣，可見事態嚴重。」

「我自己都快氣炸了，只是我這個局外人，不好意思一頭熱！」

在郁和手塚的觀望中，小牧往自己的座位走去，一面環顧四周：

「柴崎小姐呢？」

他大概想找柴崎更進一步問問。堂上站起身來應道：

「早就回業務部去了，都過了一個鐘頭。」

堂上邊說邊把一疊文件塞到小牧手上。

「初步調查的報告，外加柴崎感言等等。看完後確定不會發火了再叫我，我們就直接召開作戰會議了。」

小牧苦笑著接下。

平時總是熱血的堂上，竟然反過來扮演小牧的剎車。對兩名部下而言，都是罕見的景象。

犯人是中等身材的年輕男子，這種不具特徵的外觀卻是搜查上的瓶頸。據呼救的館員表示，那人戴著眼鏡，穿休閒服卻拎著一只大容量的肩揹公事包。

他就是用那只公事包撞倒館員，才得以逃脫。館員被撞得很痛，可見包包裡裝了很重的東西。

「來來來——聽我的推測！」

不知為何也跑來參加作戰會議的柴崎舉手喊道：

「那個公事包裡裝的八成是偷拍用的器材，這是色狼常用的手法。在包包上鑽個針孔，放在女生腳邊，只要調整包包的角度就能拍到了。」

說起變態色情狂的手法，女隊員——尤其是柴崎——可比男隊員要清楚得太多了。男性隊員根本只有坐在那兒傻眼的份。正常男人當然不會想去了解變態色情狂的下手方式。而女性人人自危，通常會主動探聽這一類的消息，與同性朋友之間為了交換情報，有時會聊得很深入。

話雖如此，柴崎天生就是話多，郁只能拚命找機會補個幾句。

「變態得這麼周到啊。」

堂上的表情凝重起來。

「是呀。站在女性的觀點，隨機用手機偷拍或偷窺都是一種暴力。」

郁也連連點頭。

這時，仍是那副恐怖兇惡表情的小牧抱著雙臂沉吟道：

「這人明顯不是隨機犯，因為他還怕被發現，下過心思偽裝。」

「啊，小牧教官真厲害。」

柴崎大感意外。

「他是個慣犯。我們在市區繞個幾圈，說不定他就會上勾。」

手塚也接著表示意見。

「這麼說來，那個側揹包或許能當成一個標記？我們只要找外觀類似、裝得下偷拍器材的側揹包就行了。」

「啊，搞不好那才是犯人的特徵！沒有人記得他的長相，只記得眼鏡對吧？」

郁拍掌說道，卻見柴崎邪邪一笑：

「不，報警的館員倒是把眼鏡的款式看得很清楚呢。他在打鬥中想要看見對方的臉，結果卻只記得眼鏡。」

這固然是本末倒置，卻是心酸而值得嘉許的努力。

「鏡框是超落伍的爛塑膠框，鏡片厚得像牛奶瓶底那樣，看起來臉部輪廓都歪掉了。會為偷拍而費工夫弄設備的變態，應該不會突然想改戴隱形眼鏡才是。要是他有那個心思，根本也不會戴那種醜眼鏡了。」

「啪」的一聲，玄田在兩腿上一拍：

「好啦，我們知道獵物長什麼德行了。」

犯人既未落網，就不會特地花錢和時間換眼鏡。他有沒有意識到自己的眼鏡已經被當成特徵了，都是個謎。

超厚鏡片的老式眼鏡、中等身材，背著裝有偷拍器材的大公事包——犯人的模樣如上。

「不過包包裡是不是裝著攝影器材，我們怎麼知道呢……」

聽見郁喃喃道，玄田即答「我有辦法」。然後要堂上在近期找個日子，預備讓堂上班和柴崎申請一日外出。

「我們這邊的誘餌有一隻、兩隻……是吧？」

第一個被點到的柴崎志在必得，滿是當仁不讓的氣勢。第二個被點到的郁，卻是完全愣住了。

「我……我？我也算？」

「特殊部隊裡有女人，此時不用更待何時啊？難道叫手塚扮女裝？」

玄田說的不無道理，可是——

「呃，這種差事也分合適跟不合適的。」

「業務部的柴崎都來幫忙了，我們自己的女隊員卻閒著，這像什麼話。」

郁最怕聽到「閒」字的指控。

「我可是身高一七〇公分的戰鬥單位女金剛耶！這種色誘，只有變態才會上鉤！我對扳倒或壓制還比較有自信呢！」

「妳不是說以前也碰過色狼嗎？」

「那是女高中生制服的魔力啦！」

「好啦好啦，那就讓妳的直屬長官判斷。堂上，你覺得這傢伙可以做誘餌嗎？」

怎麼會叫他來判斷？在這種場合？郁暗暗慘叫，偷偷向堂上瞄去。

才對上眼，堂上的視線立刻逸開，彷彿漫不經心的叉起雙臂說道：

「可以。我們不知道犯人的喜好，準備不同的誘餌也是應該的。」

「你的答案也太不痛不癢了，起碼給個激勵或是安慰一下嘛。講點好話你是會死嗎？」

「好話聽多了就會臨場出包，我現在就可以料想得到。」

我哪有樂天到那種地步——郁正在心裡不滿時，柴崎笑盈盈地挨過來攬住她的頸子。

「別擔心，我會負責把妳打扮得可口誘人，讓色狼一口就咬上來的。妳可要做好被襲擊的心理準備唷！」

柴崎甜甜的輕聲細語，聽起來卻是不吉利到了極點。

＊

「沒事打電話來，我還以為有何貴幹……」

玄田領著堂上班和柴崎來到警視廳，出來接待的是苦著臉的平賀。在「情報歷史資料館」攻防戰牽扯的稻嶺司令綁架事件中，平賀是初期參與搜查工作的警員之一。

就像相信你們警署辦案的不圓滿，我們之間的往日情可一點也稱不上是幸福快樂——玄田如是應道。當時是他斷然拒絕警方協助搜查，今天還好意思出言不遜，害得在場的下屬們全都一臉歉意。只有柴崎依舊面不改色。

「上次沒讓你們幫上忙，這一次就一口氣把它幫回來吧。」

「我可沒聽說這種事還可以欠著的，真是……」

咕噥著不平，「算啦」平賀撇頭朝後方示意，還是領著他們走了進去。

一行人跟著平賀，來到存放證物和扣押品的倉庫。

「要找偷拍的相關工具是吧。」

說著，平賀打開一個紙箱，從中取出幾個包包，排在長桌上。

男士們好奇的把器材拿在手裡端詳，唯獨小牧的神色陰沉無比。郁對機械沒有興趣，也知道自己亂碰了必定會弄壞，於是只在旁邊看著同事們把玩，一面暗想小牧此刻是多麼怒火中燒。

「你們說他用來撞人的包包很重，那麼一定是這種能裝針孔攝影機的款式。那位小姑娘判斷得很對。這一款也是最便宜、最容易操作的。」

來訪之前，他們已經先向平賀說明了大致情況。

「現在用數位相機的人比較多，因為它可以兼具輕便性和高畫質，機身又小；有些甚至可以完全藏在手掌裡，不容易被發現。好一點的機種更可以長時間攝影。還在用針孔的人，要不是長年操作慣了懶得改變……」

「就是沒錢換，是嗎？」

柴崎平然順應著平賀的語氣接口道，並且投以慧黠一笑。平賀愣了一下，含糊應道：「呃，對。」

看來也差點招架不了柴崎的魔力。

不論如何，這個犯人大概不會花大錢更新器材。

「這麼說來，他有可能一直帶著同樣尺寸的公事包，我們只要盯著這一點就行了？」

「也許會隔一陣子，等鋒頭過去，然後繼續使用同一個揹包也說不定。要找一個合適的包包來配合針孔並不容易，犯人也會考慮到順手的問題。」

平賀回答時故意不看柴崎，大概是不擅應付美女攻勢。

「拿同一個公事包的可能性很高。」

小牧插嘴道，口氣十分堅定。

「犯人怕引人起疑而特意偽裝成不顯眼的模樣，這表示他用來偷拍的公事包款式也是搭配過的，同樣的造型必定慣用已久。他可以用這種舊型工具犯案得如此順手，想必對自己的手法也有相當自信，若要再度動手，大概不會等到鋒頭過去。」

在小牧冷靜已極的分析中，在場的眾人已經可以想見犯人的無路可逃。

*

・厚鏡片的眼鏡

・大容量的肩揹公事包

・休閒服而非西裝

拿著這些條件，只在市區各圖書館和書店問過一回，半數以上都說有印象。只不過，並非因為這個人的實際犯行，而是他經常在書店定期且大量購買雜誌。由於多數是成人書刊，毫無遮攔的女店員甚至視他為惡客，不惜用「看了就噁心」來形容。

話說回來，沒有人察覺到他的猥褻行為，可見他從沒有「失手」過。

毬江遇襲的三週後，位在吉祥寺的武藏野第二圖書館傳來通報。在武藏野市內，它是規模僅次於武藏野第一圖書館的大型圖書館。

根據二館的通報，一個貌似犯人的閱覽人自數日前開始頻繁出現在館內，卻不是去借閱，而是在館內閱覽後就離開。毬江出事時報警的館員前去二館暗中觀察之後，回報說非常神似。

於是玄田判斷在前次事件之後，對方見整整一週都沒有鬧出風波，以為鋒頭已經過去。

「佈陷阱吧！」

多出來的那一週，也許是犯人在別的圖書館探勘環境，或是尋找下一個獵物——這是眾人得出的結論。

此人在前一次能成功逃脫，又自以為沒被看見長相，這一次大概會更囂張。從他在短時間內頻繁前往吉祥寺便可見一斑。

市內圖書館仍舊貼出公告，只是官方口吻地註明「近來有偷拍等猥褻事件橫行，民眾進出圖書館及書店時請多注意」，沒有寫出嫌犯的任何特徵。這是故意的。此舉會讓犯人誤以為圖書館並未掌握到任何身分情報，很可能因此大意。

然後，從前天開始，作為誘餌的郁和柴崎扮成朋友（實際上本來就是朋友），假裝結伴去圖書館閒逛。

這份差事令郁緊張得要命。這一天，她在寫當日報告時不住嘆氣，不意間聽見小牧喚她：

「笠原小姐，有件事想麻煩妳。」

「是？」

郁回過頭去，看見小牧把一個外型小巧的機械裝置擺在她桌上。

「妳們去逛圖書館時，請妳把這個戴上好嗎？只是裝個樣子。」

「啊，好，沒問題。可是……我怕打鬥時會弄壞。」

「沒關係，這個本來就是壞掉的。其實我猜犯人比較有可能找上柴崎小姐，但是妳在格鬥方面比較可靠。」

「說得也是，那傢伙不開口時也只是個美女罷了。」

「只是個美女？說得不錯，很能形容柴崎小姐呢。」

小牧嘴上笑著，心裡想必不平靜，從他放在桌上的那只機械就能略窺一二。郁把那只壞掉的小機器緊緊握在手裡。

揣摩小牧心中的盤算之後，郁暗暗做好了覺悟：她要好好地扮演誘餌，現在可不是為彆扭而嘆氣的時候。

＊

「先用嬌嬌女風格的大學生氣質進攻——各位覺得如何呀？」

捲髮輕盈、碎花圖案的連身裙襬飄飄、披著短外套的柴崎當然是個天生的美女，這一點自不在話下。但是郁的「偽裝」成果，就令全體隊員大為吃驚了——包括郁自己在內。

多層次混搭的細肩帶背心，外罩針織開襟薄外套。合身的迷你裙搭配花紋白絲襪，裙邊還繡著蕾絲花邊，簡直女人味到了極點。加上她的高個子，看起來就像從少女雜誌中走出來的模特兒。

「若是夏天就不必穿絲襪了，可惜～」

「才不可惜！」

郁忍不住想蹲下去遮住自己的長腿，卻被柴崎忙不迭的一句「隨便蹲下會走光唷」嚇得不得不起立站好，勉強用學生最愛的L型文件夾擋著。

「坐的時候記得雙腿併攏，膝蓋往旁邊靠。這是規定，妳要給我牢牢記著。正式上場時可不准遮來遮去。」

柴崎的指示一點也不輸魔鬼教官。

手塚莫名其妙的叫了一聲「像……」就用手捂住自己的嘴巴，大概想說「像是變了一個人」又不想承認。

「妳每天都穿長褲，白白浪費了那雙美腿。妳不知道那是多好的武器。穿白底花絲襪還不會讓腿看起來臃腫的女人可不多呀，而且妳鍛鍊得這麼好，肌肉結實勻稱，腿又直又長的。」

「不要！我不必用這種武器！我的腿只要跑得快就夠了！只要負責把來攻擊我的人絆倒、踢飛就好了！」

「就像上次絆倒我那樣，是嗎？」

板著臉的堂上插嘴，害得郁更加激動：

「教官你自己都叫我不要在意，還提那件事？明明是你先搶我的私人信件！」

聽到郁的口氣愈來愈差，柴崎輕輕拉了拉她的袖子。

「是妳的改變太大，他在難為情啦。妳仔細看。」

郁驚訝地依言看去，卻見堂上把頭轉向別處，完全不看她。

「妳們兩個都很漂亮，可以稱職地去色誘犯人了。」

弄了半天，只有小牧講出像樣的讚美。然後他又說：

「今天由堂上、手塚和別班的幾個隊員，以業務支援的名義到吉祥寺去。我則會扮成閱覽民眾入館。」

玄田表示「應該不用我上陣吧」，便和剩下的隊員一起留守。等男同伴們抵達吉祥寺之後，郁和柴崎才動身前往目的地。

在館外等待犯人現身時，郁的手機響了起來。是堂上打來的。

『那傢伙來了，妳們晚一點再進來。』

電話那頭的聲音冷冷的。若是平常的行動指示，大概只會說到這裡，今天卻長了一點：

『入館時不要和其他民眾混在一起，等到只有妳跟柴崎兩個人時再入館。既然都變成那副德行了，動作就盡量顯眼一點！』

「什麼指示？」

柴崎問道。郁盡量把自己記得的複誦一次，便見柴崎狡黠地笑了起來：

「我就說他看傻了眼嘛，妳說是不是？」

被她這麼一取笑，郁的臉立刻漲紅，想壓都壓不住。

「他又沒說那副德行是指誰。」

勉強找出一句話來反駁，卻反而給了柴崎一個繼續追擊的機會。

「電話是打給妳的，我又原本就是個美女，『德行』這兩個字怎麼可能用在我身上。」

「等等工作時可別再鬧我囉！我正在努力做自己不習慣的事耶。」

哎呀，也對，柴崎笑著在她的背上一拍。

「入館者變少了，走吧。」

郁決定聊聊昨天的電視節目，好壓下心中的緊張感——抖擻起精神，她和柴崎就這麼走進館內。

踏入館中的那一刻，那種感覺就來了。

就在入口處的閱覽桌區，那個人的視線像是在物色著什麼，直到郁和柴崎走入才停止。

——有人在看我。

「那就一個小時後，在入口這裡等哦。」

柴崎說得稍稍大聲，讓那個人聽得見，然後對郁揮了揮手。郁則只是向她點點頭。走道從入口處一分為二，通往左右兩側的閱覽室。郁和柴崎奉指示要往人少的角落走，戒護班則在犯人下手前不採取任何行動，為的是不要打草驚蛇。

沒有對同伴十足信賴，她們是不敢踏進這種布陣裡的。

在郁看來，柴崎比較令人擔心。卻見她如魔女般笑了起來，然後從提袋裡掏出一支袖珍型的細管自動鉛筆，俐落地在指間一轉：「拿隨身物品攻擊色狼叫做正當防衛，手掌、手臂隨便妳亂刺。最多判個過度防衛又怎樣？我就是要把事情搞大！」

她會的。若讓這女人遇上，她絕對會下手！郁的擔憂當場少了好幾分。

再說到偷拍，柴崎的膽量竟也比郁大得多。「讓一個摸不著、吃不到只能偷看的可憐蟲拍拍內褲又不會少塊肉，反正錄影帶馬上就會被扣押」一語，也不知是出於天生膽大還是習於應付色狼，可以肯定的是，她被鹹豬手攻擊的次數一定比郁要多。

那個男子今天會採取行動，還是繼續觀望？

郁的一身衣飾都是跟宿舍的朋友借來的。以她的身高，能借她衣服的人不多，所以那個女孩的衣服，郁很快就已經穿過一輪了。

不能往後看是一大壓力。那名男子是不是從座位上站起來了？若是站起來，會選擇跟隨郁還是柴崎呢？

不行，老想這個會全身緊繃。郁不再多想，走向幾乎沒人停留的圖書館分類學區，打算藉這個機會順便自修一下。她知道自己不可能像柴崎那樣舉止自然，這幾排書架又正好是一般民眾最不常光顧的角落，守株待兔正合適。

捧著分類學的入門書（只能看入門書倒是挺丟臉的），她看得入迷，也不知過了多久。

忽然間，有個影子逼近，還有一股夏天才應該有的汗酸體臭撲鼻而來——郁強忍著不朝那個方向扭頭去看，但往腳邊瞄去，果然見到那只肩揹公事包就擺在幾乎貼到她小腿的地上。

上勾了！再來就看幾時抽身了。正這麼想時，一個令人毛骨悚然的感覺摸上她的大腿。

這下子，她可沒辦法再佯裝不知，趕緊用手上的書把那人的手拂掉。男子被她狠狠瞪了也絲毫不畏懼，竟然嘻皮笑臉的兩手一起來，甚至摸進了她的裙子裡。

「你這個變態在幹什麼！看你這副嘴臉！」

聽到她大罵，男子當場愣住。趁他發愣，郁抓住他的手——嘔，真不想碰——忍耐著往自己一扯，眼看伸腳就要拐過去。

完蛋了，我今天穿裙子！想起自己的裙下風光和腳邊的針孔攝影機，她就是沒法兒認定「反正錄影帶馬上就會被扣押」。無巧不巧的，穿不慣的秀氣女鞋又害她重心不穩，結果反而跟男子一起失足跌倒。

「你這傢伙幹什麼！」

聽慣了的怒吼聲，讓郁反射性的應道：「對不起！」那卻不是衝著她而來的，跟著只覺得背上一輕，原來是壓倒她的犯人被揪了起來。

男子掙扎起身，堂上立刻給他一記掃腰，讓他摔回地面，任由手塚銬上。

「妳沒事吧？」聽見堂上跑過來這麼問時，郁又以為他問的不是自己。真是一整個混亂。

「妳剛才倒下的姿勢很怪，是不是扭到了？」

說著，堂上竟不由分說的脫下郁的鞋子，轉動她的腳踝檢查起來。

「那個，我想摔倒他，突然又想起自己穿裙子。裙子很緊，我的腳抬不起來，就——」

「妳連這個都忘記啊，白痴！」

「你要罵就罵，不過我的腳沒事，請你放手吧。」

堂上連忙放開，並且說道：

「真是，穿成這副德行還卯起來用柔道，妳是想招待大家眼睛吃冰淇淋嗎！」

「我、我才沒有招待什麼……！敵人就在眼前，我會想抓住他不是很正常嗎？」

「大家都知道那是妳的得意絕招，不過穿短裙搞大外割真的太過火了。妳還是有點自覺吧。」

比堂上冷靜一百倍的手塚，湊過來落井下石。

堂上猶豫了一會，像是想問又不敢問，最後還是開口了：

「他做了什麼？」

「摸了我的腳，還有把手伸進我的裙子裡。」

見堂上的臉色驟然一沉，拳頭也握得死緊。她連忙補充道：

「就這樣而已。沒什麼——」

「不准說沒什麼！」

這一聲咆哮的音量比怒吼更可怕，郁嚇得屏息，卻又聽見帶著怒意的一句「做得好」。便見堂上逃也似的起身退開了。

「引、引誘搜查是違法的！」

見男子高八度的哭喊，柴崎決定好好地挫他的銳氣。

「那是警察呀，圖書隊可不適用唷。好可惜唷，你這個變態。」

被一個像柴崎這樣的美女面對面盯著看，又用甜美至極的笑容稱呼為變態，似乎令那個人非常難受。看來，這位仁兄屬於抱持奇怪自尊心類型的變態。

被上了手銬的男人隨即垂下頭去。

「我要問你一個問題，給我好好回答。」

男子顯然沒有選擇權，也早就被她的氣勢給鎮住。

「為什麼不選我，卻選了她?你沒選我，我可是失望得很呢。」

男子仍然低著頭，像是怕得不敢答話。小牧就在這時走過來介入，改由他發問：

「是因為這個吧？」

小牧以斷定的口吻說著，同時將某樣東西拿到男子眼前——那是小牧請郁戴上的小型機械裝置，也就是毬江以前用壞了的助聽器。郁是短髮，戴上時從後面看會更顯眼。

「這是我今天故意請她戴上的，不過你早就盯上那個女孩了吧？你知道她耳朵不好，不常出聲，是吧？」

聽到這裡，男子似乎聽出小牧話裡的另一個人是誰。

「你以為她也一樣吧？以為她同樣不敢出聲，是個消極的弱者，對吧？所以你以為可以像那個女孩一樣，任你予取予求？知道那女孩不敢抵抗，所以你做了更過分的事，對不對？」

從頭到尾，小牧用的都只是人稱代名詞，但那男子也知道是誰。

男子臉色蒼白，渾身發抖。

他知道小牧的怒意非比尋常。但這控制得太過完美的平板語調，聽來反而是一種異樣。

「發現那女孩時，你是怎麼想的？覺得找到好對象了，是吧？一個不敢求救又無法求救的女孩，你愛怎樣就怎樣，是嗎？」

小牧自始至終用的都是問句，卻沒有一句容得那男子答以否定。

「你去死吧。」

在一長串的指控之後，小牧丟下他的宣判，於是那個人把頭垂得更低了。

一旁的柴崎可沒閒著。她撈出男子的身分證，開心地叫了起來：

「萬歲，二十六歲耶！可以全名上報了。哎呀，真棒，你知道最近的媒體跟警察都恨死了猥褻行為，你這副骯髒的長相跟你爸媽費心取的名字一旦公諸於世，那可真是等於社會價值觀的死刑呢。」

見柴崎悶聲竊笑，男子擠出最後一絲的虛張聲勢往她瞪去，卻見她的笑容驀地凝結。

「你知道嗎？你沒選到我，我真的真的好失望哦。你看我長得這麼漂亮，遇過多少變態，早就養成行使正當防衛的好習慣，喏。」

她邊說邊從包包中拿出——那支細細的自動鉛筆。

「這種文具拿來防身有多好用，你自己去想像一下。遇到像你這種人時，我是一刻也不會猶豫的，這就是我的好習慣呢。太瞧不起女人，手臂上說不定會跑出一個洞，從這兒貫穿到那兒。都是你害我沒機會下手。算你走運，選上那個穿短裙還想抬腿絆人的笨蛋。」

看著柴崎的嫣然巧笑，男子的力氣就像是真的被吸乾了。

*

「毬江，毬江！」

被母親提早叫醒的毬江，接過家裡訂的全國性報紙，還沒下床就看了起來。

某個變態色情狂的新聞佔據了社會版的半個版面，就是襲擊毬江的那個人。

報導中提到了真實姓名還有年齡，不僅敘述了他的犯罪手法，也寫出法院將如何從重量刑。當然，報上也說到目前在書店和市區圖書館橫行的其他猥褻行為，要女性讀者多加注意。

「隔壁訂的是地方報，聽說篇幅更大呢！」

主婦的情報網真是從一大早開始就萬分精彩。

那座圖書館——我絕對會讓它恢復成讓妳能放心再來的場所。

小牧實現了他的承諾。

「妳這個男朋友挺可靠的呢。」

聽母親這麼說，毬江不經心的點了點頭——驚覺再抬頭時，母親已經轉身要走出她的房間。

這個意思是——媽知道了！那爸呢？

毬江緊張起來，腦中開始盤算，一面回想起小牧阻止她對家人明說時的話，這才明白他當時為什麼會苦笑著說：「不要，我會尷尬。」

……搞不好真的很尷尬。毬江開始為了待會兒要用什麼表情下樓去而煩惱，一面心想這可能是向小牧撒嬌而得到的報應。

放學時，毬江難得地發簡訊通知小牧——這是她頭一次這麼做。

『今天放學後，我會過去。』

她寫得很短，小牧的回覆也短：

『請放心的來吧。』

走進閱覽室前，毬江和小牧在大廳巧遇。小牧大概是算準了時間在那兒等她的。大廳比較吵，他們便用說的交談：

「我是看了報紙才來的。」

「嗯，抱歉，處理得晚了些。」

聽在毬江的耳裡，小牧的話被周遭人聲掩蓋得只剩下斷斷續續的單音，但那些空白處都可以用讀唇語彌補。她也很清楚小牧會說什麼。

所以她搖搖頭，表示他毋須道歉，也向他表示感謝。

「這個給妳。」

小牧從制服口袋中拿出一條銀鍊，掛在毬江的頸子上。銀鍊下端繫著一支像是銀色笛子的東西。

「我特地找了一個看起來像是首飾的，不過恐怕還是有些顯眼。」

他知道接下來的名詞不是一般常用的，因此事前在手機打好了簡訊。

『緊急哨子。』

這是主旨，後頭還有本文：

『聽笠原小姐和柴崎小姐說之後，我才知道，原來很多女生在那種情況下不敢出聲求救。而妳原本就不喜歡出聲說話，求救更成了雙重限制。我以前從沒發覺，實在丟臉。對不起。

所以，以後若再遇到類似困擾，請用這個代替妳的聲音。在圖書館裡也不例外。請妳用力的吹，好讓我能聽見。我若是聽到，一定會飛奔去找妳，就算我沒有聽見，一定也會有別人替我關照妳。』

……毬江曾經羨慕過幾個和同班男生交往的女同學，看他們總是甜蜜地同進同出。左手無名指還戴著校規禁止的戒指，因為那是男友送的禮物。

她從小牧那兒得到的東西雖然完全不像那樣，卻是他費心耗時四處去找，好讓她在日常佩戴起來也不顯突兀的一個小哨鍊。懸在心間的這個銀色小哨子，是由小牧真心保護她、珍惜她的心意凝結而成的。

「千萬不要拿下來，隨時都戴著。」

在學校的時候也是。毬江是聽障生，說是防身用，老師那兒應該會通融。

「去看書吧？」

小牧問道，領著毬江往前走。他們在外面是不牽手也不勾手臂的，當然也不能像同學那樣大大方方貼在一起。

但在毬江最受傷的時刻，小牧會緊緊擁抱她。在她最危急的時候，會有小牧給予她的「聲音」，這就足夠了。

*

總而言之，得先歸零再說。

事情告一段落後，心緒未定的只剩下郁和堂上。儘管前者一個勁兒的想讓心情平靜下來。連同辦公室腦震盪的那一樁在內，她老覺得自己應該正式向對方道歉。

郁能想到的最佳時機就是堂上加班、而她要準時下班，這樣就可以說完就逃。小牧在場也無妨，反正他全都知道，只要趁手塚和別班隊員不在場時開口就行了。

「堂上教官。」

「嗯，幹嘛？」

郁怕自己抬頭和他對上眼就會臉紅，於是趁勢深深一鞠躬。

「前陣子是我不好！」

突然來這麼一下子，堂上嚇得雙肩一縮：

「妳莫名其妙講什麼啊！前陣子是哪一件事？」

原來我記錄不良到要問「哪一件」這麼多，那我每天都在幹什麼——郁暗暗心傷，姑且先用自己認定的「那一件」來說：

「就是那時在辦公室，把你弄成腦震盪……」

說不出事發的理由，她故意跳過，不過面前的堂上似乎也聽得渾身不自在。只見他生氣地把臉轉向一旁，恨恨地啐道：

「那件事妳不用道歉！」

口氣倒像在賭氣似的。與堂上對桌而坐的小牧正在偷笑，同時打趣地偷瞄堂上：

「終於被逮到囉，堂上。」

聽這口吻，郁才知道堂上一直躲著，不肯讓郁為此事道歉。的確，她第一次去賠罪時還沒來得及開口，堂上就先發制人地命令她「這件事不准再放在心上」。之後每當她想表達歉意，堂上總是顧左右而言他或藉故開溜，原來都是故意的。

「是我不好！」

「你想打馬虎眼過關，人家還是有辦法投出直球來抓你。堂上，你不也有話要說嗎？」

堂上的語氣只讓人覺得他在不爽。

「是我公私不分。手塚慧要寫什麼信給妳都是妳的隱私，妳既不肯讓我看也不來找我談，那麼就算我是上司也不該過問。」

他的口氣這麼衝，郁都覺得掃興。

「若是值得商量的內容，我會第一個找堂上教官商量的！」

既然掃興，我幹嘛也跟著激動？郁又忍不住罵起自己來：

「可是我也有我的彆扭，有些私事對別人而言不算什麼，對我卻覺得丟臉嘛！這種事被人隨手寫出來取笑，我怎麼會想讓人家看呢！」

那張便箋就那樣草草取笑了她的戀情。另一個當事人還想看，她當然是打死不肯。

忍著鼻酸，她聽到堂上從椅子站起來的聲音。

「抱歉。」

伴隨著道歉，有隻手輕輕撫在她的頭上。

「那封信只是幼稚的取笑我而已，真的沒別的。」

「妳一定很不高興吧。不跟我說沒關係，但也不用強裝沒事。」

——真不想知道這個人就是王子。

好想自然而然脫離對王子的憧憬，然後自然而然喜歡上這個人。

就像小牧所說的，堂上的安慰令她心安，但她分不清這是因為現在的他、還是因為他就是當年的王子。

看見堂上搶盡風頭時總是不願承認、不甘心地想贏過他，說不定也都是因為自己就快喜歡上他的緣故。

手塚慧無所不用其極的讓她知道堂上和王子是同一人，卻也攪亂了一池春水。讓她進也不是、退也不是，一步都不敢踏出，只好盼著這場混亂快點收拾。再想到手塚竟有這麼一個壞心眼的哥哥，竟敢拿別人的戀愛開這種玩笑，於是反而同情起手塚來了。至少，她自己的家人不會做出這種事。

「沒事了，就回去吧。」

堂上說道，他在這時的聲調聽來總算變得溫柔，也讓郁終於下定決心。她抬起頭：

「我要從對王子的憧憬中畢業了！」

從小牧那個方向傳來的噗嗤聲真是大得驚人，這種發作規模可謂史無前例。

「噴、噴飯也不用笑成這般史上最誇張的等級吧？」

「抱、抱歉，笠原小姐，我知道妳非常認真，只是妳說的話太有破壞力。」

另一廂的堂上已經呆住，一點兒反應也沒有。小牧像是努力在忍笑，但不知是不是連堂上的份一起爆發，接二連三的怎麼也停不住。

「不行——我聽不下去！妳剛剛的話實在太直接，聽不下去啊！找遍全日本，大概就屬笠原小姐妳最直接了！」

「唔唔唔——要你多嘴！就算你是上司，也不能這樣笑我！」

追根究柢，叫我重新觀察堂上教官的不就是你嗎？想歸想，郁當然不敢說出來。

「所以我才道歉啊，啊哈哈哈哈哈！」

「不要邊笑邊道歉啦！你這個笑面人——！」

這算是她頭一次跟小牧鬥嘴，也同時了解到小牧這個人：只要讓他找到破綻，他是最緊咬不放的一個。

「啊，不行，橫隔膜好痛。」

小牧這麼哀叫道，這才停止了爆笑。郁足足被他笑了這麼久，連反擊的力氣都沒有了，只能屈膝坐在地上縮成一團。見她這般消沉，小牧的道歉才終於不再帶著爆笑聲。

「對不起啦，笠原小姐。妳的『王子畢業宣言』應該還有後續才對。還有旁邊那個被冷凍的傢伙，幫他解凍一下再離開吧。」

聽到話題繞到自己身上，堂上的肩頭這才動了一下。

「關、關我什麼事？」

「人家她本來就是對著你說的。你也扶她一下啊？」

堂上依言俯身向郁伸出手，模樣畏畏縮縮。郁也好面子地表示「我自己站得起來」，不希罕他的畏畏縮縮。

「我不會再動不動就提王子的事，也不再追查他的身分了。」

聽到追查身分，堂上的肩頭震了一下。

「我在六年前遇見的三正，是六年前的他。就算重逢，現在的他應該也有所改變了。過了六年，那個三正一定也歷經各種成長和歷練，雖然我現在仍然崇拜他、喜歡他，不過……」

她用怒濤般的氣勢一口氣把這些話講完，停頓了一會兒，然後邊想邊說：

「我不打算喜歡六年前的那個三正。假使他還沒有離職，現在一定也在圖書隊的某個單位繼續服務，我想要去喜歡的是那個他，而不是六年前的白馬王子而已。為了配得上他，我也必須努力，所以我要——」

從王子的美夢中畢業——她不敢再用這一類的說法，免得小牧的噴飯大笑又發作。於是決定就此打住。

「……這種事也不必特意跟我報告。」

帶點兒怯懦，堂上低著嗓門咕噥道，大概願意接受這種程度的牽制。

「教官，你好像一向不喜歡我講王子的事情，所以我想讓你放心。那我告辭了。」

說完又是大大的一鞠躬，郁就這麼離開了辦公室。聽到堂上拉開椅子坐回辦公桌，一時用力過猛還撞到後排的桌子、發出巨響，她知道他的心情十分動搖。

「哎呀——從王子夢中清醒，真該恭喜呢。」

看見堂上的表情，小牧又噗嗤笑了出來。堂上只管板起臉孔，一概不理。

「現在稍微覺得有所回報了吧？」

這種誘導式的問題，堂上才不中計，只是有些事情浮上心頭。

當時在書店裡的人若是堂上教官，我才不會想當圖書隊員！

她曾用這番話頂撞，當時的他無話可答。換做是現在的自己，郁就不會進入圖書隊，而這正意味現在和過去的不同。他一直認定這樣的改變才是正確的，也覺得應該如此，但在親耳聽到的那一刻，心裡卻仍然受到打擊。

郁肯定當年的他，卻否定現在的他，也等於否定了這些年來堂上自認的成長。但提出否定的對象是郁，這一點恐怕才是最傷人的。堂上自己也不得不承認。

每當看見郁幼稚地嚷嚷著王子事蹟，堂上就覺得她在拿過去的他和現在相比，不斷刺激他。儘管郁不知道王子本人就近在眼前，他還是感到焦躁不安。

是啊，我該承認——

原來我還是希望六年前那個凜然面對檢閱的少女，對現在的自己感到認同。

那麼——

若是值得商量的內容，我會第一個找堂上教官商量的！

回想起她頂嘴似的口氣，堂上忍不住發噱。

「我猜她是想喜歡上現在的王子？」

小牧的調侃，已經無法對冷靜下來的堂上造成動搖。

「祝她早日找到囉。」

他漠然應道，便聽到小牧嘀咕：「你們兩個真難搞。」似乎頗覺沒趣。

二、昇遷考試來臨

*

進入圖書隊的一年十個月後，郁獲准報考升遷考試。

大學畢業的新進隊員都從一士做起，通過這場考試就可以升到士長。高中畢業的隊員，則是以一士為目標。

選在春假前進行的這場考試，可謂圖書隊生涯的第一道關卡，也是大多數隊員在這個時期最熱衷的話題。

「這麼說，妳也拿到報考資格了？」

寢室裡，柴崎的這一問令郁不禁斜眼瞪去：

「很失禮耶！妳就認定我拿不到資格嗎？」

「妳自己都覺得意外了，幹嘛還要生我的氣。」

柴崎一語道中，郁只好悶著低頭喝茶。

報考資格是由勤務評定與直屬長官推薦來決定的。郁和手塚隸屬於圖書特殊部隊，直屬長官當然就是堂上。

夏季時發生的書籍藏匿事件曾波及郁，行政派的主管因此對她的報考資格略有微詞。聽說是堂上據理力爭，撇除了高層對她的懷疑。

郁回憶起當時的種種，幾乎就要陷入夢幻般的痴迷，只得拚命甩頭。看得一旁的柴崎面露不解。

——不相干、不相干！那個人一向公平公正，不論部屬是誰都一樣，不會只特別袒護我的！認真要說，應該是這種考核制度只會考倒我，所以他才額外替我說話——這麼說，是因為我低能，才需要這樣嗎！

急著想冷靜下來，卻反而打擊到自己。郁沮喪至極地猛然垂下頭去，想把額頭抵在馬克杯的杯緣，卻聽見響亮的一聲「喀」。

「怎麼搞的？沒事吧？」

「啊，嗯，有點痛而已。」

「我是說杯子沒事吧？」

「什麼話嘛！」

敲出那麼大的聲音，還只說「有點」痛而已，像這樣的女人根本沒什麼好替她擔心的嘛。柴崎的挖苦倒也有幾分道理。

「像柴崎妳跟手塚去考試，一定很從容自在吧～～～」

這一聲消極的感嘆聲中，藏著幾分羨慕。升遷考試當然有它的合格比率，不過取得報考資格的隊員幾乎都會參加考試。

「合格率將近五成，有什麼好怕的？」

「那是像你們這種習慣考試、不把合格比率看在眼裡的人才會這麼講！我國中時連英檢四級都考不過耶！」

「三……級落榜還常聽到，四級真的沒聽說過。」

看柴崎的表情，連她都認真同情起來。

「所以我參加大小考試，靠的都是這雙腿！」

郁站起來拍拍自己那雙結實的長腿。

「妳這種說法活像腳上有神仙似的。要不要拿來做生意，考前摸一下就收一百圓？運動短褲是露腿的也很好賣，三天就能賺飽一口袋的零用錢，獲利就六：四拆帳。妳還可以附帶販售穿破的絲襪，肯定是一筆不小的財富。」

「等等！怎麼扯到這種信仰賺錢法來了？也未免離題得太誇張了吧！」

「哎唷，妳那雙美腿可是有很多人愛的呢。」

「噁——不要跟我講那種噁心的事啦——！」

郁撫著起雞皮疙瘩的肩頭叫道，挺能對應這種話題的柴崎邪邪一笑：

「哎，第一關筆試的內容都在圖書手冊裡，背一背就能過關了。最難考的其實是實地演練，可是以妳——」

柴崎只說到這裡，就被郁狠狠白了一眼，於是乖乖閉嘴。

*

堂上班的手塚應該能順利合格——這位公認正取的模範生把柴崎找出來時，距離升遷考試還有一個多月。

手塚約她吃午飯，還特地選在郁要值班的日子，相當周到。

「怎麼了，這麼難得？」

手塚慧的事讓他們互相介入彼此的背景，但也沒有因而變得特別熟稔。頂多是有事時找對方討論或幫個忙，始終保持著同事關係，幾乎沒有為了私事而約出來見面過。

「……有事要找妳商量。」

手塚的表情嚴肅，像有難言之隱。柴崎想不到他要商量什麼，有一點點意外，因為她向來以敏銳自負，竟也有不能預先料到的事情。

「……關於你哥？」

踩個最有可能的地雷試試。但見手塚不屑的輕笑一聲啐道：「那種鳥事。」

「那個人只會利用家人和親情來耍我，我的煩惱死活好像一點也不關他的事，我去想那個做啥？」

從那半唾棄的口吻聽來，手塚是不會主動為他哥哥的事情而煩惱的。

……這彆扭鬧得可真大呀。柴崎想著，不由自主的探向前去。手塚固然不像郁那樣屬於容易大驚小怪的類型，但被踩到關於他哥哥這個最大的地雷，反應也不過爾爾，可見他要商量的事確實是個大問題。

「看在之前的人情上，我就姑且聽聽吧，雖然八成不關我的事。」

這就是柴崎與手塚的距離感。她不會主動答應要陪他商量。

「……考試。」

手塚壓低了聲音，柴崎只好湊近去聽，不料他突然抬起頭吼出下半句：

「為什麼今年的實技演練，要叫我們給小朋友講故事啊！」

她實在沒辦法忍住不笑。

「啊、啊啊——原來是這回事啊！」

「不准笑！」

手塚很少出現這種咬牙切齒的表情，看起來就和郁一樣滑稽。這話當然不能對他說，柴崎只好把感想放在心裡。

新隊員升遷考試的實技演練項目每年都不同，從櫃臺作業到書架整理、書庫作業和虛擬事件危機處理等等，種類五花八門。

防衛部的實技演練項目一向只有格鬥與射擊，可是圖書特殊部隊需要「精通並因應各種業務」，在考試項目便和圖書館員受同等待遇。

是的，今年的一般館員升遷考試，實技演練考的正是「為兒童朗讀圖畫故事書」。

「偏偏在今年出這種題目……！好像知道我遇到小孩就頭大似的……！專門整我嗎？」

的確，手塚為人異常嚴謹，不擅應付小孩（這是委婉的說法）。在中學生爆竹事件時，他竟然想為已失去反抗意圖的小孩戴上手銬，顯見他有多麼不知變通。這種一板一眼的個性雖然能使他公私分明，情感與理智獨立，面對小孩卻發揮不了作用。

「你也別這麼說。輔導兒童的情操教育也是圖書館的重大使命之一，每幾年都會考一次。」

舉凡說故事大會、讀書會和多媒體交流課程等等，在當地志工的協助下，圖書館常常策劃這種富趣味性的活動。氣候宜人時，還會穿插舉辦韻律教唱等等戶外課程。圖書館的工作其實非常多元。

「那些重要性我當然知道！」

手塚吼道：

「只是幹嘛偏要選在今年考！」

搞了半天，他只是在發牢騷。柴崎立刻把自己切換成「左耳進右耳出」模式。

「『精通並因應各種業務』不就是特殊部隊的信條嗎？」

「但我們的職務明顯偏向戰鬥性質，為什麼今年不跟防衛部的一起考一考就算了！」

當遇上計畫外的狀況時，手塚會意外地做出蠢笨的反應，讓人覺得他很可愛——這是某個心儀手塚的女孩跟柴崎透露的。柴崎可沒就這麼認定手塚此刻是在發蠢，她聽得出話裡有指責考試題目獨獨刁難特殊部隊的意味。

「算啦，既然都定案了也沒辦法，好好努力吧。」

敷衍著結束話題，她想繼續用餐，卻聽到一聲「等等」。

抬頭看去，只見手塚表情尷尬地斜眼望向天花板的一角說道：

「那個……妳能不能教我怎麼應付小孩？業務部常會經辦兒童活動吧。」

柴崎忍不住笑了出來。一開始便直說不就好了？男人歪理真多——這一點的確可以算是某種「可愛」啦。

於是她瞇起眼，開心地笑著向手塚點了點頭：

「ＯＫ！多少錢？」

這一副理所當然的爽快口氣，惹得手塚怒目相向。

「妳啊！我那隻錶都讓妳拿去當掉換酒錢了，還不夠嗎？」

「咦——那一次你也喝了，等於是我們對半拆帳。而且你自己說手錶隨我處置，不就等於放棄所有權了嗎？」

手塚煩躁起來，只得哀嚎：

「好啦、好啦！那妳開條件吧！」

郁的行情是午餐附帶甜點——手塚雖然也是同期，但畢竟是難得示弱的人。此外，這會兒也差不多該跟他交換情報了。

「一頓晚餐，外加飲料哦。事成之後再付就行。」

「廢話！笨蛋！要是我沒合格——」

見他抱頭呻吟的模樣，這會兒大概在想像自己落榜、而郁卻合格的光景。

＊

「這倒是出人意料的發展呢～」

工作空檔中，柴崎不自覺的竊笑。

要是只考筆試，肯定是手塚一枝獨秀。郁若能低空飛過，已經算是考得很好。

不過，手塚好像已經被逼急了。若按常理，這種事應該去找上司談，如今他刻意來找柴崎，一定是不想讓班裡知道他的弱點。

她建議手塚先觀查執勤時的郁，不知道那會是怎麼個觀察法。想到他們兩人今天值同一班，柴崎又忍不住偷笑。

「笠原小姐！」

木村悠馬和吉川大河從閱覽室附近邊跑邊叫。自從去年的圖書規制座談會之後，這兩個中學生就和郁熟了起來。

按當時的說法，悠馬在升上三年級時就會參選學生會長，而他後來也確實當選，但在前幾天已經卸任。因為四月之後，他們兩人就要上高中了。

「這麼大聲，很吵耶。這裡是圖書館，安靜點！」

郁的嗓門也不小，根本沒什麼說服力。反倒是悠馬擺擺手要她別計較。

兩人都向手塚打過招呼，然後就抓著郁聊了起來。

「之前『集思會』禁止閱覽的書籍解禁了耶！」

「還包括《荒野的加娜》全系列！」

大河也開心的爭著插嘴。

啊——這小子被我上過手銬。一個不願記起的畫面竄進手塚的腦子裡——這兩名學生當時在「兒童健全成長集思會」的現場放沖天炮，為了抗議該會插手管制學校圖書。

如今回想起來，當時的做法的確太不講情面。

這小子大概懷恨在心吧，這個念頭令手塚心中一挫。

「咦——好棒哦！」

才剛提醒別人要輕聲細語，郁自己卻跟著那兩個人歡呼起來了。手塚實在打不進那個圈圈，只能想像自己打進圈子後的畫面——實在不可能，他覺得頭昏眼花。

三人很快就鎮靜下來。手塚也來不及附和或道賀，不得不繼續沉默。

卻見悠馬轉向手塚問道：

「手塚先生，你知道我推動的公約嗎？」

「呃……」

他先是這麼回應，卻怕對方以為他不知道，於是改口加了一句「我知道」。

參選學生會長時，悠馬喊出制定公約的政見，目的應該是為了向家長會要求追回被沒收的書籍。悠馬總算在任期屆滿前實現這項政見，想必歷經一段漫長的奮鬥。

「你還記得啊，謝謝你！」

「呃，不……哪裡哪裡。恭喜啊，真是太好了。」

僵澀地說完，手塚忽然察覺：之所以突然提到這件事，該不會是這個中學生看我被冷落在一旁，才故意說的？這個想法又令他更沮喪了。

大致聊完，兩名中學生就離開圖書館，手塚和郁也繼續巡邏。不過——

「抱歉，等我一下。」

丟下這麼一句，手塚轉身去追那兩個學生。

「吉川！」

不知道該不該稱對方為「吉川同學」，他也不好意思像郁那樣直接叫他們的名字。被人這麼一喊，吉川大河嚇得縮起脖子，回頭張望時的表情很是驚懼。看得手塚心中又是一沉，心想自己居然讓一個中學小鬼怕成這樣。

「呃，幹嘛，我又沒……」

「不是，我不是來罵人的，只是有事想問你。」

看大河隱約退後，保持微妙的距離，手塚索性直言。

「你被我上過手銬，是不是覺得討厭？」

「討……當然討厭啊……誰會喜歡啊……」

這廂正想道歉時，大河那廂的態度竟然罕見的強硬起來。

「幹嘛，你現在還要來教訓我嗎？那一次我已經受到教訓，也反省了，你就放過我吧！」

「不，我不是那個意思！」

他的音量可以蓋過大河，但想到這麼做只像是恐嚇，便進一步解釋：

「我只是事後想到，當時的處理方式太過強硬，不知道會不會傷害青少年的心靈。」

「手塚先生，你講這樣我聽不懂啦。」

大河煩躁起來，被悠馬用手肘推了一下。

「大河，你不要鬧彆扭啦。大人也有不懂的地方，你就回答他嘛。」

呃啊——這麼替我補充，實在很傷！手塚這麼想著，卻不能出言挑剔。

臉上有幾分迷惘，大河還是開口回答了：

「我只是很害怕，沒有反過來恨你啦。笠原小姐叫你解開手銬，我感謝她的好心，但也因為被戴上手銬，我才知道自己做的事有多嚴重……我們只是想給『集思會』一點顏色瞧瞧，沒想到事情會鬧到不可收拾。本來還以為會被抓到警察局去。」

大河原本就不善言詞，說到這裡時已接近極限。

「我學乖了！真的學乖了！所以我很怕你！被你戴上手銬時最可怕！但那並不是討厭哦。而且如果當時沒有受到那樣的懲罰，搞不好我們會變壞啊。這樣你懂了嗎!?」

聽大河這麼一問，手塚被逼得不得不點頭。悠馬也在這時插嘴道：

「我們會跟笠原小姐熟起來，是因為她自然地配合我們小孩子的水準。若是別的大人，也許一樣會誇獎我們，但不會跟我們一起歡呼，不是嗎？」

在手塚的生活範圍裡會遇到的小孩，就屬這兩個人最熟了。如今看來，他們似乎並不排斥他——悠馬的結論有這個意涵，卻也讓手塚意識到自己的煩惱已被看穿，他總是懷疑自己不受小孩歡迎。

確定自己敗在中學生的眼力下，手塚只覺得臉上一熱。臉紅大概是藏不住了。

「升遷考試的實技演練測驗，請加油哦。」

再加上這一句，手塚簡直就要頹喪失態的當場抱頭了。

「怎麼啦？你居然有事找他們兩個？」

聽到在館內等待的郁如此問道，手塚反射性地遷怒了一句「少囉嗦」。

「我只是去確認妳跟他們一樣是小鬼水準罷了！」

「幹嘛莫名其妙損人啊！要打架，我願意奉陪哦！」

「我才沒那個閒工夫找妳打架！」

到頭來，郁會跟小孩子混熟，全是拜個人資質所賜，對手塚而言一點也算不上參考。還叫我去觀察執勤時的笠原咧，見鬼。

「一點也沒有參考價值！」

在閱覽室逮到柴崎，手塚大吐怨言。

「兩個中學小鬼來報告好消息，她跟人家一起高興得又叫又跳，我怎麼做得出來！」

「能親眼見到實況可值二十萬圓呢，記得拿數位相機拍下來。」

「不要報價啦！」

見手塚苦著臉，柴崎微微歪頭。

「我本來就沒說她值得參考啊，只叫你去觀察她和小鬼頭相處的過程，當作是範例之一罷了，不是嗎？等你看過笠原的，接著去看你們班裡其他人，多收集點資料再應用，這應該是你的拿手本領才對。」

「說是這麼說……」

特殊部隊絕少有機會參與兒童活動，升遷考試又迫在眉睫，這會兒才要收集資料可不容易。

正確的說，其實是自己放走以往的機會。以前也有過兒童讀書會等活動，館方偶爾也借調堂上班去支援。但手塚因為不喜歡和小孩打交道，總是故意選擇幕後工作藉以規避，鮮少和小朋友們有實際接觸。

機會本來就不多，自己又主動放棄，這下子真是後悔莫及。手塚思度著，小牧從容應付小鬼的場面大概可以想像，堂上的就值得參考了——早知道就該多去現場見習見習，現在他只記得郁發脾氣管教那些吵死人的小鬼，弄得她自己也在那兒鬼吼鬼叫的鬧成一氣（看在小鬼眼裡，只像是鬼屋一樣的恐怖刺激。郁愈發火，他們愈興奮，場面愈難收拾），但記得這些有個屁用！

「……我不喜歡嘻皮笑臉。」

還來不及意識，這句話竟脫口而出。

直到這一刻，手塚才明白自己的菁英形象只是裝出來的，因為他總是規避不擅長的差事。這一點，他就真的比不上哥哥了。他能想像哥哥為小朋友講故事時，會是多麼自然無礙。

「不得不嘻皮笑臉的人多的是，你這種牢騷最好別到外頭去說。」

「妳這也算幫腔嗎？」

「真愛鬧彆扭。」

柴崎苦笑著在手塚頭上輕敲一記。他以前從沒注意，她得伸長身子才能敲到他的頭。

「這個星期天，我們要在分館辦說故事大會，我也會參加。你要來幫忙嗎？」

知道她是好意顧念自己，卻反而覺得自尊受挫。周遭的人大概都看出他現在心中的彆扭了，柴崎自然不在話下。

「……排班不會衝到嗎？」

另一種拐彎抹角的彆扭問法，引得柴崎又是苦笑。

「那是臨時活動，本來就沒辦法排進班表裡，所以我也只好犧牲休假。男生人手不足，你來也幫得上忙。就當作是有借有還吧？你也不吃虧。」

待柴崎打趣說完，他開口問出心中的最後一個彆扭：

「這件事，妳也問過笠原嗎？」

「人家不需要這個機會吧？她跟小鬼們本來就是同一個水準的。」

這個意見和悠馬一樣。

「對我來說，賣人情給一個平時難得示弱的人才重要哇。」

她故意說得俏皮，活像在語尾加上一個心形符號似的。手塚終於忍俊不住，算是投降了。

＊

手塚說有事要去閱覽室，叫郁一個人先回辦公室，郁卻是心中忐忑。回到特殊部隊的辦公室一看，他們那一區果然只有堂上在。不知是不是在寫報告，堂上正挺直了脊背坐在位子上翻閱文件。

這個背影——搞什麼！我竟然覺得好帥！

自從知道堂上就是當年「行俠仗義」的王子之後，郁花了好長一段時間才能平靜地看待堂上的一舉一動。但是過了這麼久，要叫她一對一的跟堂上交談，她還是辦不到。

唯一知情的就是小牧，辦公室裡卻不見他的人影。正盤算著要不要等手塚回來再進去時，堂上卻很巧地轉過頭來。

一和他對上眼。

「我、我回來了，啊——我來喝杯咖啡好了～」

自顧自地說了這麼一段話，郁自己都覺得語調做作得好像在演兒童話劇似的，忍不住走向茶水間時暗罵自己：太詭異了！好不自然！

但對此刻的她來說，這樣已經是極限了。要和自己仰慕了六年半的王子閒話家常，本來就不是一件簡單的事。

「啊——那也順便幫我泡一杯。」

換作是之前，她會沒好氣的回一句「自己要喝就自己去泡」，今天卻是老老實實地點頭答應。

「……妳最近這麼聽話，好噁心。」

不知是不是起疑，堂上的挑釁發言最近也多了起來。郁卻沒有反咬一口的餘力。

「難道身體不舒服嗎？」

「沒有啊？我好得很。」

不要往這邊看——！她暗暗慘叫，連沖咖啡的動作都不自覺僵硬起來。

說聲「久等了」，郁把堂上那一杯端過去，堂上一面接過，一面斜眼朝她打量。

「真的沒事嗎？比方說……宿舍生活之類的。」

她被書籍藏匿事件波及的那段日子過得很悶，那件事原來堂上至今仍放在心上，畢竟女生宿舍不在他的管轄範圍內。

……他還記得又怎樣？你這個A罩杯的胸口給我爭氣一點！不要亂跳一通——！她在心裡對自己怒吼。小鹿亂撞是少女漫畫的特權，身高一七〇公分的戰鬥單位女金剛哪有小鹿可言！

堂上教官對遇上麻煩的隊員是一視同仁的他是天生關心隊員這是他的一貫原則也是天經地義不是特別照顧我或特別注意我——

攪動咖啡時，她喃喃的說給自己聽。卻見堂上才喝了一口就噴出來。

「這是什麼東西！妳放了幾塊糖啊？」

「咦？」

她慌張地拿自己的咖啡喝一口，那味道跟咖啡牛奶沒兩樣。可能是太緊張，她恐怕加了五匙以上的糖。

「對、對不起我剛剛在發呆！我拿去重泡！」

「那麼浪費！」

堂上堅持不交出杯子，一仰頭就這麼大口大口的喝了下去。

他竟然願意喝，沒叫我拿去倒掉——我一定是病入膏肓了，才會這麼想。

先是突然發現王子的身分，讓妳不知所措，是吧？

她想起小牧在她心緒最不平靜的當時說過的話。

笠原小姐，妳先盡量讓自己冷靜下來。妳對王子的仰慕跟他本人講過那麼多次，他無動於衷是個事實。而在這六年來——六年是嗎？妳也沒有多踏出一步啊！假使現在叫妳思考自己是否喜歡堂上，我想妳也未必想得出來，頂多為了他是妳曾經崇拜過的王子而感到極度震驚罷了。

不要再把堂上連結到王子去了，該換個角度觀察現在的他。只把他當作一個一入隊就對妳特別嚴格，脾氣壞又不講情面的魔鬼長官。

小牧最後說「否則那傢伙也會消沉的」，像是在喃喃自語。讓郁想了很久，仍不解其意。說了半天，反正意思就是在問我：當教官不是王子時，我是否還一樣喜歡他？若再兜上小牧那一次史上空前的笑到岔氣，八成就是這個意思了。

堂上喝乾了那杯咖啡，表情就像是喝了一整碗中藥。

「看妳一口一口喝，還真不怕甜。上輩子是鍬形蟲啊妳？」

「啊，我剛剛覺得大腦過熱，一定是消耗太多糖分……等一下！你剛才說我上輩子是蟲？」

「只是比喻。不要在這種小事上過度反應！」

堂上把喝乾了的咖啡杯放在桌上，態度轉為消極。噢，可是他還是把它喝完了——少女心給我走開啦！滿腦子都是叫不出口的怒吼，讓郁只能垂下肩猛嘆氣。

「算啦，想也知道妳這陣子會為了什麼事情而心煩。」

堂上的話嚇得她心臟差點沒爆掉。想也知道——你為什麼會知道？

「一定是升遷考試的事吧？」

她長長地舒了一口氣，這麼說倒也完全合情合理。堂上看了她的舉動，大概認為自己說對了。

「不用擔心啦，筆試的部分有空我會幫妳看過，實技演練測驗又是妳的強項。我不會讓我們班出去的新人落榜的，放心。」

說著，堂上微微皺眉又道：

「說到實技演練，我反而比較擔心手塚。」

「今年的考題是給小朋友講故事，是嗎？」

「那只是我們為圖方便才起的名字，其實只不過是找二十個學齡前的小鬼，隨便你講什麼演什麼，只要在最後讓他們都能注意你就算及格。讀圖畫故事書給他們聽雖然是最有效的手法，但孩子們會喜歡的圖畫書就那幾本，先選的先贏。用過一次的書就不能再用了，所以也有人只專注在表演技巧上面下工夫。妳抽到幾號？」

報考者眾多，不可能讓那些孩童從頭陪到尾，所以每天上午和下午各換一批，測驗為期兩週。

「第三天的十二號。」

「卡通人物的差不多都被拿光了。」

「放心，我一開始就不打算靠那些卡通人物。」

說到這裡，郁歪了歪頭。

「你說手塚比較令人擔心，是為什麼呢？」

「我看那小子平日的勤務態度就知道，他是典型的不擅應付小孩。在學兒童還勉勉強強，學齡前的幼兒可就棘手了，他們不管聽到什麼，回到家裡都會跟爸媽報告。我原本以為手塚會來找我談，可是……」

堂上像是百思不得其解，郁卻是一聽就懂。她下意識喃喃道：

「我懂……他是不想讓自己尊敬的人看到缺點。手塚跟我不一樣，他平常的表現那麼好。」

突然覺得和手塚有相同的心情，郁不由得脫口而出：

「我要是手塚，一定會想來請教堂上教官的。」

話說出口，她發現堂上的表情帶著認真和訝異，這才驚覺自己說溜了嘴。

「我是說假如！假如我是手塚的話！不是說我不尊敬堂上教官哦！」

郁選擇了「尊敬」一詞，而非「憧憬」或「仰慕」，因為她還沒釐清自己的心情。小牧明白指出過這一點，她自己也知道。憑現在的情況，「仰慕」一下子就會溜到「喜歡」那邊去的。

要是演變成那樣，我會把當年對王子的憧憬轉嫁到現在的堂上教官身上，那就沒法區別自己是不是單純喜歡現在的他了。

我不能做這麼失禮的事。在還不知道堂上教官就是王子之前，我跟他明明吵得跟死對頭一樣。

不妙，快點換個話題吧！正努力尋思時，郁瞥見堂上佩戴在左胸的階級章。二正的階級徽章是一條線——象徵圖上的書——上加兩朵看似雛菊的小花，饒富意趣。

「有花好可愛哦，看起來挺不錯的！」

這樣的跳接讓堂上一時摸不著頭緒，見她伸手指來，他才望向自己的左胸。

「妳是說這個……二正的階級章？」

「我們這次合格之後就會多一條線了嘛，好想快點拿到小花哦——」

從二士到士長的階級章上只有線條，象徵的是敞開的書本，每升一級就多一條線。郁和同期隊友們現在是一士，階級徽是兩條線，考取士長後就會增加為三條；她所說的小花，則是三正以上才能擁有的。

「升到三正才會有洋菊，現在的妳就想要？就算作夢也別那麼貪心！」

一頓喝叱、外加腦門一搥，恐怕那番話真的太厚臉皮。

撫著被搥痛的腦袋，郁嘀咕著「好痛哦」接著又問：

「洋菊……是洋甘菊嗎？」

「也叫那個名字嗎？」

堂上好像也搞不清楚。

「女人對這方面果然懂得多。」

被他誇獎可不是常有的事，郁自然開心地順勢賣乖：

「那個常用在花草茶和植物精油上，香味清爽又甜甜的，我很喜歡呀。『洋菊』這種說法，聽起來有點古老就是了。」

「……我也是聽人說的。」

堂上這時已停下手邊的工作，專心跟郁聊天。哇，現在這個氣氛有點——郁的心念又動搖起來。她死命按捺。

「聽說這是稻嶺司令夫人生前喜歡的花。」

自我本位的動搖剎時飛到九霄雲外。

她下意識挺直了脊背。

她知道司令夫人已經不在人世，便覺得應該坐正來表示尊重。

「制定階級徽的時候，也是司令決定用洋菊作為象徵的。妳知道洋菊的花語嗎？」

「不知道。」

郁所知道的洋甘菊——即洋菊，是一種外型近似瑪格麗特的白色小花，常用於茶飲和芳療。帶有蘋果類的香氣，味道溫和，很適合初嚐花草茶的人。

「是害羞或初戀？」

想著洋甘菊的模樣，郁猜測著它象徵的意涵，卻見堂上神情嚴肅地回答：

「『苦難中的力量』。」

出乎意料的這個答案，令她一時屏息。

這花語——是多麼切合圖書隊的意志啊。司令夫人對它的喜愛，是因為知道它的花語，還是純粹為了那楚楚可憐的花姿和芬芳呢？

雖然不知道夫人是否明白花語其中的含意，對仍在世間的稻嶺司令而言，那句話儼然已成為引導他的力量。

郁低頭咀嚼這其中的意義，隨後堅定地抬起臉：

「將來我一定要拿到這朵洋菊。」

堂上淺淺一笑，說了聲「多努力」就回頭繼續辦公，隨後接著說：

「先通過士長升遷這一關吧。」

這話將郁拉回了現實，她對著堂上的背影吐舌做鬼臉。

＊

「啊──對了，你們知道嗎？砂川被調到神奈川的不知哪個單位去了。」

室友們正聊得起勁，其中一個人突然提起這件事。手塚早從柴崎口中得知這個消息，但還是裝成頭一回聽到。

「是哦？那調查會那些事的後續要怎麼辦？他把我們隊上耍得七葷八素耶。」

「哦，對啊，笠原好倒楣。砂川也夠沒種的，抓個女孩子當替死鬼就跑了──」

郁的嫌疑完全是砂川為了逃避調查而無端嫁禍，而且只因為她的性格最有可能一頭栽進此類案件──這是柴崎及其餘情報部候補生利用情報操作放出來的說法，現在已經傳遍了基地內外。

「哎，我想他是不可能再回我們武藏野第一圖書館囉──」

手塚知道，所謂神奈川的某個單位，其實就是哥哥手塚慧勢力掌控下的某座圖書館分館。這個安排只是為了等風波平息。

武藏野第一圖書館的江東館長，其實是手塚慧的「未來企畫」幹部，但在他成功收拾並向社會大眾交待那一次的書籍藏匿事件之後，對於砂川之事便一概不碰。至於砂川的行為全是受「未來企畫」指使一事，則只有極少數人才知情。

「算了，我們撿了便宜啊？三個人用一間房，好寬敞啊。」

另一個室友插嘴道。

這就是一般隊員的認知嗎？手塚想著，一面聳聳肩。

「別因為空間大了就鬧過頭，弄到隔壁的來抱怨唷。」

此話一出，兩名室友便訕笑道「知道啦、知道啦」，也不知有幾分認真。

「對了、對了，手塚，明天星期天，你也有排休吧。要不要跟我們去唱歌？我們約了女孩子哦。」

「啊——我不行，我排了工作。」

柴崎邀他到分館參加說故事大會。一是柴崎邀約，二是兼作升遷考試的特訓，這兩點絕不能讓室友們知道。

「工作」一詞的效果驚人。兩名室友都異口同聲的說「你怎麼老是這麼認真啊」，言下之意像在說他是個工作狂，接著便談論起明天的行程了。

＊

說故事大會在一間色彩鮮豔的房間裡舉辦，清一色是帶著圓弧而低矮的傢俱。室內除了幾張矮沙發和圓凳以外，就只有正中間鋪著的一大張長毛地毯，大概是叫人都坐在地上吧。平時這兒只鋪著帆布毯和短毛毯而已。

角落有一只唯一的方形不鏽鋼櫃，高度約及成年人的腰部。圖書館員一到現場，柴崎便命令手塚將它搬走。

「擺在那裡又不礙事，有什麼關係。」

「你想得太簡單了。他們可是幼兒，撞到什麼都會受傷的。有時小蘿蔔頭甚至會朝牆壁猛衝，搞得你以為他們看見了某些你看不見的東西。萬一真有這種情況，你可要盡全力去擋住哦。」

柴崎自作主張的如此命令道，轉而著手卸下他們帶來的書籍。

「手塚先生，需不需要幫忙？」

幾個業務部的女孩子小跑步過來喊道。手塚平日和她們沒什麼交集，不知該怎麼應付，便往柴崎的方向瞄去。卻見她爽快地裝作沒看見，擺明了要他自己搞定。

「不用了，還有組長在，而且……那樣效率反而不好。妳們去忙別的吧。」

這是個很爛的應付。女孩子們被潑了一盆冷水，訕訕的走開去幫別人的忙了。

除了手塚之外的另一名壯丁，便是已屆中年的兒童室組長。他們兩人合力把那只方形不鏽鋼櫃裡的東西全部移進紙箱，再把紙箱搬到隔壁房間。最後，個頭不高的組長打算跟手塚一起把空空如也的矮櫃抬出去時，手塚制止道：

「不用了，我一個人搬得動。組長，我記得您的腰不好，對吧？」

「哦，是啊，那不好意思麻煩你了。」

一個平時從不往來的別部門員工竟然知道這種事，中年組長倒也樂得讓年輕人代勞。出乎意料的是，手塚獨自抬起方形不鏽鋼櫃的舉動竟惹來女孩們崇拜地嬌嗔：「好厲害——！」害他有一點點後悔。他知道自己所屬的單位特殊，表現等各方面也容易受女性矚目，卻怎麼也不覺得這是一件幸運的事。早知道就跟組長一起搬，就算只是裝裝樣子也好。

況且空櫃子一點也不重，郁自己一個人都搬得動。但他後來和柴崎聊起這件事時，埋怨眾人大驚小怪，柴崎卻直截了當的回敬一句「我們怎麼能跟那種怪物比」。

一切就緒後，說故事大會就開始了。

手塚第一個要學習的就是「坐好」。處在這麼一間典型的幼兒活動室裡，手塚光是站著就足以吸引小傢伙們的注意，有個小孩甚至逕自去攀他的腿。這個舉動不一會兒就感染了其他小朋友，大家都爭著來爬「大哥哥」了。

緊張地拉開那些迷你攀岩者，手塚也學著盤腿坐到地上。

「來——大家都坐下來——」

柴崎朗聲引導孩子們坐下時，有兩、三個小孩就這麼坐到手塚的大腿上。他們的母親來將孩子抱走，但馬上就有別的小朋友跑來坐。抱走了又來，沒完沒了……搞到最後只好固定一腿坐一個。抱兩個總比三個輕鬆。柴崎和他對眼時，她笑得好像覺得這模樣很滑稽有趣，讓他有點不爽。但小傢伙就是會搞這種突發性的舉動，柴崎又命令他盡全力阻擋，他也只好緊盯全場，同時觀察活動的進行。

幾個館員輪流為小朋友讀故事書，柴崎也好像是其中之一。

搞什麼，妳詐欺啊——這是手塚發自內心的第一感想。在場中，向來言詞毒辣的柴崎竟像變了個人似的。

看她翻動圖畫書，臉上的表情生動又靈活，隨著出場人物的不同，她也會變換聲音去配合角色。

從小孩、動物到老人，小朋友似乎都覺得很有趣。見孩子們的注意力薄弱時，她還懂得即興編一段書裡沒有的情節，唬得小傢伙們一愣一愣，重新好奇起來。

且不說別的，光是使聲音呈現高低軟硬的分別，同時耐著性子為這些稚齡幼童講演故事，這一點就夠成功了——手塚本以為自己已經深知柴崎的本性，但見她與小朋友應對時的模樣，剎那間竟有些心動，而這個事實令他異常不甘。

柴崎和母性明明是最不相干的兩碼子事！

人家哥哥送的名錶，她會拿去當舖賣掉。該利用美色誘人時，她是一秒鐘也不會猶豫。這會兒用天使般的面孔跟孩子們打成一片，待會兒轉個頭就極盡諷刺之能事、說他們是一群死小鬼——她可是個這樣的女人啊！

最教人不甘心的，就是他突然發現柴崎魅力橫掃男人心的理由。

遠一點的人看不到她的本性，自然會被她那千嬌百媚的外在舉止迷倒。站得近一點雖然會發現她的本性，但這種內外落差卻同樣引人入勝。

柴崎講完了故事就退場，隔了一會兒又悶不吭聲的出現在手塚身邊。

「如何？」

手塚不願老實的講出「詐欺」等語，只好裝著專心觀察正在場中說故事的館員，一面答道：

「大家都很有本事。」

頓了一下又說：「可是我學不來。」

最後再小聲的添上「妳的本事也太強了」，算是不情不願的敗北宣言。他知道自己臉皮薄，不可能像她們那樣把故事讀得引小朋友注目。

「你學了也不會像的。」柴崎說道，語調似乎比平時溫柔一點點。

「你若覺得我跟大家『有本事』，可見還沒及格。不過……」

說到這裡，她朝手塚腿上的兩個小孩努嘴示意。

「這不已經學到小鬼的觀點了？」

「不是……我一起立，他們就會爬上來了。」

隱約覺得她的話裡有誇獎意味，手塚不由自主虛應兩句。卻見柴崎笑瞇了眼，而且不像是在挖苦他。

「所以囉，那就是小鬼的眼界嘛。」

噢，原來如此。小傢伙們會想爬上來——

「原來是視線高度不同……」

正喃喃時，柴崎已經開溜不知到哪兒去了。話說完了便立刻閃人，就像平時的她。

*

筆試項目難不倒柴崎和手塚，郁則全靠堂上的補習過關。

進到實技演練測驗，絕大多數的報考者都無暇準備。因此當孩子們偏愛的故事書目開放申請時，不一會兒就登記得「缺貨」了。

「……那妳準備得怎麼樣了？」

見郁穿著運動外套在玄關繫球鞋的鞋帶，堂上狐疑的問。她最近總在勤務結束後用這副裝扮外出，聽說只是在圖書館的庭院裡來回漫步。

正當其他應考隊員忙著練習育幼或朗誦技巧時，郁的舉動顯得格外突出。在堂上看來，有點令人擔心。

「又不一定要讀故事書給他們聽，不是嗎？我自己想了一套好方法。」

郁笑得淘氣，隨即步出玄關。

堂上沉吟著目送她出門，忽覺肩上壓來一個下巴。回頭一看，原來是小牧。

「你保護過度囉，班長。」

同期同階級的小牧故意喊堂上為班長，通常不是捉弄就是責備意味。

這一次應該是後者。

「她很有孩子緣，不會有問題的。」

「就怕她臨場又笨手笨腳。」

「不過，這一回應該是手塚比較讓人擔心，不是嗎？」

手塚不擅長跟小孩子相處，兩位上司早就知悉。

「那小子好像自己擬出對策了，我做長官的也沒什麼好多嘴。」

聽到這般回答，小牧暗地愣住——原來我們也原地踏步了六年。留下一句莫名其妙的嘀咕，小牧就走開了。

「柴崎，妳是幾號？」

郁在寢室裡問。柴崎答得淡然。

「最後一天的最後一個。」

「啊——那不是很不利嗎？妳行嗎？」

「行啊，是我自己要求的。」

如此不利的順序何必主動要求，郁實在想不透。

「倒是妳行不行呀？我看妳都沒空準備道具了。」

「嘿嘿——」

郁的手裡做的正是「道具」之一。柴崎探頭往她桌上的圖畫紙瞄去，讚道「沒想到妳這麼行」。

「勞作可是我的強項呢。」

郁得意的用麥克筆在圖畫紙上拉線條。看她樂在其中的模樣，八成早忘了這是一場考試。相較之下——

「倒是模範生那邊行不行呀？」

啜飲著熱茶，柴崎一派風涼地自言自語著。

＊

在這三人的測驗過程之中，小朋友最起勁的就屬郁的場子。

雖稱不上慣例，但新進隊員考實技演練時，長官和熟識的隊友都會到場參觀。

「妳到底想幹嘛？」

郁直到最後一刻都不肯對班上的人透露戲碼，然而緊張的卻是堂上。

但見她好像沒準備書籍，只是將一個個紙箱搬到活動室裡。小孩子好奇地想去打開，她先是和氣的說：「還不能打開唷——」最後變成：「再敢打開，我就挖掉你們的眼睛、鼻子哦！小鬼。」小傢伙們卻因此興奮起來，樂得亂叫亂跳。

搬完箱子，郁把二十位小朋友分成五人一組，每組分配一個紙箱。

「好！我們要玩拼圖了！現在可以打開紙箱，把裡面的東西全部拿出來。」

孩子們從箱子裡拿出落葉和果實，看上去有二十個左右。此外還有幾張畫圖紙，紙上畫著那些葉子和果實的輪廓。

「大家找一找，哪些葉子跟果實有畫在圖畫紙上？要一起找哦，然後依照形狀擺在圖畫紙上！你們可以互相討論，要是都想不出來，也可以來問大姊姊！」

很有一套嘛！看著現場的光景，小牧吹了一聲口哨。

小孩子原本就喜歡遊戲色彩濃厚的動態活動（像是尋寶大賽之類的），若能寓教於樂，當然更受好評。

很快的，孩子們專注地尋找落葉和果實，一一放到圖畫紙上比對。

「大姊姊，我們的箱子裡沒有『橡實』！」

「有啦，我都有放進去啊。大家再仔細找一找。」

「找到了！橡實跟帽子都找到了！」

一個眼尖的小孩得意地把橡樹子和帽子拼到圖畫紙上去。

等孩子們完成了「拼圖」，郁拿出一本很大的圖鑑，裡面的圖和照片都很大，顯然是童書。

「你們看，這就是梧桐樹，哇——它會結這種果實哦。再看這種葉子，它是櫻花樹的葉子，只不過我們這一片是變色的。圖書館的大門口在春天可以看到櫻花開，你們記不記得？」

這完全是鄉下長大的孩子的拿手絕活兒。

「我知道！櫻花樹的葉子本來是綠色的！」

「對呀——等它變成像楓葉一樣的這種顏色時，就要從樹枝上落下來了。」

這時，郁的測驗時段已近尾聲，於是她向孩子們做最後的叮囑：

「我們今天用來拼圖的葉子和果實，全都是在圖書館的院子裡撿來的。大家以後也可以去庭院裡多找一找，每個季節都會有不同的枯葉和果實。不過，隨便亂找可不行唷，大家可以來圖書館借圖鑑，然後拿到院子裡去看，就像今天玩的拼圖遊戲一樣。」

知道遊戲要結束，孩子們開始爭著想要那些紙箱和道具。就在一場場猜拳爭奪戰中，郁的表演完畢，而且無庸置疑達到合格水準。

「怎麼樣？」

走出活動室的郁一蹦就跳到堂上面前，臉上滿是等著被誇獎的表情。卻見到堂上板著一張撲克臉——說他過度保護的朋友就在身旁奸笑，堂上當然彆扭起來。

「無可挑剔。」

咦，就這樣?小牧還故意探頭過來問道。

郁好像有些不滿足。堂上把視線從她那稚氣的表情微微移開，一面補充道:

「既有獨創性，又發揮了妳的特長，活動設計得很成功。加上小朋友顯然非常投入，所以就沒什麼好挑剔的。」

別的考生只知道搶佔暢銷兒童讀物，穿著運動夾克在院子裡跑來跑去的郁卻能如此獨樹一格，不能不說是眼光獨到。

一向要人操心的部下，原來也有大將之風——明白這一點，令堂上有些不甘心。

「就是很了不起啦!妳還要聽什麼啊!」

「誇、誇獎別人幹嘛要生氣啊!被你誇獎反而吃虧!」

看著郁像平日那樣沒大沒小的還嘴頂撞，堂上稍稍放下心來。但見小牧仍然詭異地笑著看自己，他的心情卻變得更差了。

*

第二個接受實技演練測驗的，是排在第五天應考的手塚。

「你選什麼題材?」

面對活動室外的兩位上司和純粹來看熱鬧的兩個女同事，手塚亮出圖畫書的封面。那是《伊索寓言》套書的其中一本。

「寓言呀？也不必挑這麼符合你個性的書嘛。」

柴崎忙不迭施展毒舌，手塚忍不住板起臉。

「不是的……我在找圖畫書時，發現很久沒看的故事幾乎都忘光了。回頭重讀後覺得有趣，如此而已。這個故事很短，我讀起來也比較輕鬆。」

「你把每一篇都讀過了嗎？」

堂上問道。手塚搖頭。

「我只是隨手抽一本，沒看內容。我不擅長應付小孩子，與其花心思取悅他們，還不如用我自己也好奇的讀物與他們同樂，我想這樣會比較有趣。」

說時，他故意不看柴崎，柴崎也漫不經心的看著別處。

堂上和小牧互看一眼，便見堂上笑道：「看來是沒問題了。」

「要不要牽牽我的手，沾點好運？」

難得勝券在握，郁的自信近乎厚顏無恥。手塚立刻給她一個白眼。

「誰要妳的好運氣！少得意忘形！」

「幹嘛，人家是好心耶。」

不理會郁的咕噥，手塚逕向長官們敬禮，接著打開孩子們正嬉鬧的活動室大門。

總括來說，手塚的朗讀並不流暢，技巧也完全談不上純熟。小朋友都愛突然來一句「為什麼？」

手塚雖答得吞吞吐吐，現場卻也不至於亂成一團。

「……怪了，他讀得那麼差勁，小朋友為什麼都乖乖的聽啊？」

沒有人聽膩了爬起來亂跑，也沒有人離座到角落自己去玩。手塚盤腿坐在正中間的地板上，小朋友們都圍在他身旁，入神地聽著他結結巴巴的朗讀。

郁問得直接，柴崎也答得順理成章：

「這就是小孩子讓大人覺得不可思議的地方啊——會講故事的人唸得順，他們可能聽慣了。讓一個不會講故事的男人來唸，大人覺得難聽，小朋友卻反而專心呢。」

「堂上以前也是靠這一招過關的。」

小牧從旁丟來一個令人意外的消息，引得郁驚呼。但她還沒來得及講什麼，就被堂上罵：「吵死了！」

「大概是因為愈遜的人，就愈認真吧。」

望著活動室內的景象，郁喃喃道。看手塚和小鬼們大眼瞪小眼、說話生澀的笨拙模樣，再回想他平常冰冷而幹練的形象，完全嗅得出他此刻的緊張。

他講的是「狐狸與葡萄」。小朋友爭著說話，一會兒問狐狸為什麼摘不到葡萄，一會兒說應該搬梯子，一會兒又說牠應該請朋友來幫忙等等。就在一片七嘴八舌中，有個嗓門特別大的小孩問：「這隻狐狸是不是笨蛋？」

這個問題似乎可以作為總結，不過場中的手塚已是一身冷汗。

「不是這隻狐狸笨，而是因為你們都是乖孩子，知道做事情應該要盡全力。狐狸不想下工夫摘葡萄，也不想找朋友來一起努力。因為牠覺得反正摘不到，不如趁早放棄，自以為很帥啊。可是這樣一點也不帥，對不對？大家要做個不放棄葡萄的人，這樣才帥。」

一本正經的向孩子們行禮後，手塚步出活動室，靠在牆上長長呼了一口氣。直到堂上在他的肩頭輕拍，說了一聲「不錯啊」，這才有了測驗結束的解脫感。

「『大家要做個不放棄葡萄的人，這樣才帥』。」

郁裝著聲音學他，擺明著調侃，氣得他狠狠敲她一記。

「好痛，眼睛都冒星星了。你下手不會輕一點啊！」

「不准嘲笑我的心聲！」

說著，他知道自己的臉色漲紅起來。他沒想過，原來自己在跟孩子們講話時是那麼誠摯。

不經意的看了看周圍，柴崎已不見蹤影。小牧眼尖，自動說道：

「柴崎小姐回去工作囉，還跟我們保證說不用擔心你了。」

哦——手塚含糊點點頭。

以柴崎而言，「不用擔心」大概就是她的最佳保證。但她怎麼不全程看完了再走呢？他也知道這就是柴崎的為人，只是心底仍有一絲複雜的失落。

＊

排在最後一個接受實技演練測驗考的柴崎，同時也在升遷考試締造了一個傳奇。

「沒有啦，我早就想給他們一點顏色瞧瞧了嘛。」

柴崎在事後如是說。

她要在考場上應付的那二十個小孩，正是所謂的「黑名單」集團，他們的母親總把圖書館的兒童室當作免費托兒所，把孩子往那兒一丟，自己就跟朋友出去逛街喝茶了，對孩子們的管教當然是疏忽有加。

那些小孩性子很野，任憑館員再三叮囑也不肯聽話，跑跳吵鬧、欺負別的小朋友，甚至霸占一架價值數十萬的檢索終端機，最後把機器給玩壞了。聽到對方家長以「都是館員沒把孩子看好」為由而拒絕賠償時，據說柴崎就決心要找機會制裁他們。

於是她特地去找主考單位，安排「黑名單」集中在她那一場考試，當然，他們的母親也都跟來現場看。

「可是我也沒做什麼呀，只是唸圖畫故事書，此外哪有什麼特別的。」

「還『哪有什麼特別的』咧！」

手塚板著臉插嘴道。

「故意選日本怪談，在最恐怖的地方關燈，還假裝是意外！」

「哎唷——意外啦、意外。」

「都費盡心思請人家耍小把戲了，就承認吧！」

這麼聽起來，當時另外有人在外場跟她搭檔，而那人可能就是手塚。那一天郁要輪值，沒法兒抽空去看。

郁問她選什麼書時，柴崎笑得俏皮：

「《船幽靈》（船難鬼）。」

在那個故事裡，鬼魂的手會從船緣飄飄升起，用杓子把水舀進船裡。故事書裡的圖會怎麼畫，已經成年的郁想起來都覺得恐怖到會作惡夢。

「哇塞，妳也太狠了！」

「原作的漁夫把杓底拆掉，這傢伙卻加了一段杓底沒被拆掉的情節，演得活靈活現，聲音又裝得好像，簡直是神！」

光是這般「唱作俱佳」，柴崎就已經讓那幫小朋友嚇得動也不敢動了，手塚配合的「意外」發生當時，據說現場有如阿鼻地獄裡的鬼哭神嚎。

儘管如此，有柴崎巧妙的話術，沒有一個小孩敢逃到活動室外，結果當然是合格過關。

「我有考慮要選小川未明的《紅蠟燭與人魚》，但覺得那種不合常理的恐怖感也許要年紀大一點才能體會，就選擇了比較直接的嚇法。」

他們的媽媽沒有抗議嗎？郁想了想，沒有問出口。反正柴崎一定有辦法靠她那張嘴說退她們的。

附帶一提的是，在那之後，黑名單上的孩子們都乖多了。特別是「我要叫柴崎小姐來哦！」這句話，變成館員們最愛用的恫嚇語。

*

合格者在放榜後，立刻就拿到多了一條線的士長階級章。

就隊員之間的談論聽來，選擇知名卡通圖書的考生落榜率反而比較高。因為孩子們對那些故事早已熟知，講故事的人不能即興竄改或發揮，小聽眾們也不太耐煩，秩序大亂的案例頻傳。

這一次落榜的人，半年後還要重考一次。

「太好了。」

三人戴著新的階級章碰面時，郁和手塚格外感慨。柴崎從一開始就沒有死穴，而手塚感慨的也許是自己差點敗在最不擅應付的小孩手裡。至於郁——不消說，她的死穴太多，而且都是致命級的。

「實技演練測驗那麼高明，筆試分數居然這麼低，真搞不懂妳。」

「因為實技演練題目對到了我的胃口嘛。」

說到筆試，要不是有堂上，她是不可能過關的。

明明只要把圖書手冊裡的東西背起來就行，為什麼妳的腦袋只裝了兩成？這本手冊天天跟著妳，都跟了兩年了！

狠狠罵完，再逼著郁把他整理的筆記塞進腦袋裡，魔鬼教官這才實現了「不會讓我們班出去的新人落榜」的承諾。

不過，一起晉升官階，大概也就這一次了吧。

郁自卑起來，暗暗在心裡想著。手塚和柴崎都那麼優秀，像自己這樣的人怎麼也比不上，等到下一次考試，他們兩個人一定會順利升上去。

組織裡必然有層級之分。有人一生只做到圖書正，當然也有人一路升到圖書監。

她心裡有數，自己不是那塊料。

「吶，柴崎。」

郁也分不清自己是鬧彆扭還是搞消沉。她的聲音帶著哭腔。

「我也會努力拿到洋菊的。就算我追不上妳，我們還是好朋友哦。」

「這……這女人怎麼突然哭哭啼啼？」

郁駝著背，垂頭喪氣地趴在柴崎肩上，把手塚嚇得退了幾步。相較之下，柴崎只是笑著輕敲她的頭說：

「別怕別怕，就算我當上圖書隊第一代女性基地司令，妳還是我的好朋友啦。」

「等一下，妳剛才若無其事的講出一個超恐怖的野心啊？」

聽到手塚這麼說，柴崎像是感到意外。

「你覺得我做不到？」

「不是，那畢竟不是一蹴可及，我是說妳有這種想法才是真的恐怖……」

看著手塚嘴裡嘀嘀咕咕，郁也忍不住笑了出來。柴崎的這番野心，確實並非一蹴可及之事。

「妳應該可以超越堂上二正。」

手塚話鋒一轉，繞到他和郁以前聊過的話題上。那時他去找郁討論嘗試交往的事。

「妳要是真的卯起來以他為目標，應該可以爬到不錯的階級。但我不知道妳崇拜的那傢伙本事多大就是了。」

手塚不知道兩者是同一人，所以這番話應該是單純的鼓勵，卻已足夠動搖郁的心志。

就在這時，柴崎踮起腳湊到郁的耳畔說道：

「妳呀，想超越自己喜歡的人時就會發揮潛力，說不定妳真能追得上呢。」

郁整個人都愣住了。但見柴崎靈巧地退開，照樣踏著輕快的腳步，就這麼一溜煙跑開。留下手塚在那兒不明就裡，徒勞地搖晃著已然傻掉的郁。

*

辦公室裡，堂上正在瀏覽主考單位送來的測驗資料。

「令人印象深刻，是吧。」

從旁探頭來看的小牧笑道。想當然耳，他說的是郁的資料。

郁的名字被列在兩個極端的欄位：筆試成績勉強及格，令人捏一把冷汗。實技演練測驗卻在獨創性、企畫力和孩童反應三項中拔得頭籌。

「她在實技演練方面好像有一種前所未見的獨創性呢。我後來聽到不少正面意見，說小朋友都更喜歡走出戶外了。」

「……我知道。」

見堂上悶悶不樂的應道，小牧只好聳聳肩，識趣的走開。

初次見面時的她只是個高中生——被這等過往束縛的恐怕不是她，而是自己。那個頎長的背影未被賦予任何權限，卻敢於凜然面對審查。他就是忍不下這口氣，縱使違反紀律也要伸出援手。

回到現實，郁不會永遠是高中生，時光也不會永遠停留在六年前。

通過了升遷考試，擁有了圖書隊士長的權限，如今的郁依然好勇衝動，卻不再是個「不堪用」的部下。

撇開測驗項目的好運不談，她留下的成績令見過的長官都印象深刻——郁已經和手塚一樣，都是讓堂上引以為豪的部屬了。

在書籍藏匿事件時，她堅強地熬過逆風。面對手塚哥哥的勸誘，她也勇敢地去了解，然後理智地拒絕。

那些日常的粗心，真是想包庇也包庇不完。但不論以一個圖書隊員或是部屬，郁的性格都值得上司賦予充分信賴——上司？知道自己用這種說詞逃避，堂上嘖了一聲。

對堂上來說，郁是個可信賴的部屬。性向和能力領域雖然不同於手塚，卻同樣值得信任——竟可以拿來跟那個手塚相比了。

他得用「現在的她」來重新審視這個人，否則那將是一種不尊重。小牧用原地踏步來揶揄他，指的應該就是這一點吧。

話雖如此，他氣自己總是按捺不住過度保護的衝動，而急著想成長的郁也讓他焦躁。

不要急！他有時甚至想這麼吼她。

一個隨性亂跑的人，跑的方向又亂七八糟無法預測，很快就會摔得渾身傷。所以才讓人不得不時時刻刻擔心。

我冷靜不下來，所以妳不要亂跑——要是能這麼說出口，心裡大概會輕鬆許多。但他又顧忌著怕超出分際，因此總是不敢說出口。

「反正總得先嘉獎一番才行。」

說著，堂上又盯著考試結果表看。

*

沒事要找他時，就常常遇到堂上單獨一人，真要想避開別人時又每每抓錯時機。

搞了半天，郁最後是在訓練完畢回辦公室的途中逮到堂上。她怕進了辦公室就會有別人在場，只好提前在走廊上把他叫住：

「堂上教官！」

堂上一臉訝異的停下腳步，等郁跑近。

她跑得並不快，心臟卻跳得好快。

「那個……」

怎麼辦，該怎麼開口。

「謝謝您幫我準備筆試！」

用力說完這一句，她鞠了個九十度的躬。

不知是不是想起郁的記性奇差無比，堂上的表情有些複雜，像是欲言又止。「嗯，過關就好。」

結果他只說了這些。

「要是沒有你幫我，我的筆試一定不及格的。」

「這倒是。」

我這麼恭敬地感謝你，還不識相的損我！郁正暗地不滿，卻聽到堂上又說：

「不過妳的實技演練成績評價很高，是全體考生的第一名哦。既有獨創性，又能自然引發孩童的學習意願，評審會一致稱讚是個高水準的企畫案。兒童室甚至跑來我們隊裡打聽，想問能不能借調妳去幫他們搞企畫。」

「驚弓之鳥」的這種說法，形容的一定就是郁現在的表情。

「我可以答應他們嗎？」

堂上這麼問，她只能像個上了發條的人偶般愣愣地點頭。便見堂上難得露出溫柔的笑容：

「要有信心。妳的實技演練是第一名，零缺點的。」

「可是筆試——」

「現在就別再去想筆試了。妳能拿第一的機會少之又少，要長自己威風。」

「……為什麼偏要用這種聽了不太舒服的講法……」

郁嘟起嘴，卻見堂上別過視線說道：

「抱歉。」

她沒想到他會這麼接口。

「妳憑著自己的才華企畫出精彩的活動，我卻一個勁兒的擔心妳又會搞砸。說擔心只是好聽，其實根本看輕了妳。對不起。」

「咦，不要啦！」

郁反射性的叫了起來，因為堂上對著她低頭賠不是。

「堂上教官，請不要這樣，感覺怪噁心的！」

「……妳啊，嘴巴不會講話，也不用把人家的誠意說成噁心吧……」

堂上的氣壓急轉直下。

怎麼搞的！為什麼又搞成這樣！我喊住他，只是為了像一般女孩子那樣向他道謝而已啊！

剛才明明想好了，要先說「謝謝您幫我準備筆試」，然後再說——

算了、算了！

「這個！」

郁把她在口袋裡一直抓著的小包裹掏出來，猛地遞到堂上面前。

那天，她知道是自己多心，卻不想被別人看見。於是刻意一個人跑到立川去買東西，而不是去隊員們常去的吉祥寺。低調再低調，她在車站百貨裡尋找賣場。

她搭乘手扶梯向上，在女性顧客密度特別高的那個樓層找到屬意的專櫃。

專櫃前有好幾名女性拿著試用品在比較，但是郁試也不試，直接取了其中的一款就去結帳。

被問到是自用還是送人時，她煩惱了一會兒才回答是送人的禮物，因此弄了個簡單的包裝。她又想，包得精緻一點比較好看，於是請店員加一條藍色緞帶，結果現在緞帶都皺了。

「這個送你，當作筆試的謝禮！」

她原想試著叫他當場拆開來看看，然後就能拿這份禮物當話題稍微聊一下——這樣的構思已經全毀了。

「我先告辭了！」

又是九十度一鞠躬，急得像在生氣——郁轉身就要奔回更衣室。

「慢著！」

命令似的大嗓門這麼一喊，她的身體就反射性地立正停住。

「回來。」

該死的身體居然不敢抗命。郁帶著懊惱，悶著一張臉走回堂上面前。

堂上已經拆開包裝紙，拿著小紙盒在耳邊輕輕搖晃。

「這什麼？水水的。」

「……你不會打開來自己看啊。」

請你打開來看看——她本來是要用開朗的語氣這麼說，話到嘴邊卻變得不耐煩。

郁沒有盯著堂上打開紙盒，不過他現在應該正取出一只深藍色的小瓶子。

「洋甘菊……」

堂上就著標籤上的文字讀。

「現在的商品標籤都不印洋菊了。」

「所以這到底是什麼？」

堂上好像真的不懂，只見他打開瓶子湊近聞了聞。洋甘菊的氣味溫和，直接聞起來也不嗆鼻，他就一直把瓶子放在鼻前。

「這是薰香油。本來要用薰香陶瓶或專用器具來擴香，每次點一滴或兩滴就好，但如果只是聞聞香味，直接拿這個瓶子起來聞應該也可以。堂上教官，你上次告訴我洋菊的故事，可是對這種花好像不太了解，所以我才選這個。」

「反正就是洋菊的味道？」

見郁點頭，堂上又默默就著小瓶聞了好一會兒。

「……滿香的。」

「我很喜歡。」

「我也是。」

她知道堂上說的是洋菊香味，卻不由自主的心跳加速。拜託別在這麼多自亂陣腳之後又跳得這麼大聲，只是白白後悔。

「我記得妳說這可以喝，是吧？」

對——她正想點頭，趕緊搖手制止。

「它的茶才可以喝！那瓶油是不能喝的！」

這樣啊。堂上顯得有些遺憾，恐怕剛才是真想直接喝下去。

「妳沒有買它的茶嗎？」

「外面應該有賣洋甘菊的茶包……不過花草茶有特別的味道，我怕我沖出來的不好喝，所以通常都在外面的店裡喝。」

要不要幫你買茶包呢？郁想這麼問，卻聽到堂上先開口：

「找一家喝得到的店，下次妳帶我去吧。可以的話，我還想親眼看看這種花。」

呃，這樣簡直像是約會——她當然硬生生的把話吞下，否則想也知道堂上一定收回……等等，我是在避免他反悔嗎？這就表示……

「胸前別著洋菊，我卻不知道它長什麼樣子，請個懂花草的老師來上一課也不壞。」

這該是堂上自己的藉口吧。

「謝啦。」

見他晃著小瓶子道謝，郁撐著僵掉的肩膀猛搖頭：「我才是——這是謝禮。」

然後堂上轉進辦公室，郁則終於步向更衣室。抱著訓練穿的夾克，她的腳步愈來愈快。

不要再把堂上連結到王子去了，該換個角度觀察現在的他——只把他當作一個一入隊就對妳特別嚴格、脾氣壞又不講情面的魔鬼長官。

腦中響起另一位上司的建議。

不要把堂上看作王子。

就算他不是王子。

就算一開始就沒有王子這號人物的存在。

我說不定、搞不好、有可能——

我認為自己一向尊敬堂上教官，也開始覺得他是一個好上司。

膝蓋一軟，她就這麼坐在走廊的地上。

「不行了，這已經是極限了。」

再想下去心臟會停掉。郁這麼想著，按住她不怎麼豐滿的胸口，做了個深呼吸。

三、變調的語言

＊

那一天，折口瑪姬的工作是專訪當紅的新生代演員。她只需要一位隨行助理，但組裡的男性打從一開始就沒有報名的機會，因為女性正在進行激烈的猜拳淘汰賽以決定出任者。那位演員的知名度之高可見一斑。

決定出結果的瞬間，優勝者興奮尖叫、欣喜若狂。

「可別因為樂過頭而出狀況唷。」

折口冷冷的提醒道，接著指示準備事項。換作平常，這種雜事不用她操心，但看那女孩開心得什麼都忘了，還是確認一下比較保險。

採訪地點在該演員所屬的經紀公司，拍照八成也在那裡進行。折口是採訪兼攝影，她自己偏好戶外的光線，但這一次怕影迷和狗仔隊打擾，又挪不出人手來維持秩序，只好妥協在室內拍。

經紀公司並不遠，搭山手線不過數站，只是採訪要用的器材較多，所以她們搭計程車去。

坐在折口旁邊，隨行助理洋溢著夢幻心情。

「啊～沒想到在世相社上班竟能見到香坂大地～～～」

「等等在採訪對象面前可別鬼叫鬼叫的，事關公司顏面。」

碰了個釘子，助理不滿地嘟嘴說道：

「唉唷——折口小姐，那可是香坂大地耶，妳怎麼還能這麼冷靜啊。」

「我怎麼可能為一個那麼年輕的男人叫來叫去。」

「他也是有名的師奶殺手啊。」

助理沒有惡意，就是有點兒口不擇言。折口翻過手腕看了看手錶：

「還來得及回去換個識相的助理，免得繼續被小女孩叫做師奶。」

「呀啊——！對不起對不起對不起，不要換掉我——！」

看在她死命求饒的可憐模樣上，折口便讓計程車繼續往前開。助理的情緒稍稍穩定下來之後，又開始跟她閒聊：

「折口小姐，妳喜歡哪種類型的男人？」

升到現在的職位之後，折口就不曾被問過這個問題了，一時不由得愣住。

「比方像哪個演員之類的？」

這就更教她答不出來了。演員？拿演員打比方？那種人？

心思動搖起來。久久沒被問起這些事，如今腦中浮現的竟還是那個人，令她不得不苦笑。

說得也是，當初又不是互相討厭才分手的。

退掉兩人合租的房子，玄田先動身搬回圖書基地的宿舍。她回想起他臨走時所說的話——

不如這樣吧，要是妳到了六十大壽還得一個人過，那我就把妳娶回家。

我才想這麼說呢！當時她笑著——哭著拿抱枕拚命往他厚實的胸口搥。

快滾啦，笨蛋！

玄田頭也不回，揮著手離開了那間屋子，不知他當時是笑是哭。

「折口小姐長得這麼漂亮，卻還單身——」

助理的話打斷了她的回憶。這番話大概是想抵銷剛才的失言。

「喜歡的類型啊……」

折口試著尋找相似的演員，卻怎麼樣就是找不到，還不如用動物打比方快得多。

「用生肖來比喻的話，大概是老虎或豬吧。」

如此勉強的答案，讓助理小姐苦思了一會兒。聽到她反問「……狂野的那種嗎？」時，折口忍不住噗嗤笑出。

單就字面上的解讀，助理倒沒有說錯。只是「狂野」一詞的形象實在太帥氣了，完全不是折口的原意。

時事報導或評論是清高的，但也不能不為五斗米折腰。因此《週刊新世相》編輯部偶爾也要為了銷售量，而出版增刊號或ＭＯＯＫ來衝衝業績。除此之外，他們又是出版社裡受審查損失最大的部門，總要跟別的部門平衡一下。

這一次要做的就是香坂大地的增刊號特集。他是近來急速竄紅的新生代演員，還不到二十歲就出道，憑著清秀容貌而一躍成為知名偶像。後來又演出戲劇，以紮實的演技獲得好評。如今已是獨當一面的實力派演員，擁有屹立不搖的地位。

最廣為人知的是，他曾經接演一個運動選手的角色，為了入戲而特地受訓，鍛鍊出一身符合戲中人物的肌肉。這份為工作所付出的努力也贏得很高的評價。

為這樣的一個男明星企畫增刊特集，編輯部特地安排了好幾個記者撰稿，從不同層面深入挖掘。折口就是負責報導他的生平。

「香坂大地的個人資料很少公開，為什麼這一次會同意讓我們報導他的成長歷程呢？」

他的經紀公司以往都不讓媒體做這方面的報導，這一次卻是香坂大地本人看了《新世相》的企畫案後一口答應的。

也因為如此，《新世相》格外審慎，才在一群資深記者中選了折口來負責。

「反正我再提醒妳一次，等我們開始採訪，妳給我專心調整機器和做好筆記。除了一般性的應答以外，不准主動提任何發言，知道嗎？」

聽到折口的語氣突然嚴峻起來，小助理臉色發白，只能猛點頭。

*

香坂所屬的經紀公司「Office Turn」在其立足的港區擁有一棟大樓，在演藝圈是相當重量級的大公司，媒體界更是無人不知、無人不曉。

走進該公司，折口向櫃臺人員告知身分之後，便被領進一間會議室。

出乎意料之外的，對方和經紀人早已等在會議室裡。見她們走進，這位令女孩們瘋狂、又有師奶殺手之稱的大牌偶像香坂大地不但主動起身致意，動作甚至比經紀人還俐落。

「幸會，我是香坂大地。」

「幸會，我是《週刊新世相》的記者，敝姓折口。」

折口一面拿出名片，一面朝身旁助理的腳跟狠狠踢去。早就看呆了的助理這才回過神來，結結巴巴的自我介紹並跟著遞名片。香坂大概早就見慣這種反應，一點也不以為意，仍舊微笑以對。

名片當然是交給經紀人保管，她們拿到的也只是經紀人的名片。

料想對方受訪的時間有限，她們只花了幾分鐘準備錄音機和紙筆，採訪於焉就緒。

「今天很榮幸能當面採訪您，談談您的成長背景……」

香坂大地的個人資料一向被經紀公司巧妙掩藏，他本人也從未在電視節目談起過自己的過去。所以光是爭取到這一次的專訪機會，雜誌的銷售量大概就能多賣個幾萬本了。香坂和其經紀公司為什麼讓《新世相》得到這個機會，編輯部也不太明白。

這時的香坂把手肘支在桌面，上身略略前傾，也許是在意錄音的效果。

「其實我一直想談談自己的成長經過。」

說著，他朝經紀人很快的瞄了一眼，但見經紀人只是聳了聳肩。

「只是公司怕影響我的形象，所以從來不准我說。」

這些事，折口大致料想得到，但仍裝出興味盎然的態度，等他說下去。大抵不脫私生子、孤兒、家庭失和，或甚至是哪個知名演員的庶出子女都有可能。

「不過，既然我已經幫公司賺了不少錢，我想公司也可以稍稍妥協一下了，恰好你們《新世相》

選對時機提出這個構想。啊，我這種講法有失尊重。」

「不會不會。我們反而好奇，這麼重大的案子，不知您為什麼會同意由本社負責。」

「書是會留傳下去的吧？」

見他問得理所當然，折口聽不出他的語意，反而不知該怎麼回應。

「而且世相社是平面媒體的第一把交椅，對輿論極有影響力，也是目前兩大週刊誌之一，我想你們不會草率報導的。你們的企畫書又寫得紮實。」

好聰明、好帥哦～她聽見身旁的助理痴痴呢喃道。的確是。

若只是把他看作等閒偶像，只怕自己會站不住腳。折口想著，於是端正了坐姿：

「謝謝您。」

「不，這不是什麼值得道謝的事。之所以選擇《新世相》，也有我自己的考量。」

別家媒體也有提案啊，各式各樣的。香坂說著，一面抓頭苦笑。

「更多的是找代筆來叫我出自傳的，我都回絕了。我確實不會寫文章，但也不喜歡讓別人來寫我的人生，或是上電視去講。基本上，除非側錄，否則觀眾是不會保存電視節目的，不是嗎？」

「啊，這一段請不要寫進去。公司方面會有意見。」

經紀人插嘴的動機可想而知。在香坂的同門師兄弟姊妹裡，多的是請代筆出書的藝人，而他不願意上電視談生平，對工作自然也是個妨礙。

無視於禁止自己危險發言的氣氛，香坂一逕侃侃而談。經常接受採訪的他，大概早已練就一身「視公司政策於無物」的本領。

「我想透過一般人會保存的媒體來談這件事。而且，若是《週刊新世相》系列的刊物，我家人會更高興。」

說到這裡，香坂笑得開朗。長期採訪兼攝影的折口暗地驚嘆，真想拍下他這一刻的表情。

「妳們知道嗎？我爺爺是《新世相》幾十年的忠實讀者呢。」

一反先前的老成持重，香坂對著外人用「爺爺」一詞來取代「祖父」，使他在成熟氣質中流露出一抹天真與童稚。

*

我從小就被雙親拋棄。

妳們知道這個意思嗎？不是單親而已。

是父母親同時不要我。

那是我讀小學之前的事。

我父母都有外遇，雙方都想離婚，覺得我是他們新生活的絆腳石。他們從頭到尾沒有為了贍養費或財產而吵過，可是一提到我該由誰撫養，兩個人就吵得不可開交。

我還記得自己一點也不傷心。打從懂事起，我就知道他們感情不好，也知道兩邊都不想要我。

有一次，我蹲在橋的欄杆旁邊看河看了好久，心裡納悶：既然不要我，為什麼要把我生下來呢？要是我現在就摔下去淹死，他們大概會很高興吧。

他們吵著把我推給對方，大概想看看誰先妥協，然後再若無其事的回老家報告離婚的事。沒想到，鄰居把他們爭吵的事傳到了我祖父的耳朵裡。祖父跟我們住在同一個鎮上，他是幫人剃頭的，當然每天都要跟客人聊天，街坊鄰居的閒言閒語一定會傳到他那兒去。

我爺爺氣得要死，當天就衝到我家來。他一向很關心我。

他給了我父母一人一耳光，然後開罵。

我知道你們倆個性不和，就算要離婚也是無可奈何。可是小孩子是無辜的，你們居然把他推來推去，簡直丟我的臉。從今天起，就當我沒有你這個兒子，妳也不是我媳婦了。

大地就歸我養，你們快滾到相好的身邊去吧！

於是雙親就開心的離婚了。

所以，我是被爺爺在剃頭店裡養大的。

爺爺把我帶走時，我並不覺得特別悲傷，甚至還盤算在爺爺家過日子應該會舒服得多。畢竟父母都忙著在晚上偷情，我母親好像覺得隨便給小孩子吃吃泡麵就會長大。父親根本不管我死活。

所以我從小就知道怎麼替自己的尿床善後。哭了也不會有人管的日子過多了，不學著自己收拾怎麼行（笑）。

那時離小學開學還有一個月，我卻連個書包都沒有。去爺爺家的路上我一直在想，爺爺跟奶奶對這方面比較懂，一定會替我打點好，以後輕鬆多了。我真是個心機很重、討人厭的孩子呢（笑）。

住到爺爺家之後，我的朋友也變多了，因為我爺爺的剃頭店在當地已經是老字號了。

客人們都會帶他們的小孩或孫子來剪頭髮。然後，爺爺就叫那些小朋友帶我去玩。在那之前，幼稚園時期的我反映著家庭環境，性格陰沉，所以一個好朋友也沒有。

怎麼跟人家玩、跟人打架，好像都是在爺爺那邊學會的。

啊，對了、對了。剃頭店裡少不了給客人打發時間用的雜誌跟書報，我爺爺的店裡總是有《新世相》。這一段就當作免費廣告吧（笑）。

還有，是爺爺讓我變得有教養的。我父母也不知是何時放棄的，他們從不教我做人處世的禮節，所以我本來是個沒家教的小孩。

像是寫字和看時鐘，都是爺爺教的。幼稚園的小朋友都會闖禍丟臉，但我恰巧是個文靜的小孩，不怎麼闖禍，所以長久以來都被擱在一旁。只要我坐在那兒不動、不講話，就不會給自己惹麻煩。

相對的，我的腦袋裡什麼也沒有，空空的。該像個人的部分，我一點也沒有。

剛被帶回爺爺店裡的那天，奶奶弄飯給我吃。因為我去得突然，她來不及準備小孩子愛吃的菜，就把那天剩的紅燒魚熱了給我配飯。

當時我不怎麼愛吃魚，就說「我討厭吃魚」，然後跑到別的房間想看電視。

結果爺爺抓住我的衣領，「咚！」的一拳打過來。

我整個人都嚇呆了。我父母對小孩沒興趣，長期把我丟著不管，所以我也從沒挨過打，而且爺爺以前對我好和氣、好親切的。

又驚又痛，我當然就哭了。結果爺爺對我大吼，聲音像雷公一樣：

奶奶特地為你熱飯菜，你敢說不想吃？什麼話！

我拗起脾氣，大哭大叫，奶奶就來攔爺爺。可是爺爺的個性傳統又頑固，他才聽不進去。以前你是我孫子，我當然疼你，但從今天起可不行了！你現在是我們家的孩子！你做錯事，我就用力打、用力罵！你懂了嗎？

他邊罵邊把我拖到飯桌旁，叫我坐正，逼我說「開動了」。吃完了還要說「謝謝，我吃飽了」，才可以放下碗筷。

聽起來很誇張對吧？是啊，我父母連「開動了」和「我吃飽了」這兩句話都沒教我。幼稚園裡的小朋友都會說，但是我不懂意思，每次都只是默默跟著大家低頭做做樣子而已。

那天，我哭哭啼啼的吃飯時，爺爺又臭又長的對我說教（笑）。

你聽好，這些魚、肉、白米吃下去就會讓你長血長肉，讓你活下去。為了讓你活命，別的東西就要死，你愛吃的漢堡肉和可樂餅也一樣有別的東西的生命。人家犧牲他的生命來讓你活下去，你當然要對他們有禮貌，要說「開動了」、「我吃飽了」謝謝他們啊。懂不懂？

當時他一直講、一直講，我覺得好囉嗦哦。但我現在很感謝他。

不過，那個年代的人畢竟不懂食物過敏的概念，好像也不容易理解，所以我後來有發現他們跑去買書來看（笑）。奶奶也常跑衛生所去請教人家，或是跟住在附近的年輕媽媽們討教。

幸好我沒什麼過敏症狀，但他們那樣費心的養育我，真不知道要怎麼感謝他們。

功課方面也是，爺爺時常教我認漢字、寫漢字。可惜他們那一輩實在太古早了，偶爾會教到廢體或古體字（笑），害我好幾次漢字測驗拿不到滿分。

啊，不過我也因此常在拍戲現場被人家誇獎。前輩們都稱讚我年紀輕輕卻懂得這麼多漢字。

看我成績退步時，爺爺奶奶還讓我去補習。當然啦，年逾花甲了還要算微積分，好像有點強人所難（笑）。

要是沒有爺爺跟奶奶，我會變成什麼樣子？我一想起來就覺得害怕。跟著父母住的時候，我只是活著、只是不講話，外表看起來乖巧，卻只是一個空殼。

萬一我讓父母其中一方收養，大概也只會長成一個怪物吧。這副臭皮囊裡會裝滿不正常的觀念，或是一大堆不合乎人性的東西。

就算沒那麼慘，至少也不會是現在的我。搞不好我會舉止失常，把衣服穿在頭上，或是還來不及長大就死翹翹。

我一直認為是爺爺跟奶奶讓我成為了一個「人」。作為一個演員，香坂大地能得到大家的肯定，也全是因為有爺爺和奶奶打下的底子。

我實在非常非常感激他們。

請爺爺買了幾十年的《新世相》來出版我的特集，應該可以算是我對他的一點報答吧（笑）。

*

「嘶」的一聲，鄰座的小助理傳來吸鼻子的聲音。對一個懷著追星心情來看偶像的年輕女孩而言，這樣的人生故事也許沉重得難以承受。

「對不起，能不能借一下洗手間。」

折口只好替她問道。經紀人應答之後，助理告了聲歉，起身走出會議室。

「不好意思，讓兩位見笑，年輕人歷練不足，大概是聽得太投入了。」

「不，我才是不好意思。您也明白公司為什麼禁止我談這件事的原因了吧？」

香坂自我調侃起來，又體貼的說「請轉告助理小姐，不要太放在心上」。能夠這樣樂觀於世情、還有餘力顧念他人，想來也是拜「爺爺和奶奶」的教養所賜。

至於他投身戲劇的理由，將由別的記者負責進行採訪，所以折口的工作就到此為止。

「有件事想跟您確定一下。」

「請說？」

香坂笑著反問。折口決定單刀直入：

「我們若是如實刊登這段採訪內容，您的父母勢必受到相當程度的責難。您無所謂嗎？」

「無所謂。」

開朗的笑容裡竟沒有一絲動搖。

「說來慚愧，事隔這麼多年，聽說還有一男一女自稱是我的父母親，試圖跟我們公司和我祖父母的店取得聯繫呢。」

從他的笑容和這番話聯想起來，「制裁」一詞已不道自明。香坂的穩重溫和果然只是外表的假象，內在的他有一副堅毅且強韌的靈魂。

今天的這一步棋應該也有很大的牽制意味，免得那「所謂的雙親」到三流八卦媒體去胡說八道。

這同時也是香坂的警告——若不想被人指指點點，不想被罵做失職的父母，今後就別再露臉。

「我期待你們的精彩報導。」
「是，當然。」
折口回答時，助理正好回到會議室來，於是他們就進入剩下的拍照程序。
鏡頭前的香坂當然無可挑剔，好表情也出現過不只一回。可是折口始終覺得可惜，遺憾自己沒能拍到他說出第一聲「爺爺」時的那個笑容。

＊

「咦，折口小姐專訪香坂大地？」
這是柴崎在特殊部隊辦公室裡發出的驚叫。照例，她又莫名的跑來串門子了。
「為什麼事前不跟人家說嘛——！」
她由衷地怨嘆，卻被玄田斥以「胡說什麼東西」。
「那傢伙採訪過多少名人，難道我還一個個記起來告訴妳啊？」
「你現在不就告訴我了嗎？」
「我是剛好想到！」
說著，玄田指向休息區的舊電視。電視上剛才播放了香坂大地演出的廣告，玄田才想起折口要採訪他的事。
「嗚嗚——都不先跟我說——！」

柴崎假哭著趴在茶几上，動作誇張。郁忍不住問她：

「柴崎，妳這麼迷香坂大地啊？都沒聽妳說起過。」

聽到她問，柴崎猛地坐起身來。

「那可是香坂大地呀！妳知道他的簽名值多少錢嗎？要是丟到網路拍賣，出價的速度可是以秒起跳的！」

「她就是這副德行啦。」

聳肩揶揄的是手塚。長官們都笑了起來，郁卻莫名覺得手塚那副了然於胸的表情有些礙眼。什麼嘛，我才是柴崎最要好的朋友啊。

話又說回來，以柴崎的性格，郁竟然沒有料到這一步。

算了、算了，反正手塚也算得上是她的朋友啦。

她暗暗嘆著，同時向玄田問道：

「《新世相》要報導香坂大地嗎？」

那可就大大出名了——這是郁這一輩的感想。那份雜誌的版面可不是等閒年輕演員或偶像能隨便高攀的。

「幹嘛，妳也是他的影迷嗎？」

問話的人是堂上。

「平常被魔鬼教官虐待，也要看看優質帥哥來平衡一下心理嘛。」

聽到小牧語帶戲謔，堂上的反駁倒是理直氣壯：

「我又沒什麼特別用意，只是看這傢伙也像一般女孩子那樣追星，覺得有些意外罷了！」

「我才不是追星！而且我也沒特別迷他，只是看過他演的連續劇跟電影，覺得他演技還不錯，如此而已！」

「唉，我是看妳平常的言行舉止才替妳擔心，怕妳缺少年輕女孩該有的氣質。」

「我『唯．一』最不想聽到這麼說的人，就是你啦！死腦筋的殺熊超人第一代！」

「幹嘛多加後面那一句？妳這個第二代的頑劣野馬！」

眼看兩人的口角愈演愈烈，玄田出言制止：

「你們到底要不要打聽折口的工作啊？」

鬥嘴兩人組立刻縮脖子閉嘴。郁識趣地請玄田繼續講下去。

「是哦，世相社要幫他出特集……」

小牧頗感意外的嘆道。

「應該會大賣吧，畢竟女性影迷多。學生族搞不好還會努力存錢去收集。」

有一個前幾天才高中畢業的女朋友，小牧的分析其來有自。這位小女友毬江曾在中學時因故休學，所以到十九歲才完成高中學業。

「買不起的說不定還會到圖書館來割雜誌呢，進書之後可得加強警備了。」

手塚的提點純屬無心，卻聽得郁心虛不已。將近兩年前，還在受訓的她就曾在這一點上跌過跟頭——她抓到偷割雜誌的犯人卻沒有押好，害得堂上受傷。

隨著那段記憶浮上心頭，她的頭也愈垂愈低時，突然被人用指節骨從旁邊敲了一下。郁抬頭望去，卻見堂上並沒有看著她，也沒有開口，樣子像在對她說「別放在心上」或「專心點」。大概是後者吧，她想，於是重新坐正。

「最好也提醒書店多多巡視、注意。」

堂上若無其事的接口應道，彷彿剛才那般舉動沒發生過似的。郁覺得他剛剛的動作是出於體諒，卻又覺得是自己還在胡思亂想。

「我也要回去建議業務部擬對策。」

柴崎說完就走。她常趁休息空檔在各處走動，這會兒大概是休息時間結束了。

「那他們會用什麼形式的刊物出版？」

還沒有人提過這個問題，郁於是發難了。玄田像是剛剛才回想起這件事，便回答：

「聽說是以賺錢為第一優先。沒辦法，他們一天到晚被審查，虧損得夠多了。」

照玄田聽來的說法，世相社為了規避審查、減輕店頭扒竊等等損失，香坂大地的這本特集將製作成MOOK，徹底排除違規用語。並且大量印刷，使售價能控制在每本三千圓以內。

「壓得好低，跟媒體優質化法實施前的寫真集差不多了。」

小牧立刻舉出價格帶相近的書刊類型。

「三千圓，學生的零用錢也買得起了。」

堂上也點頭附議道。一本書若能訂到這樣平民化的價格，圖書館也不必為館藏書提心吊膽了。

「還有，館內的藏書一定要壓鋼印！」

在郁看來，這樣的提議是理所當然。男同事們卻不明就裡，清一色的面露訝異，愣得她也不由得隱隱退縮。

「呃——當然，如果真的是香坂大地的影迷，應該不至於在圖書館偷書啦。我讀書時也有同學崇拜偶像，她們都把這些東西當成一種收藏品。買書的時候挑得好仔細，有任何一點點瑕疵或髒污都不可以的。」

說完，郁連忙又插上一句，說她的意思並非貶低圖書館的鋼印，接著繼續解釋：

「既然是零用錢就買得起的價位，影迷們大概會寧可買新書，也不想拿蓋過鋼印的館藏書吧。縱使有心人想偷出去轉賣，也不會有人要收藏。那麼，偷圖書館的書就沒有意義了。」

「哦——原來女孩子是這麼想的啊。」

這話是小牧說的，郁怕他有調侃意味，便警戒的點點頭。

「如果是真心喜歡啦。真心喜歡明星的人，大半會循正規途徑去買的。」

就在這時，她發覺堂上的視線轉開了，看起來像是轉到小牧那兒去。卻見小牧朝堂上瞄了一眼，逕自對著郁說：

「笠原小姐這麼正直也挺可愛的，有時都讓人想抱一抱呢。」

「什麼？」

天外飛來這麼兩句，又聽不出是讚美還是說笑，郁嚇得跳起。手塚也瞪大了眼睛。只有玄田咧開嘴不懷好意地笑了。

「等等，小牧教官，你這樣不行唷？毬江會生氣的！難道這又是個什麼圈套？你又想害我中什麼招嗎？」

「我只是概括論之，概括概括。要是社會上的人都像妳一樣，書店就不用費心提防扒竊了啊。」

「換個角度，那也許會變成另一種恐怖的社會。」

手塚揶揄時，堂上清了清嗓子：

「不過我們也要認清事實。就算是『真心喜歡』，也難免有人不擇手段，也或許有些人根本就不是『真心喜歡』。到時候還是得跟書店方面密切聯繫，請他們回報扒竊率。若是狀況太嚴重，我們館方也要相對採取警戒才行。」

堂上的表情嚴肅得要命。這場從閒聊演變而成的小型會議，就在他的結語後告終。

＊

香坂大地特集的企畫案觸礁時，各專題報導的稿子都已進入最終校閱。

延期出版的請求是由香坂透過經紀公司發出的，請求聲明中的措詞並不和緩，甚至讓人有中止出版的聯想。

《新世相》編輯部陷入一片慌亂。編輯部這邊完全弄不懂是什麼原因，雖向對方要求開會商談，卻遲遲得不到正面答覆。

事出突然，世相社只好考慮先發出延期出版的聲明，等到談判真正破局時才向讀者或預購者解釋。正當社方準備探討這些措施的法律面時，香坂大地的經紀公司總算傳來回覆，同意開會商談。

在對方的指名下，折口帶著日前同行的隨行助理，再度造訪香坂的經紀公司。

得知香坂要求延期出版之後，參與製作的記者們都暗暗擔心是自己的報導出事。眼看是個能夠大賺一筆、又是久旱逢甘霖的案子，誰都不希望自己的報導是那一粒老鼠屎。編輯部內也大開檢討會，想知道究竟是哪一篇報導觸犯了香坂或該經紀公司的禁忌，記者們當然更睜大了眼睛努力在文章中挑毛病，毋論彼此。

所以當對方點名的是折口時，編輯部裡滿溢的是寬慰氣氛，而不是同情——眾人都暗自慶幸不是自己。

誠然，要說折口不覺得自尊受挫，那是騙人的。她當然想把報導寫好，原原本本的轉達香坂話中的那份真摯。她寫得很認真。

在採訪當時的同一間會議室裡重逢，香坂的臉色已不像當日那樣和善。那天的親切也許只是業務用的課套表情。

雙方並未寒暄，經紀人只是默默示意她們坐下。光是這般冷淡，戰戰兢兢的小助理就已經快要哭出來了。

折口點頭致意，坐在香坂對面，讓助理坐在經紀人的對面。從日前的採訪中，折口揣摩香坂不是個願意讓他人代言的人，所以在今天這場會談中，經紀人和小助理都只不過是來為當天的採訪做個見證罷了。

「我非常遺憾。」

香坂率先開口：

「我最期待的就是您的報導。」

「……是報導內容不符合您的期望嗎？」

香坂不答，把桌邊的一疊紙拿到折口面前。那是報導的校樣。

第一頁的照片是他的笑臉，大標是「理容師爺爺的養育之恩」——這是折口負責的單元，她當然記得每一個字。在文稿中，她把採訪者的發問字數減到最少，把香坂說的話全部寫成近似獨白的體裁，目的是為了忠實呈現他本人的語氣和措辭，讓這個故事讀起來更生動而貼近人心。

事實上，他在採訪當時的口述已經足夠成為一篇獨白。折口只做了些許重整以增加閱讀上的順暢、添一點點補充，她不覺得自己有任何捏造或無謂的加筆。

單就她自己的印象，那篇報導是寫得不錯。

「我並不是對文稿內容不滿。真要說起來，我故意把自己的成長背景講得那樣陰慘，妳卻能巧妙的呈現出『談往事』的淡然。單就這一點，這篇報導寫得比我預期的還要好很多。」

有這樣的評語，可見他完全掌握到折口撰文時的方向。

這麼說來，他的不滿出在——想到這裡，她的眉頭微微皺了一下，因為那是更纖細、更難兩全的訴求。

香坂接著道出的不滿，果然如她所料。

「這個標題的『理容師』是怎麼回事？文稿裡的『美髮師』也是。」

折口不由得低頭。她無話可答。

要說全篇的爭議點，就只有這裡了。

「我那天說的是『剃頭』，而且從頭到尾都是這麼說的。我不記得自己有用過『理容』或是『美髮』之類的名詞。」

「啊，那是……」

一旁的助理想插嘴，「閉嘴！」折口立刻喝叱著要她住口，但她並沒有照辦。也許是身為影迷，助理急著想解開香坂的誤會，一時竟激動起來。

「因為『剃頭店』這個名詞會觸犯媒體優質化法的審查禁令！那是違規用語，所以電視和出版都得改用『理容業』或『理髮業』這一類推薦用語，否則審查時都會被沒收！『美髮』是我們認為比較口語的說法，也是用來代替『理容』、『理髮』的！」

「我說你們啊……」

香坂的聲音裡有一股無可挽回的不耐煩。助理不禁屏息。

「我爺爺今年七十五歲，就快要退休了。連同學徒時期算在內，他幫人『剃頭』少說也有六十年，這麼些年來也都說自己是『剃頭師傅』。他打了六十年的『剃頭』招牌，等我拿這本書給他看時，你們要我怎麼交待？難道叫我告訴他，說『剃頭』是違規用語，然後勸他別在意嗎？我家的爺爺行得正、坐得穩，『剃頭爺爺』就是他在街坊上的正字標記！這六十年來的職業尊嚴和堅持，叫他擺哪兒去？」

不偏不倚的踏中地雷。助理已經一個字也說不出來，跟著掉起眼淚，渾身打顫。

「而且到底是誰規定出這些違規用語的啊？問也沒問過我家爺爺一聲，就擅自決定，叫他來跟我說啊！」

香坂一掌拍在桌上，嚇得小助理抽抽噎噎的哭了出來。

「妳到外頭去。」聽到折口毅然下令，助理便逃也似的離開了會議室。這個年輕女孩進出版社時雖以編輯為志向，不過折口暗暗決定，回去後要跟人事課說她不太合適。

「……關於違反用語的基準。」

折口盡量用冷靜的語調開口：

「早在媒體優質化法實施以前，新聞界就對所謂『禁用語』有不成文的規定，各家媒體也都各自依循這個規定制定基準。只不過，現在的言論管制比以往各時期都還要嚴格，出版單位被迫只能選擇比較不觸犯禁忌的用詞才不會引發爭議。電視媒體的禁用語詞恐怕就更多了。」

媒體優質化法的通過與實施，是在折口就讀小學高年級的那陣子。在法令制訂前的最後幾年，電視新聞的片尾愈來愈常播出電視台為了「用詞不當」所做的公開道歉，而那些爭議大多和職業稱謂有關係。

那樣的道歉卻成為一種藉口，把孩子們不正確的歧視或偏見給正當化了。像是世代賣魚的人家總掛著「魚販」的招牌，結果反而因此受人嘲弄等等。統一制訂用詞是為了減少歧視，隱藏在其中的曲解卻完全違背了這樣的本意。

折口的同學裡，有一個女孩家裡就是三代經營魚販生意。她們家的招牌是曾祖父請一個擅長書法的親戚特地寫的，來頭不小。但就為了這一連串事情，改掛了「鮮魚店」的招牌。否則，只要電視新聞為了「魚販」一詞而公開致歉，那個女同學隔天在學校裡就會被人取笑。換招牌原是店主疼惜女兒的一番心意。

可是人家比較中意曾爺爺的招牌。

坐在她身邊看她抱著雙膝哭泣，折口只能沉默。

沒多久，媒體優質化法在國會通過，折口也因為父親的工作而轉學。她以前說話的腔調裡曾有和那女孩一樣的鄉土口音，如今是一點兒也不留了。

「剃頭店」一詞也有著同樣的扭曲。比起香坂的祖父，香坂自己可能更為這種扭曲而憤慨。自豪的祖父長年使用的自稱，平白無故被別人規定成了卑稱。從這一點想來，香坂當然難以接受文稿裡的校正。

長期受媒體優質化法的箝制，折口自己都把那些曲解給忘了，竟然容許這樣的校正。她在心中不斷自我警惕，也明白身為一個社會人士，有些事還是不能不顧全，她有義務解釋出版社的立場。

「敝公司也有我們的難處，您願意聽一聽嗎？」

香坂沒答腔，就當作是願意了。

「優質化委員會的違規基準，我自己也覺得可笑。我有個童年玩伴的家裡就是賣魚的，為了這些規制才把掛了三代的氣派招牌換成推薦用語的『鮮魚店』。我朋友那時哭著說她比較喜歡之前的招牌，到現在我都還記得。」

香坂的表情稍微和緩了些。折口感謝起那位已經記不得長相的小學同學。

縱使是心痛往事，能利用的就要利用，只要能打動對方的心就行。

這就是折口的工作。

「但就現實問題來看，『剃頭店』已經被優質化委員會列為違規用語了，它的違規程度雖然不高，世相社卻早就是他們的眼中釘了。我們一向是對抗媒體優質化委員會的尖兵，他們對我們的打壓也是無所不用其極。」

「特集」的概念就是印刷本數多、價格壓低。儘管牽扯到世相社的利潤問題，但這麼做也是為了讓香坂大地廣大的影迷們都能買得起。而這點也獲得香坂本人首肯。

「您的特集也會被他們用放大鏡檢視。書中用語的違規程度就算再低，照樣成為審查時的藉口，優質化特務機關也一定會來沒收這本書的。那不是您的責任，是我們世相社樹大招風。那麼，我們勢必放棄大量低價的出版策略，在獲利考量下，不得不改成少量印刷的高價路線。這本書的普及性會大大降低，當初原是想造福香坂先生的影迷，這個目的也無法達成了。」

假使書中出現違規用語，單本訂價至少得要調高到一萬圓。消費者不會願意用這個價位去買一本MOOK的，出版社只能調整開本和裝訂，改成寫真集才行。

最後的這一句，折口本來不想說的：

「……買不起的年輕影迷們，恐怕會有些不正當的舉動。」

香坂的臉上一瞬間顯出痛苦神情。一向看重影迷的他，聽到這話也不免心痛吧。

但是——

「——就算如此，我們還是無法妥協。」

經紀人在這時插進話來：

「我想我們雙方都有各自的立場，今天就先談到這裡吧……特集出版的消息已經發布，臨時喊停也會影響香坂的形象，希望您先代為轉達我方的意見，然後我們擇期再好好協商。」

聽得此言，折口便起身準備告辭。就在這時，香坂喊住了她，口氣卻有些遲疑：

「被祖父收養之後，是有人欺負過我，但那並不是因為我是『剃頭店』的小孩，而是因為我身上的氣味跟別人不同。剃頭店裡用的洗髮精、護髮劑或刮鬍泡的味道和一般家庭不同，它們都有某種特殊的清潔香味。小朋友只是為了這些小細節而取笑我，理由其實很單純。偏要說『剃頭店』有歧視意味，好像在逼我們承認自己被歧視似的。」

「我明白。」

「聽到《新世相》要出版我的特集時，我祖父好高興。演電視和電影雖然提高了我的知名度，但能在他熟悉的媒體上露臉，在他而言，大概是截然不同的意義──所以，我還是希望彼此能夠找到一個折衷點。」

「當然，我們也是這麼希望的。」

折口笑著道別，走出了會議室。

＊

折口到基地來拜訪玄田時，圖書館門前的櫻花樹剛換上一片新綠。

「啊──折口小姐！」

郁最先看見她走進辦公室，於是興高采烈的喚她。

「聽說你們要做香坂大地的書呀！幾時要出？」

「唉，天曉得。」

折口沒精打采的答完，又撒嬌道：「小郁，幫我泡杯茶，要濃一點的。有甜點什麼的也來一點好了。」見她說完就直接走向隊長室。

郁立刻起身去泡茶，一面悄聲向上司們問道：

「怎麼了啊？」

「報導進度不順吧。」

堂上言語含糊的虛應故事，小牧好像也不太確定。

「今天不知道是來撒嬌還是來打發時間的，看起來像是前者。」

郁不知道折口和玄田之間的特殊關係，只覺得「撒嬌」的說法意有所指，便隨口應了一聲，似懂非懂的往茶水間走去。

她想，濃茶應該配和果子，但罐子裡只剩餅乾了。好吧，那至少把點心盒裝滿一點。

見隊長室的門沒關，她喊了聲「打擾了」就逕自走進去。卻見到折口懶洋洋的半癱在沙發上，坐姿十分不雅，嚇得她「哇！」的叫了起來。

「折口小姐，妳、妳、妳那樣子……我們小輩看了會難為情的。」

「這把年紀還能讓年輕人難為情，那真是謝天謝地唷。」

自暴自棄成這個樣子，折口的心情恐怕不是普通低沉。

天啊——這到底是怎麼了嘛？郁心裡想著，一面靜靜的把托盤放在茶几上。待會兒還是把門關上好了。

就在這時，一直忙著處理公文的玄田正好把最後一份文件蓋完章。

「笠原，把堂上他們叫進來，你們順便休息一下吧。不讓這傢伙發發牢騷，她會一直癱在這裡不走的。」

眾人帶著自己的茶杯進到隊長室後，折口好像理所當然似的，開始大吐苦水。

「……結果就是這樣，實在教我進退兩難。」

「那倒是……」

小牧思索著應道：

「問題不單純呢。」

針對「剃頭店」一詞，香坂大地不願讓步，那麼世相社就不能走薄利多銷的路線，令這個案子意義盡失。

「不過香坂大地人很好呢。」

折口等人雖是頭疼已極，郁卻忍不住笑了。

「看來他真的很重視他的爺爺奶奶。聽他這麼說，我都想要崇拜他了。」

聽得此話，手塚沒好氣的打岔道：

「妳也看場合說話好不好？我們是聽人家發牢騷耶。」

「唉唷，可是……」

見郁嘟著嘴想辯駁，折口出面緩頰：

「沒關係。若不是公司利益衝突，我也是支持香坂先生的啊。只是我的立場做不到而已。」

從折口的表情，郁可以想見她對當日的採訪有多滿意。

「我們為了規避審查而排除所有的違規用語，可是小老百姓未必清楚哪些是違規的。香坂先生大概也是這一次才知道『剃頭店』不合規定，不高興是難免的。」

媒體優質化委員會指定的違規用語有數百例，嚴重性也有分級。而且每年都會增加新的詞條，令媒體業者煩不勝煩。除了刁難，業者想不出別的用意。

對於香坂而言，這些禁制更是不合理且單方面的強迫，站在愛護用「剃頭」自稱的爺爺立場，他的憤慨其來有自。

「可是我又有什麼資格說呢。」

折口的雙肘支在桌面，交疊的手腕支著額頭。

「在沒聽他解釋之前，我自己都不知道他為什麼生氣。我一直認為用理容師或美髮院來取代剃頭沒有什麼大問題，校對時才會放行的呀。」

「這個……也是無可奈何。」

堂上安慰道：

「可見你們太常被優質化委員會盯上了。況且，誰都不會想在措詞細節上故意向他們挑釁，這年頭做媒體也不得不面對現實。」

「謝謝你。」

折口從沒有笑得如此寂寥過。

「我們只顧著跟優質化委員會抗衡，卻把新聞專業素養丟在一旁。我想到這個，就忍不住慚愧。那個年輕人侃侃而談時，他的表情好生動。」

「折口小姐……」

郁不由得想把手放在折口的肩上。

就在這時，始終沒開口的玄田忽然破口大罵：

「不要只會在別人的窩裡哀哀叫，一點也不像妳！」

「這裡不是窩，是關東圖書基地，請不要用那麼難聽的比喻。」

堂上立刻不識相的指正。玄田只當作沒聽見，仍舊粗聲粗氣的罵：

「拖拖拉拉的搞了這麼久，你們雙方還不是想保留這個企畫案？既然沒人要妥協，有啥好論成敗的？縫是鑽出來的，不可能找不到！妳特地抽空跑來找我們這優質化委員會的頭號天敵，只是想來吐苦水、聽安慰嗎？如果是，就滾吧！」

「隊長，你也不必這樣……！」

站在女性立場，郁忍不住想幫折口說話。卻見折口探身越過她的手，向前看著玄田：

「……不然你想怎樣？」

聽折口那不服輸的口氣，顯然不用別人來調停或安慰。郁默默放下手臂，坐回沙發，聽見堂上誇她「識相了啊」，語中帶著笑意。

當晚，柴崎在寢室裡聽郁轉述。

「唉，你們那位隊長又來了……別人家的豆子，幹嘛炒得這麼認真。」

之後，卻是一臉沉痛的按著太陽穴這麼說。

＊

究竟是哪一方讓步，或是妥協點在何處？

三番兩次的協商都為了這項爭議而僵持，世相社和香坂的經紀公司早就煩透了，也使得協商開始前的會議室裡充滿了倦怠感。這一次的場地由世相社提供。

「我有個提案。」

趕在經紀公司堅持己見、世相社打圓場敷衍的固定模式出現前，折口舉手說道。

「折口席，請說。」

聽到主席准許發言，折口先朝經紀公司的出席人員依序看去，最後將目光停在香坂臉上。

「能不能請貴公司對世相社提起民事訴訟呢？」

——這一招是炸彈，妳可別事前就跟你們內部說溜嘴。給全場來個出其不意，趁他們混亂時再出下一招。

一如玄田的預料，此時的會場亂得像個被人捅中的馬蜂窩。折口當然沒跟世相社透露過半個字。

「並且請貴公司主張——報導文稿之竄改未經當事人同意，請求回復為當事人原本所使用的名詞，也就是『剃頭店』。」

「慢著，折口！」「這也太突然了……」

在場中一片喧嘩聲中，折口始終直視著香坂一人，看著他原本憮憮的眼神出現變化。

——成了！

香坂的眼神流露出強悍的光芒，催促她繼續說下去：

「世相社也會相對提出我方的主張：『剃頭店』是媒體優質化委員會制定的違規用語，在校對時代換成推薦用語屬於正當行為。」

「那妳就等著瞧，媒體會大肆炒作的！」

「這正是我的目的。」

折口斷言：

「到時候，我想所有的媒體都會爭相採訪香坂先生及其經紀公司。香坂先生向來受到青年族群的喜愛，不會有哪家媒體膽敢扭曲或攻擊香坂先生的主張。相對的，由於我方立場是媒體界共同面對且不得不接受的事實，所有對世相社的批判到時都會轉變成對媒體優質化法的撻伐，更會藉著同情香坂先生的形式加強火力。我方對外只要表明自己是迫於無奈、秉持遵從法令的論調，反而會是對優質化法的側面攻擊，應該也能充分得到社會大眾的共鳴。」

「那麼，關於最終的和解條件呢？」

經紀公司的社長如是問道。

「假使可以，我希望能藉由民事判決來採納香坂先生的要求，也就是尋求法律對於書中所有用詞的認同。藉這樣的形式來達成和解，我認為更可以兼顧到雙方的利益。」

一旦香坂的書成為「世相社出品」，十之八九會被優質化特務機關視為指標性的獵物，最微不足道的違規都有可能成為沒收的藉口。但若法院做成前述判決，這本書便不再是審查的對象。文稿中唯一的爭議只在於「剃頭」一詞，理容理髮業者或其家屬的訴求也可能成為促成這項判決的因素。此案並不是首例。

「這場訴訟的大前提，就是要法律認可列有違規用語的出版品。」

這時候，雙方的經營高層都做好了心理準備。

問題只剩——

折口直視香坂。這是藉「剃頭」一詞大刺刺挑戰媒體優質化委員會的提案，香坂究竟同不同意？他對提案像是有些興趣，但此事若傳到他祖父的耳裡，他又將做何感想？

「……就這麼辦吧。與其敷衍妥協，這種做法要光明磊落多了，我喜歡。我想我祖父也會欣賞這種做法的。」

協商至此，拍板定案。

便見世相社與經紀公司雙方的社長走上前去握手。

「我們彼此的法務部門可有表現機會囉。」

說著，彼此臉上都掛著自信的笑容。

訴訟案研擬是法務部門的工作，協商會議就到此告一段落。香坂在離開之前走過來找折口。

「是哪一位高人啊？」

這個問題來得突兀，折口做了個驚訝的表情，香坂卻不死心的笑問：

「提案不是妳想出來的吧？」

正猶豫著該不該回答時，又聽到香坂說道：

「我好歹也是個演員。看妳在提案過程中的眼神就知道，妳真心相信某個人。」

折口沒想過自己竟然任由那個人在心目中扮演起如此重要的支柱，又在這種情況下被點明，令她一時說不出話來。

「請妳安排我跟那個人見見面吧。這也是條件。」

「……為什麼？」

尷尬之餘，她的口氣也有點兒僵，但見香坂並不引以為意。

「純粹是好奇。是什麼樣的人會想出那種奇招，又能讓像妳這樣幹練的人信任，我很想親眼見識、見識。」

他想觀察人性。也許是職業病，也許是天性。

「我倒無所謂，不過……我想那人的調調不值得你參考哦。」

＊

香坂大地的經紀公司Office Turn經東京地方法院向世相社提出訴訟之事，成為所有媒體追逐的

焦點。

『記者在訪談中問到我的身世時，我提到老家經營的剃頭店。結果出版社未經我的同意就把訪談中所有的「剃頭店」都換成了「理容師」或「美髮院」等名詞。

我詢問理由，對方卻說那是「媒體優質化委員會指定的違規用語」……好像還是什麼「須避免使用的輕度歧視用語」。聽說魚販和菜販竟然也是這個等級的違規用語。

我是覺得他們有點不尊重人啦，畢竟這種稱呼都是從事那一行的人早就聽慣了的。不過到底是哪來的哪位大人物，擅自做主訂出這種規矩啊？我對這一點還滿生氣的。我很少這麼生氣。』

（以香坂先生一向穩重的形象來看，確實是很少見。）

『是吧。剃頭店當然是個舊式的講法，但現在還有很多店家掛著剃頭的招牌啊，我的老家當然也是其中之一。你去他們工會看看，工會的人聊天都時常講「在我們剃頭工會如何如何」呢。現在硬要說那是什麼「歧視用語」啦「違規用語」等等，這種否定反而是一種不識相吧？是一種刻意歧視吧？

理髮師也好、理容師也好、美髮院也好，他們的工作都只有一個，就是幫客人剪髮修面，讓他們清清爽爽的回家。我家做這一行到今天，向來以這份職業自豪，結果自稱剃頭店就被人打叉叉，美髮、理容就ＯＫ？莫名其妙嘛。

我自己家開剃頭店，還被別人指責有歧視意味，我只能想成是雞蛋裡挑骨頭，要不就是那些人的防衛心太旺盛吧。當初訂出這些禁令的人可能是好意，但在我們自己業者倒覺得「你算哪根蔥」了。我甚至想問問那些人，根本是你們自己有偏見吧？雖然我不知道這個「你們」到底該指誰就是了（苦笑）。

我不願意否定老家的剃頭招牌，也不希望我的親人否定它。

但是，世相社考量到媒體優質化委員會的審查，說什麼都不肯在這一點讓步。話又說回來，當初在談這本特集時，我們有要求在合約裡加入「不得竄改發言內容」這一項。

雙方已經開會談了很多次，一直沒辦法達成協議，很遺憾的，最後只好走上這一步。』（談話：香坂大地）

世相社也針對Office Turn（即香坂大地）發表了回應：

『實在是很遺憾。

為了Office Turn的這個企畫案，我們紮紮實實的投入了資源，希望向更多影迷傳達香坂先生的親和力與魅力。這一點，雙方都有很強烈的意願。考慮到香坂先

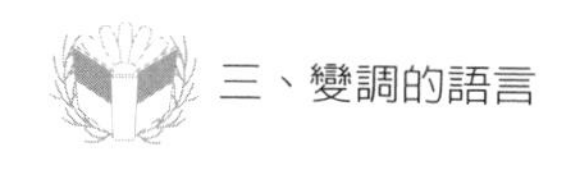

生的影迷族群分布廣泛，我們想盡可能走平價路線，所以一開始就計畫用大量印刷的方式壓低成本，使更多人買得起。

要做到這一點，內容上當然得經得起媒體優質化委員會的檢驗才行，而我們原以為對方能夠理解……」

（然而，據香坂先生表示，你們簽訂的出版契約裡有註明不得竄改談話內容。）

「的確，這是我們在簽約時的疏忽……我想是雙方都忽略了這一點。媒體圈的各位應該都很清楚，要做到大量印刷，文稿中的違規用語都要換成推薦用語，這在業界是理所當然的措施。香坂先生個人或其經紀公司總不至於不知道這一點才是。畢竟，該公司不又是頭一次為藝人出書。

基於這項前提，我方希望Office Turn公司也能檢討他們所謂的「因應之策」。當然，香坂先生的主張是非常誠摯無私的……」

（現實沒有轉圜的餘地嗎？）

「恐怕是沒有，尤其對一個被審查單位視為眼中釘的出版社而言。老實說，既然找我們出書，希望對方也能做好相當的心理建設。」

（出版契約有沒有可能因此而撤銷？）

『我們希望盡量不要走到這一步；關於這一點，香坂先生及Office Turn也持相同意見。就商品而言，這本書的內容非常精緻，製作品質極高。若是撤銷合約，相信一定是期待本書的讀者們最感到失望。眼前雖然發展成訴訟的形式，但我們仍希望能盡可能找到折衷點，做到契約雙方都能夠接受的程度。』（談話：世相社社長・久木辰男）

＊

「太厲害啦～排在領海問題之前播報耶。不過這陣子也沒什麼新聞就是了。」

喝著茶，柴崎伸長了脖子看電視。ＮＨＫ頻道正在播夜間新聞。

「聽說後年要播的大河劇會由香坂先生擔綱主角，大概是因為這個關係吧？」

然而，這件事的確受到高度關注，好些新聞台將它做成頭條，晚報也全都大篇幅報導。大概是覺得搭順風車罵一罵優質化法也不錯，一向駝鳥作風的各家媒體這會兒聯合起來極盡諷刺的批評，卻也讓圖書隊和書商們覺得好氣又好笑（兩大週刊誌的另一家《週刊明解》除外）。

「不過也好，希望香坂效應能提高反對優質化法的意識。」

郁為自己再倒點茶，柴崎立刻把她的杯子挨過去靠著，郁只好接著幫她倒。

「現在就等於利用知名演員去做負面宣傳了呀。自己發起這種宣傳勢必得花上一大筆錢，這下子省事得多了。」

柴崎說得好像曾在腦中這麼盤算過似的。

「說到負面宣傳，之前那件事也是吧?就是他們搞一個調查委員會來審問小牧教官的……」

「對對對。」

那是優質化特務機關利用小牧和毬江的聽障所使的卑劣手段，所幸中途被拆穿而沒有得逞。

「還真的應了『害人必害己』呢——而且這次是香坂大地跟世相社為了違規用語而爭，社會的關注度也不同於一般。該不會玄田隊長其實打的是這個主意吧?」

郁本想回駁不可能，卻到半途把話吞了回去。玄田只是外表粗獷，骨子裡卻十足有謀略，而且當要行使反擊權時，他可一點也不會遲疑。

無庸置疑的，玄田是見了折口的窘境才傳授這套獨門計謀，其中卻也可能隱含了紮紮實實的報復成分。

第二天的巡邏勤務幸虧是跟堂上一起出動，若是換成小牧，郁就不好意思直接問是不是報復了。

「是啊，我想他都盤算進去了吧。」

堂上馬上就點頭了。

「哇——玄田隊長的個性這麼會記仇嗎?」

「妳白痴啊？」

堂上在郁的頭上輕拍一下。儘管堂上個子不高，但他總是愛打郁的頭，似乎和他罵人時老是拿頭腦作文章有點兒關連。郁會察覺到這一點，是前幾天手塚很罕見的犯了一個笨錯，堂上也是把文件捲起來敲他的頭。

「他哪裡是記仇？當然是就地解決、不留遺恨的那種人啊。這是戰略上的措施，戰略上。」

見郁歪頭不解，堂上換上一副解說的口吻：

「妳知道媒體優質化法為什麼會通過嗎？」

「我想想——」

和手塚慧談話的那一次，好像聊過類似的話題。

「是因為很少人關心這個法案？」

堂上大概料定她答不出來，早準備好了要向她解釋，這會兒卻顯得意外。郁不想說自己是從手塚慧那兒聽來的，只裝出乖乖牌的老實模樣，等著堂上繼續說下去。但聽他口齒含糊起來，也不知是不是要稱讚。

「……算了，妳說的沒錯。大部分的人對於媒體管制的結構不感興趣，像現在優質化法無法廢除，也是同樣的理由。國民不認為語言遭受管制是個問題，才讓優質化法一直存在。」

電視劇裡講的是「剃頭店」或「理髮院」，觀眾並不怎麼在意。既然沒人在意，優質化法的監控又嚴格，媒體也就沒必要特地在劇本裡寫進違規語詞。

就這樣，法令在閱聽人不自覺的情況下蠶食著日常語彙。待人們驚覺時，蠶食已成了鯨吞，它的目標也不再限於那些字字句句。

媒體優質化法自三十多年前成立至今，基盤和勢力都已經穩固。「反對媒體優質化法的思想」和「反對檢閱的思想」成了它主要的查禁對象，卻仍然有許多人認為事不關己。也許民眾都認定被查禁的只會是那一類思想，既與升斗小民無關、又不是普世價值，優質化法的權限總不會無限上綱云云。

唯一擁有對抗權限的圖書隊，長期主張審查的不合法性，這樣的訴求卻無法深入圖書館使用者以外的族群。圖書隊的弱點就在於缺乏宣傳力，除非和優質化特務機關爆發衝突或抗爭，否則很難喚起社會大眾的關注。

話雖如此，人們對媒體優質化法和審查仍然懷著危機感，全賴各家爆料週刊炒作所賜。這些週刊早就被司法視為眼中釘，其中最大的兩本週刊誌和相關論壇雜誌更在法案成立之後大力反彈，只是媒體的力量畢竟有限，能維持現狀已經很不容易了。

也許摻雜了自己的煩躁，堂上說著說著就皺起了眉頭。看著他的側臉，郁想起手塚慧說過的話。

──絕大多數還是會順應現況，因為用嘴巴罵比親自動手要輕鬆多了。

這個意思大概是，不去試著了解真相，也許比較省事吧。

「……所以，能有這樣的機會，算是我們撿了便宜。」

突然來上這麼一句結論，郁嚇得結巴。

「啊、是？」

「妳有沒有在聽啊？」

堂上立刻換上懷疑的眼神，郁趕忙猛點頭。她想得多了點，但一直有在聽。其實，她也是因為聽得認真才會多想的。

「香坂大地深受社會大眾的喜愛和矚目，有一個這樣的人對媒體優質化法表達質疑，就會引發更多人去思考這些問題。而且他們訴訟的對象又是世相社，糾紛不會這麼快就解決，這段時間就夠讓媒體追逐炒作了。哎，就像是整個業界為了引發爭議而聯手演一齣猴戲啦，香坂大地和世相社的爭執只是形式上的東西，實際批判的矛頭卻是一致指向優質化法。」

「……玄田隊長一開始就這麼盤算？」

這算盤也未免打得太大了。吃驚之餘，郁的嗓門也拉高了。

「還好啦，雖不中亦不遠矣吧。自從把方法教給折口小姐之後，他就一直注意著事情的發展，後來聽說香坂大地同意配合，還誇他這個人胸有大器呢。」

愣了好一會兒，郁想不出該說什麼，於是長嘆一聲：

「玄田隊長真不得了哇……」

不是玩笑，也不是反話，這是她的肺腑之言。

卻聽得一句「妳想得太簡單了」，堂上打趣的笑了起來：

「稻嶺司令敢放手讓隊長隨自己的意思行事，那才是真的厲害哦。」

聽到這裡，郁才驚覺。

是的，就是那個坐輪椅的司令。經歷過圖書館最大的浩劫「日野的惡夢」，並在那場浩劫中失去了雙腿和妻子。在郁的眼裡，他只是個給人溫厚印象，堅毅又謙和的老人。

仔細想想，一個只是溫厚謙和的人怎麼可能任玄田在組織中蠻幹硬闖？要說不按牌理出牌，隊裡沒有人比得過玄田。再看那股道德倫理都拋諸腦後的驃悍勁，也是無人能出其右。而且組織裡最性急、最火爆的其實也是他。要對這樣的下屬充分授權——

做不到！我做不到！郁忍不住打了個寒顫，儘管她不可能升到那種位階。

「就人事布局來看，原則派現在這樣算是最好了，不過……」

也許是不打算點明，堂上就說到這兒打住。郁追問時，他只答「沒什麼」。

*

一時之間，香坂大地的訴訟案在年輕女性族群引發一股批評優質化法的風潮。

基於Office Turn和世相社仍願意合作出版香坂大地的書，東京地院盡量勸訴訟雙方和解，卻在和解內容上遲遲無法找到共識。

起初，法院提議世相社支付賠償金給原告香坂大地及Office Turn，也提示此案已有其他判決先例。但在訴訟過程中，原告方始終堅持書中必須採納「剃頭店」一詞，否則不願和解。

一本即將由世相社出版的書，社方卻怎麼也不肯接受違規用語在書中出現。這般堅持只讓人覺得幕後可能有某種壓力，而這壓力十之八九來自於媒體優質化委員會。

當然，假使壓力來自於法院等司法單位，那可就不得了了。包括《新世相》在內的眾週刊誌立刻探討起該層面的種種可能性，同時展開激烈批判。但也在同時，電視新聞和報紙的輿論開始降溫。差不多也該和解了吧。

雙方也太堅持己見了吧。

少了最具影響力的媒體幫腔，單憑週刊就無法掀起論戰，也難以得到社會大眾的共鳴了。

世相社一向被媒體優質化委員會盯得很緊，這本書若是保留了違規用語，必定在上市前遭到沒收。仗著這一點，世相社當然也不肯同意地院所提的和解案，還以不服判決為由反過來提起上訴。

「可是，我也希望讓更多影迷買得起這本書，所以我明白世相社不願妥協的理由。打官司實在是情非得已，一切的爭執都是為了讓大環境製作出更好的書，我想我會跟Office Turn堅持到底。」

香坂和媒體仍持續訴求，情況卻沒有改善。

就在這時，意想不到的援軍隨著梅雨駕到。

＊

『沒有啦，是大地那孩子一直為了我們努力啊。

而且大地他老家的店主也是個好人，常來我們工會走動。再怎麼說，「剃頭店」在我們聽來早都習慣了，但你們說是什麼？歧視用語？那是別人自己規定的，關我們什麼事？聽起來怪不舒服的。』

在攝影機鏡頭前說話，男子不自在的頻頻拭汗。他是東京都理容生活衛生同業工會的理事長。

『大地不是說了嘛，剃頭店這名詞的確是舊了，可是從老師傅到年輕師傅都還聽得慣，也都這麼說，可見它是活的。大地他家也長年掛著「剃頭店」的招牌，你們卻說是歧視用語？違規用語？哎，被人家這麼講，當然不高興啦。

我倒覺得大地是為了我們而打抱不平。那份骨氣激勵了我們大伙兒。年輕人這麼有原則，我們怎麼能不挺身而出呢。』

（原來如此，所以您打算……）

『是的。我們東京都理容生活衛生同業工會要對媒體優質化委員會提起告訴，要求他們把「剃頭店」這個名詞從違規用語中刪掉。』

＊

這段訪談一經側錄，影片立刻被複製並派發給圖書隊的每一個單位。

短短五分多鐘的訪問，卻是極有價值的消息——特別是對圖書隊而言。

被列為違規用語的職業稱謂出現業者主動做此要求，是媒體優質化法成立之後的首例。郁、玄田、同班的隊員，還有照例又跑來湊熱鬧的柴崎，一起在隊長室裡觀看這段影片。

「這下子風向就變啦！」

玄田放話，像是如釋重負。

在媒體優質化委員會而言，工會提告就像半路殺出了一個程咬金。這場訴訟的勝敗將改變今後的趨勢，因為不管當事人的理由為何——就算只是為了吸引媒體的目光——都有可能要求撤除這一類語彙禁制了。

優質化法的權威已經掃地，或者動搖。

「再過不久，我想高院就會裁定新的和解方案。內容應該會跟地院的不一樣。」

堂上說得篤定。和解內容八成會完全兼顧香坂與世相社的訴求。

小牧也點頭道：

「優質化委員會大概沒空招惹世相社，也沒有餘力向法院施壓了吧。他們被這幫天不怕地不怕、連優質化特務機關也不當一回事的大叔使了這麼一拐子，真讓人想不到啊。」

「吶吶，你覺得會打贏嗎？」

柴崎完全是一副賭局口吻。

「勝負先不說，這場官司起碼要打上好幾年吧。那些人會不會半途改變心意，這才教人擔心。」

小牧語帶憂心，被柴崎在背上重重拍了一記。

「討厭！既然擔心，這時候就要賭他們打贏才對嘛！起碼討個吉利！」

「柴崎說得有理！」

玄田拍著大腿說道：

「我賭這幫大叔贏！」

「輸贏都是小事，搞得他們頭疼才是真的。」

手塚這番話中的譏諷，大家都聽得懂。

讓優質化特務機關在臺前執行檢閱，媒體優質化委員會向來只在幕後操控，並不希望社會大眾對他們的存在感到好奇。委員會把什麼語詞列為違規、又視什麼思想為豺狼虎豹，人們最好別去關心。這一點，長期對抗媒體優質化法的人非常清楚。一旦社會大眾對此事興起半調子的興趣，委員會的審查不當就會被公諸於世了。

「……喂，妳怎麼搞的。」

柴崎搖著郁的肩膀。

「妳平常最愛在這種時候吱吱喳喳發表意見的，今天怎麼這麼安靜呀？好怪。」

聽到柴崎對她說話，郁卻始終低著頭不吭氣，然後突然站起來。

「我口渴，去買飲料！」

眾人愣了一下，便見她已三步併作兩步地奪門而出。

看著郁逃也似的奔出辦公室，柴崎瞪大了眼睛喃喃道：

「那妳面前的這杯茶算什麼啊？」

「她那是在幹嘛？」

聽手塚率直的問道，柴崎聳了聳肩：

「想哭又不肯老實講，每次都亂找藉口，真是傻瓜。」

「咦？想哭？為什麼？又不是聊什麼悲傷的事。」

小牧一頭霧水地問道。

「哎——我又不是笠原，問我也沒用。這先不說——」

柴崎大大方方的把郁的茶點徵收為己有，一面說道：

「這種時候，你們團隊裡難道沒有人去安慰她一下嗎？」

承受著眾人一時集中的視線，僵了一會兒——堂上嘟囔著站了起來。

「好啦，做頂頭上司的責任是吧。」

留下一句自言自語似的獨白，堂上往門口走去。直到見他走出房門，手塚以外的三人才大笑出來，手塚則是張著嘴愣在那兒。

「唉唷——兩個人都一樣笨！這麼明顯！」

「不是我說，那傢伙以前就喜歡多嘴搞自爆，唉。」

「不要講、不要講，他們就是這一點可愛。」

見手塚仍是丈二金剛摸不著頭，柴崎在他背上輕拍一下。

「沒關係啦，你對這方面的遲鈍也勉強可以算是可愛啦。」

這話顯然有嘲弄意味，手塚也跟著悶悶不樂，這反應又引得其他三人發笑。

「……所以說啊，妳要哭，也選個女孩子會去的地方躲嘛。」

堂上皺著眉頭俯看郁。

「不是躲在樹叢就是倉庫後面，妳是貓啊！」

不同於上次的灌木叢，郁這會兒跑到公共大樓外的倉庫後面。初夏已至，坐在水泥階上也不再覺得冷，上面又有屋簷，就算飄起梅雨也可以擋一下。

講完了怨言，堂上在郁的身旁坐下。

「所以咧，這次又怎麼啦？」

郁只覺得自己一時也講不出個所以然。

「……就是、那些人。」

你覺得會打贏嗎？她抽抽噎噎的問，卻見堂上板起了臉孔。就算是在安慰人，他也不會拿假話去敷衍。

「我希望他們打贏。」

聽見堂上只說出他的期望，郁的心裡就有數了。

「有困難吧。」

「就現實面看來是不容易。跟國家打官司本來就難了，纏訟數十年的案例也不是沒發生過，那些人未必有這樣的心理建設。就算有，只怕也承受不了這種壓力。不知道他們做了多少準備工夫……」

苦戰一旦拖長，恐怕香坂自己都會去勸退。單從那段訪談看來，工會受香坂鼓舞的成分居多，提告之舉已順利收到為香坂撐腰的效果，能不能進一步有所斬獲，仍是未知。

「什麼時候收手，他們自己會衡量。」

說完，堂上又急忙補充：

「不過，我的意思不是說他們會白忙一場哦！這些人第一次為自己發聲，意義重大，大概足以在正化史上留名。要是優質化法在某天瓦解了，最初的轉捩點就是這群循法律途徑提出異議的人。」

聽著他熱切的語氣，大概有點兒安慰的意思，郁也抱著膝蓋點頭應道：

「所以我才高興。」

「……有必要高興到哭的地步？」

堂上有些訝異。郁忍著嗚咽，說得很慢、很小聲：

「手塚慧說，若要從根本消滅檢閱制度，我們的存在是沒有意義的。圖書隊是以檢閱制度的存續為前提而設立的組織，只是對抗檢閱的治標之道，不具有根絕它的意義。他說這個社會走偏了，我們的抗爭也是偏差的。」

說到這裡，又一陣嗚咽湧上喉間，她只好停一停，休息一下。

「他又說，再這樣下去，審查是不會停止的，只會害大家習慣接受這樣的大環境而已。因為那樣比較輕鬆，就不會有人為了消滅檢閱制度而努力了。」

抹去眼淚，郁這才抬起頭來。

「所以那些人讓我好高興。就算他們只是為了聲援香坂先生而一意孤行，只是小小的一句話，卻證明還是有人肯為了反對審查而採取實際行動，也證明那個人講的話不是絕對的。」

話才說完，便聽到堂上壓低了聲音咕噥道：「為什麼妳啊……」接著轉過頭來對著她大吼：

「被一個講話這麼差勁的傢伙給傷了，到今天才講出來！」

郁嚇了一跳，不由得往後坐。

等一下，現在是該對我生氣嗎？我也沒指望什麼，但在這種時候，做長官的不是應該進一步安慰部下嗎？

正這麼想時，堂上突然伸長了手臂——她反射性的縮起脖子，卻被他從頭頂一掌抓住，還扭過去面對著他。

「那種話聽起來再怎麼有道理，說的人卻把他自己排除在大環境的偏差之外，那就只是傲慢的歪理。活在這個時代之下，沒有人能真正得到自由的，手塚慧也一樣。不要讓一個活在偏差裡、又自以為可以超越偏差的傢伙講出來的鬼道理傷到妳自己！」

郁認為無所謂傷不傷害，但又覺得手塚慧那充滿自信的聲調是在傷人。因為他刻意點明她心中的不安，使它們更加重。

「那我們是有意義的囉？」

「廢話！白痴！」

堂上又是劈頭一吼：

「真沒用！讓一個只會耍嘴皮子的騙子唬得哭哭啼啼！花時間被那種人騙，還不如比劃拳腳累到暈倒！」

被他這麼一罵，郁才覺得安心下來。她就是希望堂上這麼罵她，說她蠢得把蠢話當真。

想到這裡時，她發現自己洩漏出的哭聲像個小女生。真討厭，這種哭聲。這不是我的聲音。郁卻是怎麼也停不下來。

堂上就這麼坐在她身旁，在肩膀的溫度隱約能傳達的近處。直到突然發作般的哭泣停住為止。

郁終於止住哭泣。

「喏，起來吧。」

堂上站起來，向她伸出手。

「呃，該不會現在要去比劃？」

郁不由自主的退縮起來。

「妳要是喜歡那種調調，也可以啊。」

堂上沒好氣的說。

「妳剛才說是出來買飲料的，難道想空手回去？」

想起受訓時期就被柴崎言語戲弄的糗事，郁於是老實地抓住他的手，站了起來。

走了幾步，堂上就放開手，像是察覺並回復到平常公務上的態度。郁覺得有些失落，腦中閃過「想再牽一下」的念頭，卻又不知自己開口要求是否妥當。而且光是這麼想就讓她臉紅了，所以忸怩了半天還是沒說出口。

*

一如大多數人的預期，高院裁定的和解內容正與香坂大地及世相社的期望相符。這也同時意味著那本特集裡的「剃頭店」一詞，將被剔除於審查對象之外。

「謝謝，多虧你傳授的秘技。」

折口來到特殊部隊辦公室向玄田道謝，玄田只是哼笑幾聲。

「妳想不到這一招，可見本事還差一點哦。」

就在這時，柴崎的嬌聲喊叫打斷了兩人的寒暄。

「我從你主演『消沉情人』的那個時候起，就是你的影迷了——！能見到你本人，我真的好高興——！」

她說這話時，雙手緊握的便是香坂大地的手——不知為何，香坂跟著折口一起來了。一同在角落邊站著的像是他的經紀人，頻頻打量牆上的時鐘，可見這一趟來得很匆忙。

香坂倒是輕鬆自若，向柴崎道謝，接著和她閒聊起來。

「她還真敢說耶。」

郁站在不遠處看著柴崎喜形於色、又是雀躍又是尖叫，嘴裡一面向手塚低聲道：

「怎麼看也不像是只想拿人家的簽名去大撈一筆的女人，所裝出來的演技呢。」

「……是啊。」

手塚點頭時，某個別班的隊員帶著歉意走近，介入香坂與柴崎的交談：

「這個——不好意思，我媳婦是您的影迷，能不能請您幫她簽個名？」

就在那人送上簽名板之際，好幾名隊員也趕緊圍過來替他們的女兒或妹妹要簽名。八成是臨時知道香坂來訪，剛剛才衝到附近文具店去買的。

「堂上教官，你不去要簽名嗎？你不是有個妹妹？還有小牧教官也是，毬江不想要嗎？」

郁如此問道。堂上的回答很有笠原家哥哥們的氣氛，只說：「我幹嘛為了那傢伙衝去買簽名板。」

小牧則表示：「剛剛用簡訊問了，但她說不用。她好像比較想要作家的簽名。」

不到片刻，香坂的身旁已經圍了一圈等著要簽名的人。柴崎從人牆中擠出來，往郁和手塚走去。

「怎麼？妳的簽名呢？」

兩手空空的柴崎被郁這麼一問，略顯無奈的聳了聳肩。

「太突然就忘了準備簽名板。哎，我偶爾也會出點小狀況的。」

「虧我事先發了簡訊偷偷跟妳說，怎麼這麼糊塗。」

郁只是無心說說，卻見柴崎表情嚴肅的按著胸口（氣人的是，她的胸口比郁豐滿）。

「被妳這樣唸，天呀，好屈辱……！我震驚得心臟都快停了。」

「妳、妳這女人怎麼這樣！講別人的時候都不留情，人家講妳就不行哦？」

「不，換作一般人也會震驚的。」

「閉嘴啦，堂上二號！」

郁扯著嗓子罵完，便聽見堂上陰陰的丟來一句「我又怎麼了」。

「不是，我的意思不是在講你不好……！」

等等，為什麼又是我落到手忙腳亂急著辯解的地步啊？她恨恨地朝柴崎和手塚瞪去，但他們兩人當然是一副事不關己的樣子。

這時候的香坂已從人牆中走出，在折口的招呼下進了隊長室。

「幸會幸會。」

寒暄之後，玄田與香坂伸出的手相握，表情有點兒複雜。

他從折口那兒得知是香坂要求會面，卻怎麼也捉摸不到他的理由。

「想不到你的手還挺結實的。」

一握便知，香坂的手掌結實有力，好幾處長著老繭，指節比玄田想像的還粗。

「我偶爾會接到打打殺殺的角色，所以有空時也得鍛鍊身體。是比不上實戰專家啦，但至少上電視不至於太難看。」

「什麼『想不到』。這麼說很失禮呢，玄田。」

折口從旁糾正道：

「人家可是以勤做功課出名的。接演陸上自衛官的時候，聽說還實際參與自衛隊的訓練哦。」

「只去了兩個禮拜，勉強揣摩那種氣氛而已，最後甚至搞到全身痠痛，幾乎只能爬啊。」

「哈哈，能在那裡撐上兩個禮拜已經很不得了了。你既然有心，不如在我們這兒受訓？」

玄田或許只是說說，卻見香坂一臉認真的點了點頭。

「若是接到圖書防衛員的角色，我就這麼做。」

香坂的精神可嘉，只可惜沒有一家電視臺或電影公司膽敢把這種故事搬上螢幕。圖書隊與媒體審查，爭議太大了。

「所以啦，很遺憾，我真的只是說笑而已。不過……」

說著，玄田朝折口瞄了一眼。

「你說有事找我，是什麼事？」

視事精明，唯獨對自己的事看不穿，這是玄田最頭大的一點。

「不，不是那樣的，單純是想見一見你而已。」

「啊？」

「我們經紀公司跟世相社陷入僵局時，折口小姐露了一手明快的絕招──或者該說是犯規絕招？總之就是後來採用的解決方式。我一聽就知道那案子不會是折口小姐自己想出來的。」

「這又是為什麼？這女人腦筋也挺靈光的，若說是她想出來的，我都不覺得有什麼奇怪。」

聽到玄田如此追問，折口急忙制止：「有什麼關係？香坂先生只是說他知道事情不是我的構想，如此而已。好了好了，到此為止。」

她的強勢帶過引得玄田不滿，香坂倒明白她的意思。任玄田這麼聊下去，也不是他來此的目的。

「對，所以我只是想跟你見個面。當時的僵局讓許多大人物和媒體專業人士都傷透腦筋，這個不按牌理出牌的主意究竟是什麼樣的人想到的，我實在太好奇了。也算是我身為演員的興趣。」

玄田「哦」的應了一聲又說：

「那你現在見到了，覺得怎樣？不值得跑這一趟來見吧？」

「太值得跑這一趟來見了啊。」

香坂戲謔地借玄田的話來說。

「折口小姐也提醒過我，說你的調調不能當作參考。當然，我現在的確沒有接到類似的角色。不過……」

香坂換了一個堅定的口氣：

「將來，我會讓自己有能力詮釋像你這樣的人物。」

香坂走出隊長室時，只剩下堂上班的隊員等著送他離開。香坂大地的這一趟拜訪當然保密到家，否則從基地到圖書館都要天下大亂了。特殊部隊的隊員也都知道別對外透露，唯獨柴崎一人是例外。

離去前，香坂戴上變裝用的眼鏡。郁忍不住問道：

「光戴眼鏡就夠了嗎？」

「只是走到停車場而已，不是很遠，輕度變裝反而不會被看出來。」

不知怎麼的，郁有點想跟他再多講幾句，畢竟這輩子恐怕都沒機會再遇到了。

「那個，不好意思，可以跟我握個手嗎？」

「好啊。」

那隻大方伸來的手竟是如此結實有力，郁正覺得驚訝，香坂已經把手收了回去。

目送他們離開後，堂上難得的取笑起郁來：

「結果妳還不是崇拜偶像。」

他的口氣裡像有幾分得意，郁羞赧地笑著抓了抓頭。

「沒有啦，就突然想到這個人很難得一見嘛，不把握機會有點可惜。」

突然在這時，手塚從屋裡飛奔而出。猛然被撞開的門扉都還沒關回去，他人已經拔腿跑在折口等人行走的方向上了。

「……咦，你不會也是吧！」

手塚早就跑遠得聽不到了，但郁還是下意識提高了音量。堂上、小牧和玄田則全都滿臉驚愕，只能呆呆看著漸漸闔上的那扇門。

「不好意思，能不能再耽擱您一點時間！」

聽見身後傳來的喊叫，折口不由得回過頭去責備道：

「手塚老弟，你是怎麼了？又不是小郁，怎麼也會這樣子？」

「對不起，真的很不好意思。」

手塚回了一個九十度的鞠躬。

「抱歉在您回去時還打擾您，不過，能不能幫我簽個名？」

折口瞪大了眼睛，大概是怎麼也沒想到手塚會有此要求。

「好啊。」

趁著經紀人還沒開口，香坂搶著回答：

「你是玄田先生的部下啊。」

那就無妨——聽起來像是這樣的語氣。

「不過要簽哪裡呢？畢竟現在來不及等你去買簽名板啊。」

手塚這才驚覺，於是在制服各個口袋摸來掏去，想找個能替代的東西——他掏出了一條手帕。

「這個。」

幸好，依規定著制服時的手帕，必須是白色素面質料。原是為了急救使用時方便確認有無出血，現在倒是無所謂了。

折口便從自己的公事包裡拿出簽名筆，再將包包平舉，權充寫字墊。

「哇，好像自衛官的手帕一樣。」

香坂會這麼說，是因為那條手帕熨得平平整整，四角摺合得一絲不苟。熨斗的使用的確是圖書隊在訓練期間會教的技能之一。

香坂將展開的手帕放在折口的公事包上，熟練地簽上名字。他大概也遇到不少要求在布類上簽名的影迷吧。

取回摺好的手帕後，手塚又再次鞠躬。

「對不起，謝謝您。」

「不會啦，泡麵的時間都比這還久呢，客氣什麼。」

香坂等人再次離開，手塚則一直立正站在原地，直到他們消失在轉角為止。

在那之後，手塚回到辦公室，被郁窮追猛打的逼問。

「我偷偷在迷他！怎麼樣？這樣妳還有意見嗎？要傳就去傳吧！」

見他坦白成這個樣子，郁也只好就此打住，不再追問下去了。

＊

香坂等人來訪的數日後，手塚趁著訓練空檔跑到圖書館大樓去找柴崎。他不想在執警備勤務時這麼做，免得讓搭檔等在那兒，也不想被他們之中的任何人察覺什麼。

「怎麼了？你們不是在訓練嗎？」

柴崎一派悠哉地問道。手塚把白手帕遞到她面前。

「不要全部打開。知道是什麼之後就馬上闔起來，否則女孩子又要尖叫了。」

柴崎狐疑的接過去，只翻開一角就立刻闔了起來。然後也不抬頭，只是拿眼睛朝上瞟向手塚：

「你這是想怎樣？」

「隨便妳處置。」

知道她不喜歡在人前示弱，不習慣讓人抓小辮子。說話毒辣卻不愛說真心話，大概也不會承認自己確實是香坂大地的影迷。

「妳不是說這東西在網拍很值錢嗎？」

她的著眼點如果真的在錢，怎麼可能會糊塗到忘了帶簽名板去。

「可是妳說出『消沉情人』那部電影時，我看香坂大地的表情像是很吃驚。我也不是很懂，不過我猜那是他很早期的作品，當時他一點也不紅，對吧？」

這是手塚旁觀之後的猜測。柴崎聽完，輕嘆一聲，決定老實招認。

「……那是一部非院線片，大概都六、七年前了。」

她又看向掌中的手帕，眼神中帶著懷念。

「電影是依據原作拍成的，我喜歡的是它的原作。電影雖然不轟動，卻拍得精緻，香坂大地演的主角尤其演得好，所以從那之後，我就比較注意他了。稍微多注意一點而已啦，就那麼一點。」

「妳要承認就乾脆點嘛。」

手塚沒好氣的說道，同時想起另一個更妙的說法。柴崎上次調侃他的玩笑話，這時正好拿來回敬她。

「妳的這種不乾脆，我就勉強當作是可愛好了。」

「哎唷──抓到人家的弱點就猛攻！你的個性還真厚道哇。」

聽到柴崎照例又說起了反話，手塚頭一次體會到一點點贏的感覺。

「謝啦。難得一番好意，我就收下了。」

柴崎轉過身去，搖著手帕說出這些話，那模樣不怎麼有道謝的樣子。等她回到寢室，這條手帕八成會被小心翼翼的藏在衣櫃抽屜最下面，免得讓郁看見──想到這裡，手塚就覺得有點好玩，心情竟愉快多了。

＊

就在當天，有件事徹底破壞了這一分輕鬆有趣的好心情。

手塚慧又打電話到舍監室來找弟弟。

「幹嘛啦。」

舍監室個人房的房門一向是關起來的，但手塚還是把聲音壓得極低。跟一個恨不得能忘掉的人講電話，手塚的聲音不自覺的兇起來。他這位哥哥卻出了名的厚臉皮與粗神經，既沒察覺也不在意。

這傢伙的神經該不是用鋼索做成的吧？手塚有時真的這麼想。電話那頭，手塚慧的聲調果然一如往常般爽朗：

「沒有，只是這陣子的事件很有趣，就想跟你聊聊。」

大概是指香坂大地的訴訟和理容工會提告的事吧。

「你怎麼會覺得有趣？整合優質化委員會不是你們『未來企畫』的計謀嗎？」

手塚慧一心想使圖書館爬升成中央集權型的國家級機構，應該很看重與優質化委員會之間的關係才對，如今世相社得到符合期望的判決，優質化委員會又遇到意外的伏兵，對某些人而言，肯定不是樂事。

「你怎麼還跳脫不出這種二元式的思考。」

手塚慧的語氣夾雜著苦笑，做弟弟的一時感覺雙頰漲熱。早知就不多嘴講那兩句話了。這些日子以來的嫌隙令手塚忍不住想要口出嘲諷，卻反而展露了自己的弱點，照樣被哥哥言語擺佈。

「我們真正要靠『未來企畫』結合的是法務省，優質化委員會和特務機關只不過是它的附屬品罷了。而且法務省並沒有你想像的那麼團結，就像圖書隊內部也有分裂。」

該死。根本是早就知道的事，結果還製造了機會讓他藉題發揮。

「『未來企畫』的構想是成為與優質化委員會同等級的國家公務組織，對方的立場動搖，我們當然樂見其成。要是它就這麼瓦解，更好不過。」

和手塚相比，哥哥的這番話說來風涼，那樣的怡然從容又是另一種屈辱。

「話說回來，它也沒有脆弱到出個意外就會自我毀滅的程度啦。我期待的只是一點小打擊，造成它在立場上的動搖與瑕疵就好。圖書隊變成同等級時免不了要向他們鞠躬哈腰客套一番，但是鞠躬的角度當然是愈淺愈好。」

「我要掛斷囉。」

手塚單方面的想結束談話。這樣聊久了，他只會漸漸認同哥哥的意見。

兄弟倆爭執的觀點在於信念基礎不同。手塚早已決定，不管手塚慧的構想多麼有理，他也絕不要向他靠攏。現在自己所處的環境和人事足夠維持堅定立場，可是手塚慧千方百計地以言語撩撥、灌輸想法，總令手塚內心掙扎。

「還有，你以後別再打來宿舍了。」

「打手機給你，你都不接。」

握著聽筒，手塚閉上眼睛，在腦中想起那個嬌小卻不服輸、如今已成為情報伙伴的女孩。

若是有上床的必要，就讓人家睡一睡也無妨。所以我適合做這一行。

她說這話時毅然決然的背影，還有拿著簽名手帕輕揮時的背影。語調裡沒有消沉或興奮，卻堅決不讓人看見她在那些時候的表情。

「……你就打手機好了，我會盡量接。」

跟手塚慧——跟「未來企畫」最接近的就是手塚。他若是多承受一點手塚慧的隨性聯絡，好強得不讓鬚眉的她也許會少些負擔。

「可以當作是恢復邦交嗎？」

「少得寸進尺。」

手塚立刻糾正他。

「我還是反對哥的思想，也不能原諒你把家裡搞成一團亂。要是你以為可以藉這機會對我懷柔，那可就大錯特錯了。你若有急事找我，至少你找得到人，如此而已。而且你動不動就打來舍監室，也只是給人家添麻煩。」

手塚說得急切，像在鬥嘴。電話那頭竟傳來輕輕的笑聲。

「跟你之前的態度相比，這是很大的讓步囉。謝謝啦。」

「我只是說有急事時而已！你不要閒著沒事就隨便打來鬼扯！」

他氣起來罵道，便聽見手塚慧說著「知道了、知道了」，電話就掛斷了。

四、返鄉、**爆發**

——茨城縣展警備——

*

「茨城縣立圖書館——？」

圖書特殊部隊的全體會議上，郁慘叫起來。

「怎麼啦——笠原？」

正在說明作戰概要的緒形副隊長訝異的看過來，不過郁已經被堂上從後面一把捂住嘴巴。

「沒事沒事，請繼續。」

若是別人來捂她的嘴倒也罷了，既知是堂上，郁整個人都快從椅子上蹦跳起來了。她下意識的往後猛退，想也沒想，牙齒就咬上了那隻手。

「好痛……！」

沒料到有此一咬，堂上猛甩手。

「怎麼啦，堂上班？」

「我們班沒有問題，那是堂上和笠原士長，請不用管他們。」

聽見小牧的回答，緒形竟也沒事似的繼續進行他的說明。身為副隊長，緒形大概已從玄田那兒聽到不少此間趣事。

至於這一回的作戰，簡要來說，就是到茨城縣立圖書館去支援。

十年前，茨城縣立圖書館遷移到千波湖畔的近代美術館。此後每逢十一月的藝術節，縣政府都在那裡舉辦為期兩周的美術展覽。圖書館戶外的場地將會陳列雕刻等大型作品，每年為藝術節製作的導覽手冊也都會保存在館內，因此成為縣立圖書館與近代美術館的共同活動。

臺前的副隊長還在說明，郁聽見堂上在後面不高興的問：

「喂，搞什麼，幹嘛咬我。」

「我、我又不……」

臉上那陣熱還沒有退，郁只敢半轉頭往後看，還縮著肩膀想遮臉。

「我又沒有被男人捂過嘴巴。」

「笨蛋！我只是阻止部下在會議中亂叫，扯什麼男女！」

唉唷，拜託別再問啦！郁急著找開脫，只好兀地舉手，隨即被緒形點名發問。

「請問，這麼和平的活動為什麼需要特殊部隊的支援呢？」

「嗯，那我就先解釋這個好了。」

副隊長大概打算晚一點才說明原由，這時便改變了順序，並要求全體隊員翻到概要的最後一頁。

翻頁的聲音響了一會兒，場中忽然靜了下來。整本概要都由黑白影印而成，唯獨最後一頁是彩色影印。郁看著那一頁，只覺得說不出話來。

「據說這是今年獲選的首獎作品。」

最後一頁彩色頁上的是一幅畫作。而且不是普通的油畫，儘管影印自照片，仍看得出是用拼貼方式構成的現代畫作。

那幅畫的背景是一面裸露的水泥牆壁，壁面正中央貼著一件優質化特務機關的制服。那件制服破破爛爛，中間還裂了一個大洞，洞中可以窺見藍天的照片。

標題是「自由」。

優質化特務機關不可能將制服提供給這樣的作品，顯然是作畫者自己複製訂做出來的，卻是十分精巧。

這樣的作品獲選為首獎，那就表示──

「入選作品雖然要到下下週才會公開，優質化法聲援團體的抗議行動卻已經非同小可。按照往例，優質化特務機關大概會藉這個機會到場審查，同時沒收。顧慮到一般民眾的安全，縣立圖書館決定暫時閉館，直到展覽結束為止。」

緒形說到這裡，玄田接口道：

「茨城縣司令部的水戶總部沒有應付這種大規模戒備的經驗，他們雖然已從縣內召集了防衛員，但指揮系統好像建立不起來，所以我們除了在人力上提供支援，也要輔助指揮系統。算了，等到了當地，現場的指揮調度恐怕還是得靠我們進行。」

郁沒想到自己的家鄉也會有這樣大陣仗的布署。不過，最令她擔心的還是──

「因此，我們特殊部隊要出動大約一半的人手。」

是這項動員的編制。

「支援行動由我負責，所以我會跟著一起出動。緒形在基地留守。支援部隊有青木班、關口班、宇田川班、芳賀班以及堂上班。」

有了上一次的經驗，這一次堂上用袖子去堵郁的嘴巴。

「我、我們班真的要去嗎？」

「剛剛不是才說過。」會議結束後，郁扭頭望向堂上。堂上兇巴巴的瞪了她一眼，故意甩著被咬的那隻手，完全沒好氣。

「呃、對不起……很痛嗎？」

「很痛。」

「對不起啦——！」

「好啦。」

幸好堂上不是個愛記仇的人。

「那麼，所以真的由我們班……？」

「『情報歷史資料館』攻防戰時沒把妳編進去，妳不是還氣得哇哇叫嗎？」

「哇啊——可是～～～」

就另一種意義來說，茨城也是郁的「總部」。而且這個「總部」的人若是知道她屬於戰鬥單位，保證不是發飆、就是發瘋。她希望自己最好能豁免於這一次行動之外。

「關於妳的發揮，我後來也反省了不少。」

堂上的語氣十足認真。

「把妳剔除於攻防戰之外，顯然是我錯了。妳雖然是女性，卻一樣有妳的專長，是我個人有所偏見才會不予認同。同期入隊的手塚都已經有大規模攻防戰的前線經驗，妳卻沒有，對妳而言並不公平。玄田隊長之所以把我們班列入編制，大概也是考量到這一點。所以，現在我不會再對妳的職務有特殊安排，因為只要妳能夠服從長官的指示，執行起任何作戰任務都不會拖累別人。雖然妳偶爾魯莽衝動，卻比膽小懦弱的傢伙要好太多了。」

要不是此次行動的地點不妙，堂上的這番話會令她開心得要飛上天去。

「這個——我當然很高興，可是……」

正在期期艾艾之際，小牧從旁插嘴道：

「這話怎麼聽都是堂上對妳這個部下的認同啊，他對妳和手塚是一視同仁的。不過妳也有妳的顧忌，逃避和辜負堂上的信賴也是另一條路就是了。」

「我不要！」

郁不假思索的叫了起來。既然這是堂上對她的信賴。

「我不要辜負堂上教官的信任。」

還有其他人的也是，她趕緊加了一句。忍著想低下頭去的衝動，努力直視堂上，只見堂上的表情變得比剛才溫和許多。

「雖說也未必會被妳爸媽看見，不過，難道妳不想脫下乖寶寶的制服，向他們挑戰一下？也許會有意想不到的人替妳助陣哦。」

最後一句話著實耐人尋味。

「嗚嗚嗚——可是我還是寧可這次留守啦～啊，留守的真好——」

郁在同僚面前逞強，回到寢室就忍不住示弱了。對著柴崎一人，她能做的當然只有發牢騷，總不能事到如今又跑去說自己要打退堂鼓。

「好嘛，那妳家到底在茨城的哪兒呀？」

「水戶市的邊邊……可是他們還滿常到市區走動的。」

郁邊說邊想，父母以往並不怎麼積極跑圖書館，只要她不上街，或許不會有問題？

「電視台好像會去當地大肆報導，妳得小心點唷——對了，還有鄉下特有的人際網。」

柴崎提供的資訊讓郁一點都高興不起來。所謂的人際網更是一大問題。

偏遠都市的人際關係十分穩固，「我昨天上街時，見到了誰誰誰」這種對話更是頻繁得教人害怕。郁想起自己的母親在當地人脈深厚，說不定誰會好心的去告訴她「我看見小郁」，或無聊嘴碎的說一句「電視新聞拍到的那個不是小郁嗎？」之類的——光想就恐怖。

「不知道耶，當地會用怎樣的規模去報導啊？不過我媽很少看新聞，對圖書館也完全沒興趣，也許不會特地到那一帶去湊熱鬧吧。」

她只好努力朝樂觀的一面去想，同時暗忖。

——執勤時應該不用脫帽子吧。

活像要去做逃犯似的。

「話說回來。」

柴崎忽然正色說道：

「我是不想說得太過先入為主的成見，不過聽說茨城的圖書館界好像有點偏頗。而且是縣立圖書館帶頭的，已經好幾年了，妳要注意一下。」

「什麼偏頗？」

「嗯，說得直接點，就是防衛員的地位很低很低。」

這是搞什麼？郁大皺眉頭。柴崎則換上一副推測的口吻：

「這一次的場面雖然大，人家卻為了指揮系統建不起來而請求支援，這麼丟臉的事我可沒聽過呀。正常情況應該是由地主部隊來分派指揮權責，頂多雙方協商分配罷了。事關顏面，怎麼會整個丟給遠道而來支援的去決定呢？特殊部隊的專長特殊，在關東地區本來就是專門外借的，除非是像『情報歷史資料館』攻防戰的那一次。」

這會兒他們竟表明「我們不能統籌部隊，所以請你們來幫忙」，說起來實在沒面子呀。柴崎說著，板起了臉孔。

怪不得要由玄田領軍，郁心想。原來是這麼回事。對方既然做此要求，理當由指揮官出動。玄田在「情報歷史資料館」的大規模攻防戰中交出漂亮的成績單，今後的十年大概都無人能出其右吧。

「妳說防衛員的地位很低，意思是館員的地位比較高嗎？」

聽郁問得直接，柴崎面有難色：

「本來，各職務之間的地位應該是平等的。除了階級和管轄單位以外，不應該有什麼上下關係，可是……」

她不敢用論斷的口氣回答，大概是情報網沒有拓展到那裡去吧。茨城畢竟是關東的最北境。

「尤其妳是唯一的女性，到時候得獨自寄宿在人家那兒。」

柴崎難得這麼為郁擔心，可能是為了去年的那場池魚之殃。

的確，若是再一次陷入類似狀況，那可就難受了。不過——

「還好啦，被認識的人孤立比較痛苦。」

當時，郁在宿舍裡就像過街老鼠。如今事件風波雖已過去，舍友們也像沒事似的與她往來，當中的某些女孩卻已經令郁再也不敢信任了。那些人的表面工夫，讓郁領教不少。

回想起當時的種種，再想像寄宿茨城時可能會受到的待遇，她也許會有一點忿忿不平，但已明白那只會是暫時的，不具任何意義。

「妳倒是變堅強了嘛。」

柴崎如此誇獎她。雖然那口氣聽來不太像是誇獎。

「我畢竟不是一個人去呀，況且……」

——妳執行起任何作戰任務都不會拖累別人。

有堂上這番話的認同，郁就覺得自己可以超越這些憂慮。

＊

手塚慧的電話那頭，是武藏野第一圖書館的館長江東。

「圖書特殊部隊會去茨城支援，大約是半數。玄田三監領軍指揮，堂上班也會去。」

「嗯，大致如預期。他們把情勢衡量得太輕，對我們來說倒是件好事。」

若是可以，手塚慧並不希望弟弟所屬的堂上班被編制在支援部隊中——這當然是做哥哥的私心。這念頭要是讓弟弟知道，他一定大罵「你只是耍特權，根本不是愛護家人」之類的。

「這下子又有一邊的勢力可以平衡。」

江東語帶歡欣，手塚慧在電話這頭也點頭答道：

「那些官司夠動搖優質化委員會了，現在該輪到圖書隊。」

為了徹底消除檢閱，圖書隊應該升格為對等於優質化委員會的同級國家公務單位。這是「未來企畫」的宗旨，也等於是手塚慧的主張。

依照他的想法，前者在升格之後便成為文科省的轄下單位，有資格和法務省的檢閱正當性相抗爭。但要實現這一點，現行圖書隊的根基似乎太穩固了些。圖書隊裡雖有原則派與行政派的對立，隊內仍然團結，打不進分化的楔子。

在這個構想執行的同時，圖書隊勢必得放棄部分權限，暫時妥協於審查權力，但這樣的彈性也不存在於當前的圖書隊組織中。更甚者，以圖書隊目前的立場，他們恐怕不認為這叫做「彈性」。

也許該歸功於熬過日野之難的那位老先生？身為年輕一輩，手塚慧沒有參與到那段歷史，不得不對那位長者懷以敬意。

這項杜絕檢閱的長期計畫，在手塚慧認為是合理的。如今雖只有中立派——只是權宜之稱——呼應他的理念。但在檯面下，這一派已經發展成原則派與行政派之外的第三勢力。實際上，他們已和法務省成功串連，對年輕世代產生莫大的影響力。

然而，針對「未來企畫」的構想，手塚慧不惜與身為日本圖書館協會長的父親意見對立，卻無意與稻嶺爭辯。就他長期的觀察，稻嶺是無可動搖的。稻嶺象徵的就是圖書隊的歷史，而且毫無破綻。

「未來企畫」的構想中，有個致命的弱點。

——那女孩也說中了。

笠原郁的身影浮現在手塚慧的腦中。

圖書隊要升格，就得大幅讓出審查的對抗權。在那之後，恐怕還得等上幾十年才能讓審查完全消弭於社會中。在這段期間，國民只能忍受（當然，中立派的著眼點全在於杜絕檢閱的好處，這些風險早在估算之內）。

真想不到，一個頭腦那麼差的女孩子也能料中。手塚慧笑了一聲。

相對的，她既然能在短暫的談話之中察覺到這一點，也可以證明稻嶺對圖書隊的教誨是多麼深植人心。

「不過也罷，論稻嶺司令的年紀，也該從第一線退下來了。沒有他，圖書隊還能不能貫徹理想，我們就等著瞧吧。」

電話那頭，「未來企畫」的幹部江東，正經八百的應了一聲「正是如此」。

「說到這個，圖書隊的實驗情報部有沒有下文？」

「根據朝比奈先生的報告……」

江東這人有個習慣，就是報告內容不盡理想時，他說話的口吻也會含糊起來。

「只能推測那個單位還在實驗階段，如此而已。」

「他不是跟一個可能性很高的女性候補人選接觸過了嗎？」

「是觀察了一陣子。但就他的說法，好像也沒法確定那個女隊員是單純的包打聽，還是真正的情報部候補生。那女的雖有本事掌握到令人意外的情報，口風卻不怎麼緊，性向上似乎有待商榷。就算真的在候補名單內，可能上級也還在觀察，而她本人或許也還不知情。」

聽著江東的報告，手塚慧沉吟著點頭。

「算了，反正這個消息也還在謠言階段，等查證後再想該怎麼利用也還不遲，目前就先擱著吧。」

嘴上這麼說，他的腦裡卻有另一種揣測：若是直接逼問朝比奈，可能會得到不同的答案。不過朝比奈是他們在法務省的伙伴，十分珍貴。最好別讓他或其他人認為他們之間有任何的不信任，避免徒生嫌隙。

「反正只是針對稻嶺司令，就我們現有的人力去收集情報應該也夠了。」

結束了電話，手塚慧在他專屬的辦公室裡把玩著手機。這間辦公室是「未來企畫」設在關東圖書隊裡的總部，地點在川崎地區的圖書館內，而該館的實質主掌者就是他。將砂川改調附近的分館，也是手塚慧的安排。

他自己知道，像這樣無意義的把玩手機，就代表他的心中有所焦慮。

此刻的焦慮，應該是因為剛才與江東的談話中想起了笠原郁吧。

他本來就不喜歡腦筋差的女人，這時的焦慮卻不僅僅於此。

手塚是我的同袍，他被親哥哥設下這麼過分的圈套已經夠可憐了，我不能再加深他的痛苦。

你要他為了對我的歉疚而屈服於你，還要我去把這件事講給他聽？我不忍心。請你自己講吧，那樣對他的打擊還比較小一點。

你們的觀念雖然不同，但也不用對他做這種不必要的聲害。我不想幫你去傷害我的朋友。

就為了想拉攏弟弟所使的那些手段，竟讓他淪落到被一個笨女人當面如此責難。

「……外人懂什麼。」

正因為看得起弟弟、想借重他的長才，做哥哥的他才要如此強硬。在他認為，這份執著完全出於兄弟之情，就算手段狠了點，也輪不到一個外人來教訓什麼傷不傷害的。

區區一個笨女人，不可能像自己這樣了解弟弟的資質──弟弟卻偏偏選擇了包括她在內的部隊伙伴，而不是他這個親哥哥。

想起她那副指責哥哥欺負弟弟似的態度，一股反抗心莫名而生。手塚慧按下了弟弟的手機號碼。

*

故意不輸入姓名的那個號碼出現在手機螢幕上時，手塚剛洗完澡回房。寢室裡還有另外兩個室友在場，手塚於是拿著手機起身往外走。

「唷，女人啊？」

聽到室友們笑問，手塚半認真的嘆道「是就好囉」一面按下接聽鈕，同時往共同區域大廳走去。

「講吧。」

冷淡應答，是想讓對方聽出他的不情願。

「幹嘛用這種口氣。」

電話那頭的人苦笑了——當然是手塚慧。

「聽說你們要去茨城縣展支援警備。」

哥哥是如何得知這些消息，他已經連問都懶得問了。

「茨城圖書館界的情勢有點複雜，你要小心點。優質化委員會打算在那件優勝作品公開的同時就予以沒收，場外聲援團體裡也都是些不擇手段的傢伙。還有，那邊的圖書館大環境相當獨特。」

「你說『獨特』是什麼意思？」

「你去了就知道。反正多小心。」

手塚慧說完，就單方面地掛上了電話。

「還是老樣子，嘰哩呱啦只講自己想講的……」

關於茨城圖書館界的種種消息，其實他早從柴崎那兒大致聽說了，不必哥哥來賣這種人情。但他最討厭的就是這種感覺——好像欠他似的。

「老是以為只有他自己什麼都懂，我就是不爽這一點啦！」

喝乾手中的罐裝啤酒，手塚說道。

講完電話回到寢室，他的心情還是無法平復，只好跑到堂上的房間驅驅悶氣。

堂上可能覺得自己一人難以負荷，所以不一會兒小牧也出現了。反正兩位上司都知道他們的兄弟之爭，手塚也就放膽倒垃圾了。

「像戰鬥員在茨城圖書館界地位低落——這種柴崎都可以掌握到的情報，他在那裡賣弄什麼！還自以為了不起的叫我小心點……要搞情報收集，我們這兒只要有柴崎在就夠啦！沒你出場的餘地啦，混帳老哥！」

呃啊，說醉話了。小牧在一旁苦笑。堂上則不動聲色的將下一罐酒換成酒精濃度較低的。

「不過，柴崎畢竟不是部隊裡的正規成員。我們這裡的動態，又可能牽連到你哥那邊的計畫進行。情報來源愈多，作戰精確度也會愈高，倒也不是壞事。」

聽到堂上這麼說，小牧也補充道：

「而且我想，若是柴崎小姐，她會高興的把這通電話列入情報之一。她在這方面特別能夠公私分明，好奇心又異於常人，我倒認為是她最大的武器。」

這我當然知道——手塚差點兒要吐出這麼一句。

自己會在這裡藉酒澆愁，原因之一就是因為自己沒辦法和她一樣而懊惱。

「可是，真虧你肯接你哥打來的手機。你以前只願意接他打到舍監室的電話。」

堂上的話像是漫不經心，卻刺中手塚的痛處。

讓哥哥手塚慧能直接聯繫到自己，原是為了減輕柴崎的負擔——要不然，他也不會允許哥哥直接打到手機。

既然如此，也許他應該讓剛才那通電話講得更久一些才對，或者應該由他打過去探聽消息。

話說回來，現在要他打回去假裝關心：「剛才那件事再講清楚一點。」他又做不到。

「我……剛剛那通電話，是不是應該打回去？」

他想若是命令，那他會心甘情願一些。兩位上司卻是大大搖頭。

「我可不想讓他以為我們缺情報，不必特地撥回去了。」

「況且你哥的話不知道可信度到底有多少？『未來企畫』的理念雖然和圖書隊很像，卻並非中立，而是處於灰色地帶。我不願意把你們兄弟的恩怨想得太糟，但他藉這個機會提供假情報的可能性並不是完全沒有。」

發現自己竟沒想到這一層，手塚的心情愈發自卑而心情低落了。

堅決辭謝讓長官們送他回寢室，他想趁著熄燈前的一點時間消消酒意，便往大廳走去。

「天呀，你是怎麼搞的？醉得亂七八糟！」

郁的聲音直往腦袋裡鑽來，聽得出是在為他擔心，卻活像個噪音兵器。

「……囉嗦啦，閉嘴！妳好吵。」

看她兩手各拿著一罐寶特瓶飲料，大概剛從販賣機那兒走來，另一瓶應該是柴崎的。

「哇塞，眼睛這麼紅。看起來好兇、好恐怖哦。」

郁在他身旁坐下，用飲料瓶的弧面貼在他的眼睛上。他想叫她別雞婆，塑膠瓶身帶來的冰涼感卻是難以抗拒的舒服。

他也不知為什麼，竟對她道出了自己的脆弱，希望是這股舒服勁兒使然。

「偏偏我就沒有像柴崎那樣的本事……」

「咦──你這回改對柴崎積恨了嗎？」

他想反駁說：「誰跟妳積什麼恨啊？」郁卻已經用她自己的解釋繼續說下去：

「真是的，我之前不也說過，你為什麼非得事事搶第一不可呢？跟我爭是不用說了，跟柴崎比？雖然我也不知道為什麼，但你爭不贏她的，算了吧。」

不是這樣的──手塚低聲喃喃道。

他只是想分擔柴崎的壓力，卻連哥哥在一通電話裡的傲慢都無法承受。再想到這次又連一句家裡的事都沒聊到，心裡就更氣。

說著說著，他也漸漸搞不清楚自己要說什麼、又說了什麼，只知道一直默默用瓶子替他冰敷眼睛的郁忽然開了口：

「柴崎沒那麼神通廣大啦，只是她的弱點跟我們不一樣罷了，你別緊張。柴崎看似完美，其實也有她的問題。憑我們的交情，就體諒體諒她吧，大家都是朋友嘛。像我們面對打鬥或衝突都稀鬆平常，她就怕得要命啊。而且長得那麼漂亮，心理上受到的創傷也格外地多。」

「我們三個算朋友嗎？」

正茫然地覺得自己或許太見外時，這話竟不知不覺的脫口而出。郁倒是不怎麼在意。

「怎麼到現在還這樣講？你最近好像比我還了解她，我都不甘心哩。」

然後她站起身又說道：

「我差不多該回去囉。你最好多喝點水稀釋酒精。嗯──這是柴崎的茶，那就──」

她看了看兩只瓶子，將其中一瓶遞給手塚。大概是她自己的。

「喏，給你。你也快點回寢室去吧。」

看她還細心的替自己扭鬆瓶蓋，手塚難得的向她道謝，然後幾乎是一口氣仰頭飲盡──

＊

「怪了，手塚今天請假？」

翌日出勤，辦公室裡獨不見手塚的身影。他一向比郁還早到的。

「宿醉。」

小牧的回答令郁大為吃驚。明天就要動身前往茨城，今天是全體支援部隊總演練的日子，是個既定的重要行程。

「什麼──？虧我還叫他早點回房去睡──！」

瞧郁一副大姊姊似的關照口吻，堂上狠狠瞪她一眼。

「最後一刀明明就是妳補上的，還裝作沒事……」

「啊？為什麼說我補砍他最後一刀？」

「有哪個傻瓜會給醉鬼喝運動飲料啊！」

「呃、咦？」

郁不解卻驚慌起來，小牧只好苦笑著講給她聽：

「有人半夜發現他倒在大廳裡，還引起男生宿舍的一陣騷動。我們被叫去照料他，發現旁邊的地上躺了一個運動飲料的空瓶，後來等他稍微清醒時一問，才知道是妳給他喝的。」

「咦？我以為多喝水沖淡酒精才好啊。」

「運動飲料的吸收特別快，妳覺得會怎樣呢？白痴！跟酒精一起加速吸收，不爛醉才怪！」

「咦咦咦——？是這樣嗎？」

見她一整個錯愕，小牧只好為她打圓場。

「算了，看來她是真的不懂。笠原小姐，妳很少喝酒吧？」

「呃、偶爾聚餐時會喝一杯沙瓦或紅酒之類的。」

「狂喝悶酒是男人才會幹的事啦。平常的手塚是不會出這種洋相的，昨天是他心情不好才喝得那樣狼狽。」

堂上的臉好臭，郁只敢低著頭瞄他。

「對不起，下次我會記住的。」

「廢話！笨蛋！」

腦門上這一拳很久沒這麼認真使勁了。她的耳裡嗡嗡作響。

正消沉時，郁瞥見小牧指著一處堂上看不見的角落，於是她輕手輕腳的跳過去。聽小牧用講秘密般的音量竊竊低語道：

「妳不用這麼難過。其實堂上自己在學生時期也幹過同樣的蠢事，而且是在試飲會喝到無法自拔。拿白酒攙寶礦力那種炸彈級的特調飲料混著亂喝，結果就自爆啦。笠原小姐，妳真厲害，總是有辦法讓堂上回想起他不堪回首的往事。」

反過來說，是因為他想起當年糗事而不高興？郁想著，偷偷朝堂上看去。既然如此，那他下手也該輕一點，但再想起是自己對不起手塚在先，捱這一拳就當作是甘願吧。

料想手塚今天不會想聽到她的聲音，郁決定明天再向他道歉。

睡到傍晚，手塚才覺得頭痛稍微消退。但是當手機在枕邊響起時，他還是覺得那聲音刺耳無比，只想快點讓它安靜。他一把抓過手機就接聽，根本沒空查看來電對象。

「你好，我是手塚……」

既不知是誰打來，還是客氣一點比較好。

「哦，你稍微復活了一點嘛？那應該趕得上明天出發囉。」

電話那頭的人是柴崎。

「聽說是我們家的室友太粗心，才害你搞成這樣。對不起呀，她沒有惡意的。」

「有惡意還得了……」

「然後呢，我從這位沒有惡意的小笨蛋口中聽到一些事，也不知你們是怎麼聊起這個的，哎。」

她的聲音聽起來比平常低，也許是體貼電話這頭嚴重宿醉的手塚。

「唯獨在情報戰，我是絕不會讓你半分的。所以你趁早面對現實吧，要做到像我一樣是完全不可能啦。」

手塚聽了忍不住大笑，但笑聲在腦子裡太響亮，逼得他趕緊收聲。不知道還有誰能了解這是一通專程打來慰問的電話。

「是啊，我知道。我一定達不到妳的水準。不過妳是本身就喜歡情報吧？」

「算是啦。」

「那以後就把我這裡的消息直接丟給妳好了。我套情報的本事雖沒有妳那麼高明，好歹也是那個手塚慧的弟弟。」

那是危險情報最豐富的來源。

「反正就這麼決定了，能做到幾分我心裡也有數，妳只要記住這一點就行。我會用自己的方式跟我那混帳老哥周旋到底。」

說完這些，他把哥哥那通電話的內容講給柴崎聽。只是寥寥數句，手塚還能記得八、九分。柴崎聽得興味盎然：「謝謝，我看我也再到茨城那邊探一探好了。」說完就掛掉了電話。

也不知道她究竟算不算是來關心的，但這就是柴崎。

＊

「那個，前天……」

出發前，郁鼓起勇氣開口。沉著臉的手塚沒讓她講下去。

「不用。妳要是真有惡意，我早就揍扁妳了。在那種狀況下還拿妳給的飲料猛灌，本來就是我自己笨。」

「講得這麼難聽，豈不是指桑罵槐說我是笨蛋嘛！人家跟你道歉，你就不能坦率點接受嗎？」

「妳這算哪門子道歉的口氣啊！」

聽到他厲聲駁斥，郁剎時一怯，便改了態度低下頭去：

「對不起。」

「嗯。」

他們的和解達成時，兩輛交通車開到基地的大門口。那是由後方支援部利用有限預算改裝的長型大客車，車內裝有附槍眼的盾牌，可以下拉到車外，在戰鬥突發時可以充當臨時盾牌使用。

全體隊員分乘兩車，各由擁有大客車駕照的隊員輪流駕駛。車上的座位綽綽有餘，空位還可以放隊員們的隨身行李。

「還不到正式上場，我想睡一下。想跟我換位子的請儘管說。」

手塚對大家這麼說完，就往車廂的最後一排走去。那兒可以橫躺。

位子多得隨人選，郁一時不知要選哪裡。她看著車頂，那些折疊式的盾牌都用粗鐵棒架在上面，心想著這些東西是否真會派上用場。

「怕啊？」

這聲音是堂上。知道郁是初次參與大規模行動，他大概是特地來關照的，又見她還沒有就座，便往靠窗座尋找，一面問她會不會暈車？

「不會，完全不會！我還寧可坐走道！不對，最好是靠窗已有人坐的走道座位！」

她就怕進入市區要等紅綠燈，萬一在那時被熟人看見了就完蛋。巴士或遊覽車之類的大型車輛最引人注目了。

「妳會不會緊張過度了，哪可能這麼巧……」

堂上顯得愕然，郁卻是驚急攻心。

「鄉下地方就是有可能！就是會這麼巧！而且下交流道的那條路，就直接通到我老家啊！」

為此，她還特地拜託人家讓她確認行車路線。想也知道，她看完就腿軟了。

「好啦、好啦。」

堂上厭厭說道，逕自在窗旁坐了下來，然後把背包扔到後方的空位上。

「坐吧。」

這聲招呼讓抱著行李袋的郁怔了一會兒。短短一瞬間的緊張，堂上卻解讀成負面意味。

「不喜歡就算啦。」

他這麼說時，口氣和表情似乎都有點不高興。所以反過來看，他的意思是、意思是——她的腦中亂成一團。

「不會不會！我沒有不喜歡！」

我幹嘛這麼強調自己沒有不喜歡啊。郁在心裡氣急敗壞，仍然依樣把行李丟到後面座位，然後坐到堂上旁邊。

「唷，難得你們不吵架啊。」

坐在堂上和郁後面數排的位子上，玄田如此調侃道。他接著又問小牧要不要陪他一起坐，可以聊天解悶。小牧卻不給面子的表示「隊長一個人就佔了一．五人份的空間，坐你旁邊會有壓迫感」，獨自在走道另一邊與郁相對的位子坐下。

見他一坐下就拿手機打簡訊，八成是要跟毬江說他即將出發。那溫柔的表情，看得郁既讚嘆又羨慕。

沒一會兒，堂上就問她家在哪？

「啊，在水戶市的邊緣……你知道JR的赤塚嗎？就在那附近。」

「出動區域的地理環境記得這麼熟啊。」

她學著不讓「哪能不記啊！」這種話衝口而出。

「妳幾年沒回去了？」

狐疑著堂上為什麼關心起她家的事，郁同時在記憶中搜尋。

「大學的……三年級之前都是過年才回去，所以已經有四年了。」

「那要不要跟誰見見面？縣展公開前還有一點空檔哦。」

「要跟誰……」

「像朋友或哥哥……妳爸啊。」

「啊——不行不行不行不行不可能不可能——！」

郁猛搖手。

「我再也不敢冒險了！我早就想好了，支援期間我只要待在縣圖跟近代美術館區內跟宿舍，一步也不會踏出區外的！」

「妳也不必這樣死腦筋……」

「最沒資格講別人死腦筋的就是你啦，堂上教官。」

「嗯，的確，這種形容詞是輪不到堂上來講。」

大概是發完了簡訊，小牧插嘴道。

「囉嗦。你少來攪局。」

「唷，幹嘛？你只想跟笠原小姐單獨講話啊？」

不知是不是小牧故意使拐子，卻見堂上果然中招。

「我哪可能那樣！」

否定得這麼堅決，聽了有點兒傷心。郁暗恨的咬嘴唇，難得剛剛還為了他的邀座而竊喜。

「反正……」

堂上困擾似的皺著眉頭。

「來水戶的事也不必刻意講，只是找空檔打個電話什麼的，妳爸應該還是會高興吧？我猜妳平常也很少跟家裡聯絡。」

郁眨著眼睛，不懂堂上為什麼會如此關心他們父女之間的關係。

她忽然想起雙親偕同造訪武藏野第一圖書館的那一次，母親仍是一樣的過度保護。父親的態度卻有些不同，彷彿多了幾分認同——認同女兒，認同她踏出社會的成長，也認同她的工作。後來與父親道別時的氣氛還算自在，她認為就是這個緣故。

不過，堂上應該不知道這些事才對——

「……堂上教官，我爸媽來基地時，你跟我爸說過什麼嗎？」

「沒有啊，頂多寒暄幾句而已。」

堂上別過視線，顯然是心虛。

「你騙人！一定有過什麼！」

「我沒騙人！」

就在兩人又要僵持不下時，小牧不慍不火的介入調停：

「你們兩個都小聲點。」

只見好些隊員正在閉目養神，更有像玄田那樣鼾聲大作的。

「那你為什麼這麼計較我跟我爸媽之間的問題啊？」

郁壓低了聲音問道。堂上又是那副困惑的神情：

「這個嘛……」

「我想他是單純以一個長輩的觀點去看的。」

小牧適時幫腔，給堂上一個臺階下。

「二十幾歲的人還可以跟父母鬧鬧彆扭，但到我們這個年紀時就很難了。都快要三十了，就算跟上一代意見不合起爭執，他們的年紀也大了。我們既不能改變他們的性格，他們也改變不了我們的想法，只能攤手無可奈何。」

「……小牧教官，但我聽說你的家庭很圓滿啊？」

「嗯，我自己也覺得這點給了我很大的精神支持。不過，牙齒都會咬到舌頭了，家人之間怎麼可能沒有磨擦，只是能不能用同理心體諒罷了。我想每個家庭都差不多。」

小牧說這話時，堂上在一旁連聲說「對對對」，那股得到救援的安心感表露無遺。郁聽得有些不滿，卻不得不同意小牧的「大道理」。

「像手塚他們兄弟之間的爭執是個例外。妳家的問題既然不像他們那樣嚴重，在我們外人看來，只要任一方找個適當時機採取主動，應該就能化解才是。我想妳哥哥們應該也早就想過問了。」

小牧拋出手塚的例子，更令郁無法反駁。

就在這時，小牧的手機震動起來。「不好意思。」他道了聲歉，從對話中退開。應該是毬江傳來回覆。

少了一個敲邊鼓的幫手，堂上面色困擾的搔搔頭接下去說道：

「妥協是難免的，有時也算是以退為進。很多事情都是自然而然演變的。妳愈是想要逃避他們，他們就會愈怕妳逃走……妳又是家裡唯一的寶貝女兒，就主動聯絡一下嘛。」

「寶……什麼寶貝女兒！我出社會都兩年多了，今年也已經二十五歲，請別說什麼寶貝不寶貝的好不好！」

老實說，被堂上用這種女性化的代名詞指稱，令她有些心慌。

「是嗎，我下個月就三十了，還不是被我爸媽當成小毛頭。」

讓父母把自己當成小孩對待，也是一種孝順——這是堂上的豁達，現在的郁卻怎麼也做不到。這份從容令她感到懊惱。

「媽根本就……」

一時激動，她竟忘了自己是在對一個外人講話，於是匆忙改口，卻失去了那股氣勢。

「我媽她根本就不喜歡像我這樣的女兒。她想要的一定是那種很有女人味、端莊又文靜，適合穿長裙的女兒。」

堂上看著窗外，只是苦笑。

「聽起來只像是小女生鬧彆扭講的話。」

「我才沒有鬧彆扭！反正你別說我是什麼寶貝女兒啦！」

「時代是變了，『天下無不是的父母』這句話也不成立了。不過我跟妳保證，妳家人是愛妳的，只是妳媽比較會給壓力而已。」

啊——結果你要說的就是這個？

這話一點兒也不像是堂上會講出口的，郁不禁啞然。只見堂上面向車窗，耳朵竟愈來愈紅。

「我要睡覺了！」

堂上說道，不自然的把頭往側旁一扭，叉著雙臂做出打盹姿勢，沒再開口說話。

*

除了途中在休息站停靠過一次，讓大家去上廁所之外，車程非常順利。郁也在不知不覺間睡著了，直到堂上把她叫醒。

「要下水戶交流道囉。」

睜開眼睛，她才發現自己的頭竟靠在著堂上的肩膀上，尖叫聲差點就要破喉而出。

「不、不好意思，我不小心睡著。」

她整個人彈起來坐正，同時拉開距離。

「沒關係，我也是。」

堂上答得淡然，反而讓郁覺得尷尬。

車子駛入平面道路後，又聽到他忽然開口問：

「四年沒回老家，感想如何？」

幸好有他這麼一問，打破尷尬的氣氛。郁不敢大大方方的探頭，只敢躲在堂上後面往車窗外望。

道路兩旁都是平靜質樸的住宅區，郁的家就在其中。

「嗯，滿懷念的。我們全家開車出去玩時，每次都先到剛剛那個加油站去加油。啊，這條路往左邊有一間圖書館，我小學時常常去。不過，也多了很多沒看過的，像是便利商店。啊，新開了一間好大的蔦屋！」

「蔦屋」是一家主流連鎖書店的名字，也就是白馬王子救過她的地方。

「我讀的高中附近也有一間蔦屋書店，我常去那裡買書。」

她邊說邊偷瞄堂上。不曉得是不是因為知道了堂上就是王子，她覺得他的臉上似乎也流露出些許懷念。

置身在睽違四年的鄉下城市，就像化身成浦島太郎一樣。縣立圖書館在千波湖畔，距離郁就讀的高中不遠，那一帶還算有點印象。只是新開闢的馬路變多了，路旁的便利商店也更多。

通往縣立圖書館的馬路還是那樣筆直寬敞，和郁記憶中的一樣。

在她的印象中，當時的縣立圖書館才落成不過兩、三年，外觀古典雅緻，與紅磚砌成的近代美術館相映生輝。她還記得圖書館的磚牆看起來特別新，室內動線主要是往地下走，也看得到通往下層的樓梯，設計風格相當先進。

當時，湖邊還有另一棟佔地甚廣的鋼筋建築也同時在興建。郁如今才知道，原來那是「比照圖書基地規格的設施」。建有這種設施的，應該不只水戶市。

在東京，從都內出動到隊員起居住宿的需求，只消一座圖書基地就可以滿足。但在行政面積較小的縣府，就沒法兒這樣了。除非是像偏遠村落那樣的小地方，優質化委員會可能基於效率因素而手下留情。否則就要像水戶市這樣，凡是稍具規模的城鎮，唯有設置「副基地」才足以對抗審查勢力。

基於這一層意義，圖書隊以偏遠地方行政單位的立場統一規劃預算，也是為了整頓地方設備，用意可說正當。

在前往千波湖的這一路上，郁所見都是令人懷念的景色。直到縣立圖書館和近代美術館出現在前方，煙硝味開始出現。

事先已料想過景象會有多麼慘澹，原來真是如此慘澹。

先是近代美術館。園區內可見優質化法聲援團體的車輛大量進駐，平房磚造的館舍飽受投石所傷，痕跡累累。窗玻璃滿是裂痕，靠著膠帶才免於碎落，看得直教人怵目驚心。抗議演說的音量也幾近噪音。

「車子開進去之前就先打一場？」

玄田的低喃令全體為之緊張。如果這是正式的指示，他們就得用無線電聯絡分隊了。

縣立圖書館也同樣慘不忍睹，讓人不禁想像：援軍如今終於到來，館方人員一定鬆了一口氣。

車子繼續往前開時，縣立圖書館的方向跑出一群人。

那些人並未穿著戰鬥服裝，顯然不是出來迎接的當地防衛員，其中連未成年者和老年人都有，應該也不會是館員代表。

領頭的一號巴士才剛開進館區停車場，就有人跑來敲車門。那是一名中年男性。

「你們是關東圖書隊特殊部隊吧？請下車！」

「這是在吵什麼？」

人高馬大的玄田率先走出車外，把那男人嚇得往後退了半步，但對方還是高聲喊道：

「你們都帶了武器來，對不對？請你們繳出那些武器！」

玄田的表情頓時充滿疑惑。

「我們持有的武器都是依正規手續取得許可，而且只限在縣立圖書館和近代美術館區內攜帶使用的。你要是不信，我也可以拿茨城縣頒發的許可證給你看。反倒是你們又是什麼人？竟然叫我們繳械？」

「我們是拒絕以武力對抗審查的不抵抗主義者！身為水戶市民，我們抗議關東圖書隊將武器帶進館內！」

那群人自稱是「不抵抗集會」。在特殊部隊走出巴士之前，他們在車門外糾纏不休，吵了將近一個小時。

「你們大概不知道，這次跑來的優質化聲援團體全都是出了名的不擇手段啊！更有成員在東京違反槍械條例而被檢舉！要我們在那幫人面前繳械、赤手空拳的去應付他們？腦筋有問題啊！你們打算親手把今年的得獎作品送出去給他們蹂躪，讓優質化法審查嗎？」

剛剛跑來敲車門的中年男子頂上稀薄，姓竹村，好像是該集會的會長。

「以暴制暴只會讓事態擴大！雙方應該設法找出對話協商的路，應該能夠相互了解！」

「跟那種不講道理的人，哪還有對話協商的路？」

玄田的怒喝令竹村沉默。短短不到一星期，那些聲援團體就把這兩館整成這副德性，甚至連武器都不用。

玄田繼續罵道：

「那你們也去確認過對方沒有帶武器來了吧？」

便見竹村猛然抬起頭：

「要是抱著懷疑的心態去接觸，那就更不可能對談了！可是你們和茨城防衛部是百分之百的持有武器！若是你們先放下武器，我們再向他們轉達……」

「我聽不下去了！根本就是大白天說夢話！」

玄田當機立斷。

「全體上車！先到鄰區的副基地集合，稍後再確認現場！」

一聲令下，二十四名隊員立刻照辦。

在前往副基地的短短路程上，車內像是被捅了的蜂窩般大亂。沒有人知道剛才的陣仗是怎麼回事，卻又忍不住頻頻問：為什麼是那些人先跑出來？圖書館員怎麼了？防衛員在做什麼？所謂不抵抗主義者，會不會實為審查聲援團體？

「我哥所說的情勢複雜，就是這樣吧。」

終於從宿醉中恢復的手塚如是說道。班裡只有郁聽得似懂非懂，但她擁有來自柴崎的情報。

「柴崎也說過茨城的圖書館界有所偏頗，不知是不是指這種情況。茨城縣立圖書館也是這座副基地的附屬圖書館吧？一般的附屬圖書館和基地之間不都有合作制度嗎……難道是剛才的民間團體從中作梗？」

「這下子，基地那邊也讓人擔心起來了。」

玄田難得露出沉重的表情。

「好，一進基地，馬上找一間會議室開會。堂上班負責向全隊報告這些消息，消息來源可以不用交代。」

「是。」

堂上舉手敬禮，隨即準備整理手塚和郁所知的訊息。

基地方面倒沒有多做盤查，而是直接讓車輛開了進去。但他們卻感覺不到援兵到來的興奮，所見的只有寥寥數名防衛員權充指揮，引導車輛開到基地內的停車場去。那些人神情冷漠，愛理不理的，也不像是因為指揮系統疲弱才需要對外求援。

「武器的保管就麻煩你們了。」

玄田向引導車輛的那幾個防衛員說時，卻見他們面有難色，互望一眼。其中一人伸手拉低了帽沿說道：

「我們會把三號倉庫的鑰匙交給你們，保管與維修的權限還是勞煩各位。」

「大老遠把我們從東京叫來，你們卻連武器的保管維修都不肯幫？」

玄田吼了起來，堂上趕忙拉住他，改由小牧開口問道：

「……這意思是建議我們最好自己保管，是嗎？」

降格溝通，是年輕下屬的職責。

便見拉帽子的那名隊員臉上顯出歉意，接著回答：

「車輛方面，我們會負責向上級申請檢修的，還有保養武器所需的器材也是。」

這就是答案。小牧於是從隊員手中接過倉庫的鑰匙，再轉交給玄田。

拿著鑰匙，玄田仰頭看著基地的外牆，恨恨啐了一口：「裡面待的是何方妖孽啊！」

＊

進入基地後，玄田得先和水戶副圖書基地的副司令（除了關東圖書基地，其餘副基地的最高職階都是副司令，以便與圖書基地司令有所區別）會面。為了制衡他的火爆脾氣，照例仍由堂上和小牧兩人隨行。

橫田二監便是此地的副司令，年紀大約五十出頭，說好聽點是頗有書卷氣息，說得難聽則也顯得懦弱無能。副基地的基地司令向來由二監出任。

「麻煩您給個解釋吧。」

無視於陪著來折衝的兩名部下，玄田劈頭就是吵架的口氣：

「叫我們特殊部隊出動半數來支援的人是你們，現在人馬都從東京趕來了，卻在縣立圖書館遇到一群莫名其妙的人逼我們繳械。副基地這兒又連武器也不肯幫忙保管，真奇怪。」

玄田說到這裡時，小牧不著痕跡地把話接了下去：

「隊員們都非常疑惑，不懂我們為什麼會被找來支援。當然，我們並不期待有人來列隊歡迎，只是以為至少能感受到一點合作的善意。」

橫田二監聽著，表情始終苦澀，最後竟然低下頭做出道歉姿勢並且說：

「對不起。在最近這幾年裡，本縣的圖書館界變得非常偏頗。尤其自從須賀原特監擔任縣立圖書館的館長之後，情況更嚴重。」

須賀原館長在方才的「不抵抗集會」中擔任特別顧問，立刻使得該集會享有某種特權。沒過多久，他們就能夠以市民團體的身分插手館務營運。

「演變到現在，縣境內的圖書職務出現了明顯的階級之分，至少在我們水戶副基地是如此。戰鬥單位的防衛員被排擠成最低階級，以須賀原館長為中心的圖書館員和『不抵抗集會』成員主宰了水戶地區的圖書館。現在，若沒有館長或圖書館業務部的許可，防衛員都不能佩帶武器，遇到審查也只能任憑優質化特務機關宰割。而且水戶市轄區內所有的圖書館都有這個現象。」

更離譜的是每逢檢閱，圖書館員和「不抵抗集會」便一起喊口號以示反抗，但是特務機關可不會因此手下留情。只要不是封鎖在書庫裡的書籍，優質化隊員總是盡情糟蹋。防衛員手無寸鐵，除了眼睜睜的看著，別無他法。

「廢話！」

聽到這裡，玄田終於忍不住破口大罵。雖然他大概只是想稍稍表示不滿。

「怎麼會讓情況發展到這般田地？」

橫田露出一絲尷尬的苦笑，就像一個早已習慣放棄的人。

「我是二監，也是防衛員，跟身為特監的館長似乎沒有對等商議的權利。我也想過要向東京的稻嶺司令申訴，可是水戶管轄內的各館長和『不抵抗集會』已經站在同一陣線，不管我把意見書往哪個單位送，他們都有辦法即時壓下來。」

「該不會……連人事權和總務權都被那一派給掌握了？」

聽堂上如此問道，橫田點頭不語。橫田若直接向稻嶺所在的單位投交意見書，遞送公文的人恐怕不會乖乖送出去。就算成功送達，也不代表投訴成功。意見書石沉大海還算是好的，萬一事不湊巧，橫田的下場也就不妙了——以他的年紀，大抵一家老小俱在，要是就這麼丟了工作，經濟重擔必定會壓垮一家子。

玄田等人都在稻嶺麾下任事，深知稻嶺絕不會坐視不管。但對一個只知其職稱和階級的偏遠二監而言，當然很難寄予無條件的信任。

「不過，這一次的問題不僅限於圖書館。」

這場縣展是由縣圖與近代美術館共同策劃的。

「單單是選出那件衝擊性的作品，在近代美術館就引起過很大的爭議。館方知道優質化法會用各種手段抨擊，也知道這片寧靜的文化空間會因此化為戰場，但評選委員還是選擇了那件作品。我想，他們希望藉由那種粉碎現實的攻擊性來否定檢閱，同時推崇那一份渴望自由的意志。」

光是由彩色影印的資料照片中都能看出，那幅作品表達了對於不當檢閱的焦躁、憤怒，還有粉碎這一切之後會出現的希望──也就是晴空。

「優質化委員會企圖消滅那件作品，不讓後世知道它的存在。須賀原館長所領導的『不抵抗集會』，卻訴求以不抵抗主義為縣展護航。在我看來，這種舉動無疑是在積極協助優質化委員會。」

說到這裡，橫田的眼中初次亮起堅毅的光芒。

「再加上近代美術館的強力要求，我才有機會順水推舟，用這種方式向東京請求圖書特殊部隊的支援。在這幾年裡，我們根本和一隻拔了牙的老虎沒有兩樣，早就沒有能力為大規模作戰建立指揮系統了。」

狀況遠比想像中更惡劣，玄田等人也無話可說了。能把圖書特殊部隊叫來這裡，橫田已經盡了最大的努力。

「……狀況我大致了解了。」

看著橫田垂眼不語，玄田總算開口道：

「那就讓我們盡全力幫忙吧。」

敵人已在明處。正因為在明處，站在橫田的立場能鼓起這份勇氣，已是無可厚非。

在圖書特殊部隊的集合會議上，玄田向全體支援隊員公開橫田透露的情報。循手塚慧和柴崎管道而來的消息如今只成了補強，所以反而沒有透露。

「不論如何，下一步是儘早聯絡稻嶺司令，粉碎這些活見鬼的鄉下規矩。只要最高層的指令下來，這些問題應該明天之內應該就能解決。指揮系統今天就要架構好，由青木班全權負責。其他班去規劃訓練內容，訓練期就從明天到縣展開辦，以效率為重。」

時間太趕了！會議室裡頓時議論聲四起。

「我看他們恐怕有幾百年沒做射擊訓練了，打不打得中都還是個問題。」

「不知道來不來得及弄陣形訓練……離縣展只剩兩個星期。」

「總之給我辦到！」

玄田高聲咆哮，像是激勵士氣。

「你們可是圖書特殊部隊！我會把留守的人也都叫過來，湊和著撐過去！」

會議結束後，堂上有所顧忌地向玄田建議：

「我們還沒有跟縣立圖書館的館長打過招呼。」

「管他的。」

玄田嗤之以鼻：

「聽說是個長得像大佛的阿婆，我才不想看到她。」

「對方好歹也是縣圖最高層的負責人。」

「最好等那些莫名其妙的鄉下規矩完蛋了再去，讓對方知道我們可沒那麼好打發。他們搞出來的陋規已經被中央發現了，我倒要看看他們還能多強硬。對了，不如先到近代美術館去走一趟吧，也順便商量警備布署等等的事。」

＊

近代美術館的人大多是友善的。不僅如此，由於縣圖未出動防衛員，致使美術館被石塊攻擊得體無完膚，讓他們對縣圖館長與「不抵抗集會」似乎格外反感。一句「圖書隊成立防衛部是幹什麼用的」，讓前來致意的玄田等人無言以對（就像面對横田副司令時那樣）。

說出那句話的，就是淵上美術館長。他想把爭議的首獎作品放在室外展示。

「要是擺在室內展示，萬一有人衝進來，必定會波及館內其它的展示品和設備。設備可以修復，展示品和常設展的藝術作品卻不容破損啊。」

這一點的確是美術館最基本的顧慮。

「『自由』確實是今年最優秀的作品，那是我們評選出來的。」

淵上以堅定的眼神直視玄田。

「但在同時，『自由』也讓縣展不得不面對嚴苛的挑戰。不單是別的縣展作品，我們對常設展的美術品也負有同樣的責任。『自由』不能在館內展示。」

「我完全同意。」

玄田頷首道。「自由」的號數大，容易成為標的，放在館內也一樣顯眼。萬一那些不講理的傢伙從遠處開槍狙擊，少不得要製造出無辜的陪葬作品。

「關於戶外展示，您有沒有初步的想法？」

「我會讓它跟其它戶外展示品隔得遠一點。另外，我也設法弄來一些防彈玻璃，只是強度不是太高的東西……」

本年度的縣展預算大概都花在這上頭了。近代美術館已經盡了他們應盡的義務，後續就要看圖書隊的表現了。

布署完畢，隊員們轉往副基地安頓住宿事宜，堂上這時把郁叫住：

「妳要小心點。」

可能是不想大聲嚷嚷，堂上拉著郁的領子，把臉湊到她的耳邊說道——哇啊，也讓我做一下心理準備嘛！郁壓抑著內心的動搖，蹲低身子去聽他說話。

「基地裡恐怕還留著那種詭異的階級意識。我們這邊人多勢眾，但女生那邊只有妳一個，現階段還是識相一點，盡量別跟她們起衝突。」

郁緊張得答不出話，只能一個勁兒點頭。然後看著他和同僚們一起往男生宿舍的方向走去，中途還轉過頭來叮嚀：「有什麼事記得打手機。」真是細心到家。

含糊地揮了揮手，郁也邁步往女生的舍監室走去。舍監不多話也不慇懃，這一點大概是全國共通的特性。所以她默默辦完了入住手續，接過寢室的鑰匙和宿舍陳設圖，過程又快又俐落。郁的房間在一樓深處，離洗衣場和浴室不遠。滿幸運的，她想。

正當她滿意地笑著走在迴廊上，卻感覺到某種奇妙的氣氛。經歷調查會和那些無形排擠之後，現在的郁對此格外敏銳。

放眼望去，走廊上似乎分成兩種人，一種是有說有笑、吱吱喳喳，就像女生宿舍裡常見的那樣。另一種卻是刻意避開前者——或者說，一邊走路一邊客氣地把走道讓出來。

一看就知道，談笑自如的是圖書館員，走在通道邊邊的是防衛員。

啊——感覺真差。腦中雖這麼想，郁還是照著上司的指示，「識相地」往走道旁靠一點。

來到指派給她的寢室，厚厚的大棉被已經在裡面等著迎接客人。除此之外，房間裡只有一座鏡台、垃圾筒和一張很小的桌子，沒有別的了。郁放好行李時，正好是晚餐時間，她就往餐廳走去。

一如往常，她到櫃臺前排隊等著點餐。

才剛站定，卻隱約聽見不友善的耳語在身旁響起：「……搞什麼呀——」「幹嘛——」而且音量愈來愈大，像是故意要讓她聽見。最後終於——

「妳這是做什麼？」

排在郁後面的女生直接對她開口了。

「什麼做什麼……我是從東京來支援的圖書特殊部隊。」

身高一七〇公分的郁一轉過身對她回話，那個人就像受驚似的往後縮了縮。卻立刻恢復強勢，還兇巴巴的說：「妳要搞清楚——」一副準備開罵的樣子。

「對不起、對不起！」

就在這時，有個女孩急急忙忙的跑過來打斷她們。女孩的個子雖不像郁這樣高，但也不算矮，幾乎和堂上差不多。不知是不是跑得太急，她臉上的那副眼鏡都有點兒歪。

「對不起，是我沒有跟訪客說清楚……不好意思，我先跟她解釋一下。」

女孩邊說邊拉郁的手臂，硬是將她帶到餐廳外頭去。郁其實也還搞不清楚狀況，姑且任由這個半路殺出的程咬金拖走，算是另一種「識相」。

她們一路走，直到沒有人的走道轉角。那女孩仍在張望四下，像是找不到適當的場所。

「我已經搬進寢室了，不如就去我的房間吧?沒別人在。」

聽見郁的提議，眼鏡女孩隨即應了聲「不好意思」，想來應該是表示同意。她未免也太愛賠不是了——郁一面想著，一面往自己的寢室走去。

「呃，笠原小姐，妳好，我是關東圖書隊茨城縣司令部——水戶總部防衛部的野野宮靜香。防衛部長吩咐我在這段期間帶妳熟悉環境。」

手裡正忙著扭開在路上買來的瓶裝飲料，郁歪了歪頭不解的問道：

「我還沒自我……」

她想說自己還沒自我介紹，可是話還沒說完，便見野野宮的表情充滿感動而且興奮地探身向前，直視著郁打斷道：

「妳是關東圖書隊東京都司令部的圖書特殊部隊，第一個錄取的女子特殊防衛員笠原郁對吧！我們這裡的每一個女子防衛員，都知道妳的大名！」

啊，這樣啊，原來我有這種知名度啊。長期待在有特殊部隊常駐的關東圖書基地裡，她自己都忘了這麼一回事。

「晚餐要讓業務部的人先吃，所以餐廳開門後，大約要過一個鐘頭，防衛部才可以進去……洗澡也一樣。還有，要是兩邊同時要用洗衣機，就要讓業務部優先。後方支援部雖然不像防衛部這樣受迫害，也還是會讓業務部先用。」

「這是哪門子鄉下規矩！」

郁聽了錯愕不已，直說「欺人太甚」。見她皺眉不悅，野野宮膽怯地縮起肩膀又說：

「沒有辦法……是我們防衛部的沒有用，遇到審查時不能保護書本。」

「什麼話，都是那個館長還是業務部不准你們使用武器，不是嗎？人家拿武器來沒收書籍，難道叫你們赤手空拳的去抵擋嗎？當砲灰呀！」

郁愈聽愈生氣，一時忘我的大罵起來，卻令面前這個戴眼鏡的塌鼻子女孩更加畏縮。唉……郁暗嘆了一口氣，她認得這雙畏縮的肩膀——那是一雙正在承受不合理、承受著許多壓力的肩膀。就在一年前，郁也曾經是這樣的，而她費了好大的工夫抗拒，不讓這種本能折彎了她的肩膀。

但對這裡的防衛員而言，不合理的壓力就是他們的日常生活。

「抱歉，我說話太大聲了。實在是太不合理，害我不小心動了肝火。一到欺負人的時候，往往是女生做得比男生還過分哪。」

野野宮的表情略苦，笑而未答。郁在任務結束後就會離開，但她卻得一直待在這兒，可不能隨隨便便附和這種事。

「在宿舍裡，我奉命要盡量幫助妳，和妳一起行動。所以到縣展結束之前，還請妳多多指教。」

「我也是，多指教哦。基地環境我完全不熟，剛剛也多虧有妳把我帶出餐廳。接下來的這段時間，我們就做個朋友吧。」

見郁伸出手，野野宮也怯生生地伸出自己的手。郁用力的一握，對她露齒一笑。

兩人商量了一會兒，決定在支援期間做個短暫的室友，便到野野宮的寢室去搬她的被子和日用品來。遇到野野宮的室友們時，幾個女子防衛員還要求和郁握手。

住在宿舍裡的女子防衛員只有十二名，所以都是防衛員彼此同住一房。從整個女生宿舍住有一百多人看來，這兒的部隊結構的確偏頗。防衛部的女性比例本來就不高，每個基地皆然，不過百人規模的宿舍裡只住了十幾個人，也太過離譜。

「男生是不是比較多一點？」

「啊，對，大約佔半數……現在還有轄區內來支援的，總共有一百個左右吧。」

抱著被子走下樓梯時，野野宮一面答道。

儘管有一百多個人，卻長時間處在「不抵抗」的教條束縛之下。

——來得及重新訓練嗎？

雖不是郁該擔心的事，她卻不由自主感到心慌。

她們在野野宮的室友協助下把東西搬完，也差不多是防衛員可以用餐的時候，三人就一塊兒吃飯。郁還順便向她們請教宿舍裡的明哲保身之道，結果就這麼一直聊到熄燈。

正事聊完，三人也聊開了，當然少不了閒話家常。

「咦，笠原小姐，妳是茨城人呀？」

「嗯，我讀的是一高，但我們三個應該是同一年畢業的。」

「哇，總覺得有點高興耶。」

野野宮露出雀躍的表情。

「妳去東京，一開始就是為了進特殊部隊嗎？」

「唉唷，怎麼可能。被選中時，最意外的反而是我自己呢。而且我爸媽超保守，打死也不會讓女兒待在戰鬥單位。我只是不想被家裡管東管西，就拿升學當藉口跑到外地而已，不是一開始就立定志向啦。沒那麼偉大。」

「是哦——可是我們茨城出了全國第一位女子特殊防衛員，做妳的同鄉都覺得與有榮焉耶！」

這麼說未免小題大作了，郁心想。但見她們兩個眼神閃閃發亮，竟像在看一個景仰的前輩似的，又不像是在開玩笑。

這番話題這麼一聊，結束時已是熄燈一個小時之後。

＊

翌日，留守東京的特殊部隊趕到了水戶，稻嶺的指示也同時抵達。防衛員須經館長及業務部批准才能使用武器的規定，立刻隨之撤銷。

這就是玄田要的時機。直到這時，他才到縣立圖書館去和館長須賀原明子會面。

被抓來作陪的兩名部下——堂上與小牧——莫可奈何的聳了聳肩，覺得自己好像是來看隊長整人的。他們的下級就只剩手塚和郁了，要推卸這件差事也沒對象。

玄田昨天形容須賀原是「長得像大佛的阿婆」一語實在太巧妙，害得小牧一進館長室就差點噗嗤笑出。

「我是圖書特殊部隊隊長．玄田龍助三等圖書監。遲了一天才來向您報到，請見諒。」

看著玄田行的舉手禮，須賀原館長的臉色有些發青，可能是因為接到了稻嶺的命令函。

「你好。我聽說稻嶺司令向來處事公正，想不到作風這麼強硬。」

「圖書館法施行令所保障的槍砲使用許可，竟被人扭曲到這種程度。要是往上追查起來，不方便的恐怕是您吧。您說話時不妨斟酌斟酌。」

須賀原那肥滿的雙頰看起來更鐵青了。

「當然，非屬圖書隊組織的民間團體介入組織決策過程，也是一大問題。我們昨天一抵達就遇到了那個團體的人，還被他們命令繳械，請問是您下達的許可嗎？」

「我才沒有下達那種許可！」

須賀原歇斯底里的吼道。玄田大皺眉頭，極盡鄙夷之能事地擺出一副「女人就是這麼不可理喻」的態度，卻克制的不把這些話說出口，以免落人口實──多虧部下事前的再三叮嚀。

「『不抵抗集會』是個擁有崇高理想的市民社團！他們提出的要求只是在尋求你們對不抵抗精神的認同，而且我想他們當時應該也向你們說明過！」

「他們的姿態擺得很高，讓人聽不出來呢。」

說這話時，玄田的臉仍是板著的。卻又想表現出微笑，結果擠成了令人膽寒的詭笑。

「不論如何，水戶總部防衛部的戰力變得如此低落。換作是支援別縣的司令部，我們本來只須要出動半數人手就夠了，現在卻搞到全體都要出動。您知道這到底是怎麼回事嗎？」

須賀原敢怒不敢言，完全成了一尊鐵青大佛。玄田卻緊咬不放，神情更顯得惡毒：

「茨城縣展的抗爭情勢已經和『情報歷史資料館』攻防戰不相上下。要是水戶總部的防衛部定期給部員做點像樣的訓練，圖書特殊部隊其實可以不用出動全體人員來支援的。現在事態演變到這種程度，也算是在您職掌的時代裡締造了紀錄。我倒是非常好奇，等您回到縣府，行政主管不知會對此事給出怎樣的評價？」

玄田之前已從柴崎那兒接獲報告，得知須賀原是由縣府行政人事指派為館長，任內的行事風格極端保守。

當局在這種情況下採取保守作風，通常意味著不希望審查過程造成人為損害。須賀原用這種方式阻止任何可能令她背負行政責任的事態發生，等著平安度過館長任期，調回縣府。

另外還聽說，就在須賀原被縣圖館長之職卡住的這段期間，與她年紀相當的女性縣府公務員都順利的昇職了。

「我認為用武力對抗武力，絕不是這世間的真理！不抵抗主義是一種崇高的抵抗手段！我只是接受市民的要求出面對話而已！」

「是少部分的市民吧。稍有差池，就跟勾結沒有兩樣了。」

玄田繼續說道：

「我也同意不抵抗主義是崇高的，不過那只有在提倡者本身、包括採取這個主義的主政者，也同時採納人道主義的時候才說得通。至於媒體優質化委員會算不算在這個範圍裡，我想就不用問了。總而言之，貴館在您就任前與就任後保護了多少書籍免受審查摧殘，希望您先把資料整理出來。等到縣展結束，恐怕就要用到了。」

言下之意，須賀原營運方針是否適切，即將受到關東圖書隊的監察。縣政府的行政單位可能也會介入。

「再來是副基地內部好像發生了一些不正當的狀況。關於這方面，請容本隊向上提報為參考依據……聽說副基地的副司令──也就是防衛部二監，連和您對等商議的權限也沒有。當然，這樣的慣例也會在提報之列。」

玄田退出館長室時，須賀原的臉色已經青到不能再青，只剩下那副圓滾滾的身軀不住打顫。

特殊部隊的後發部隊一到，特別訓練立刻展開。他們將水戶的防衛員部隊重新編組，同步施行起射擊訓練和陣形演練。

長期受限於武器禁令，水戶部隊以往只能進行搏擊和基礎體能之類的訓練，因此防衛員在這方面的表現仍有相當水準，但在射擊技術上卻出現整體性的低落。

「你說吧，大概能提升到什麼程度。」

玄田問的是隊上的狙擊手進藤，他是射擊訓練的總負責人。站在槍聲與著彈聲震耳欲聾的水泥練習室中，進藤面色凝重。

「跟他們的個人資質也有關係……平均起來，大概可以到笠原的水準。」

不約而同的，在場聽見這番話的人一齊仰天長嘆，唯一的例外是湊巧出現在這兒的郁。

「等一下，你們一齊失望是什麼意思啊！」

「妳這是在要求我們解釋嗎？」

被堂上冷靜的頂了回去，郁只好自己犯嘀咕，沒再追問。

「那是她剛入隊時的水準，還是現在？」

玄田進一步問道。進藤看了看結果表，回答「勉強算是現在的」。

「好，那就能用。繼續訓練，除非練到他們血尿為止都不可以停。」

面對長官的鐵面嚴令，進藤默默點頭。距離縣展只剩下十天，他們要面對的敵人不只是優質化特務機關，還有可能挾帶著武器的各個聲援團體。按慣例，警方是不會盤查民間團體的，特務機關當然樂得借刀殺人。

因應這些檯面下的布局去演練戰術，也是圖書特殊部隊的工作。水戶防衛部大概只能依照既定的指揮系統行動。

「比起來，我們算是很有福氣了。」

趁休息時間與手塚一起去買飲料時，郁喃喃道。

能與契合的伙伴併肩作戰，原來是這麼的難能可貴，又這麼的令人心安。無論是默契或戰力水準，都要靠日復一日的訓練才能累積出來，水戶防衛部卻享受不到這一切。想到他們的苦惱和不甘，郁就沒法兒不感到憤慨。

「都是因為有稻嶺立下的體制。」

手塚的回答仍是一板一眼。

「妳們宿舍的情況如何？」

他會這麼問，大概是受到許多人關切的影響。

「嗯，防衛部的女隊員有點受到欺壓，像是晚餐和洗澡都得排在業務部後面。」

將來，縱使現任館長下臺而體制不再，這種情況恐怕會以另一種令人不悅的形式留下痕跡。至少，內部的對立還會持續好長一陣子。野野宮和其他女子防衛員得到平反後倒過來欺負別人，當然也不是好現象。郁所感受到的非善意還可以解釋為私人恩怨，水戶總部卻是全隊的信心都遭到扭曲，這可不是一聲「對不起」和「沒關係」就可以消弭的。

「會不會整個縣都變成奇怪的派系鬥爭啊……」

「那也不是我們能插手的局面了。」

手塚說的有理，郁也無言的點了點頭。只不過，一想到野野宮和她的室友，她還是心痛。

買完飲料，在走回去的路上，郁看見一座溫室。

「詠，我們在這邊喝吧。反正外面風這麼冷，溫室裡暖多了。」

儘管訓練冒出的汗已經乾了，但北關東十一月的風還是挺冷的，手塚也就不反對郁的提議。

「咦——只隔了一層塑膠布，居然差這麼多。」

走進溫室，手塚坦率的感佩起來。

「哇——秋季的花還有這麼多沒謝啊。」

郁喝著運動飲料，一面走來走去看花，結果被手塚唸道：「妳這樣跑來跑去，就等於沒休息嘛！」

好啦、好啦。於是她打算走到溫室的角落去坐。這時，眼尖的她瞥見一棵青翠的嫩株——應該是秋季播種的。

細細端詳那株嫩芽之後，她才走到手塚旁邊坐下。

＊

自從郁在此寄宿之後，宿舍裡的女子防衛員就常聚集在郁的身邊。

在她們的臉上可以看出，有的人已對自己的立場有所自覺，有的帶著一分崇拜或嚮往。加上正式訓練已經開始，此舉或許也是一種同儕意識的表現。

當然，看見這種情形，業務部女生們的眼光都不會太友善。

妳們才要小心，再繼續抱妳們那位館長的大腿，沒多久就要倒大楣囉——這種忠告當然不必說給她們聽。郁沒有那麼好心。

「練到血尿了沒？」

「還沒！」

「玄田隊長有交待，說女生也要受訓到血尿為止耶。」

澡堂裡，女孩們沖著熱水暖身，同時肆無忌憚的聊起這種話題，惹得一伙人大笑。

「可是我骨頭快散了。」

「唉唷——我們從來都沒有這樣嚴格訓練過嘛。」

言下之意，他們以前恐怕連爭取訓練時間都得看人臉色。

「洗完澡還得趕快去收衣服呢。」

洗好當天穿過的戰鬥服，她們都拿到屋頂的曬衣場去晾，第二天晚上再去收。特別是郁，她只帶了兩套戰鬥服來，所以每天都得要洗衣服，否則來不及換。

「要是能用新的洗衣機就輕鬆多了。」

最新式的洗衣機有烘乾功能，宿舍裡其實有好幾台。不過想也知道，防衛部就是不准用。

「怎麼想都是防衛部的會比較勤洗衣服嘛。」

現在澡堂裡只有防衛員，郁開口就不再顧忌了。

習慣就好——野野宮說得很小聲，其他女孩則沒搭腔。郁在剎那間領悟，身為局外人就是少根筋，自己在這方面太沒有戒心了。

「可不可以跟妳請教射擊的訣竅哇？」

就在這時，野野宮漂亮的改變了話題。

「呃，我還沒有厲害到可以指點別人耶。」

「至少比我們像樣嘛。」

「野野宮，妳講話好直哦。」

聽見人家用「像樣」來形容，郁消沉地縮頭讓熱水浸到鼻子。野野宮趕緊改口：

「我說錯了！是比我們高明啦！高明！」

「沒關係啦，反正我是我們隊上最爛的。」

難怪水戶防衛隊的整體素質只能拉到最低標準。短短十天的訓練，就算以最高標為目標，也很難讓他們在最低標齊一。

「我的毛病大概就是常在著急時扣扳機吧。急起來硬拉是絕對打不中的，所以扣的時候要盡量動作慢，就算心急，手指頭也要穩住。以我的程度，這麼做算是最有效了。還有，要一直盯著槍靶。大概就是這樣了吧。不過女生通常不會到最前線去，還是把通信和補給之類的後方支援做好最重要。」

「笠原小姐，妳也是嗎？」

「我都被派去做堂上教官的傳令。」

「咦，那不就得配合長官的行動，一直在前線跑來跑去嗎？」

洗頭區的一個女孩吃驚的說。

「我的中距離跑速比教官快個一、兩秒就是了，體能也還不差。」

她只要負責揹著無線電跟緊堂上就行了，這樣的任務內容既單純又適合郁。

「特殊防衛員果然好強哦。」

聽見有人這麼感嘆道，郁打從心裡苦笑起來說：

「我只有體格跟體力，還有衝勁啦。跟我同梯的手塚才厲害呢。」

洗完了澡，眾人提著今天要晾的衣物走上頂樓，卻為曬衣場的光景震驚得啞口無言。掛在曬衣架上的諸多衣物中，唯獨郁的戰鬥服是濕的，衣角甚至還在淌水。大概是因為郁的個子高，她的尺寸特別好認，就連夾在旁邊的內衣褲類也不能倖免。

曬衣場是有屋頂的，而且星空無雲。

「……沒遇過這麼明顯的啊。」

郁下意識的喃喃道，因為她想起被調查會約談那時的宿舍生活。對付一個完全的外人，有惡意的行為會表現得更具體，這一點是她沒想到的。

看到女子防衛員都圍著郁有說有笑，某些人大概覺得礙眼吧。

其他人全都比郁還要慌張，急得不知所措時，郁靜靜走到旁邊，拿出了手機。

有什麼事記得打手機——長官是這麼交待的。

鈴響三聲後，堂上接了。

「怎麼了？」

從他的聲音聽來，顯然已知有狀況發生，害郁有點兒想哭。

「女生宿舍這邊有人找我麻煩。」

「她做了什麼？」

「在我晾乾的衣服上潑水。」

內衣褲和汗衫還有多的可以替換，質料特別厚的戰鬥服卻只有這麼兩件，而且就算立刻拿去脫水，明天也乾不了。

「拿來我們這邊烘乾……抱歉，不行，不好意思。」

想起她說內衣褲也遭殃，堂上自動撤回提議。

「那妳今天晾的也很可能會再中獎。」

「說得也是，我想對方已經認得我的衣服了。」

「好，那妳連今天的衣服也帶下來。我去借車，一起去找洗衣店。這樣妳以後可以兩天洗一次。」

「啊，那我自己一個人去找就……」

「開公務車外出是三正以上的特權，士長只能借到腳踏車。而且妳四年沒回來，以前又是每年才回來一次，妳想一個人上街找洗衣店嗎？況且……」

堂上頓了一下，接著說：「又是晚上。」

該死，幹嘛講得這麼若無其事。

約定十分鐘後會合，郁掛掉電話，轉身向眾人說道：

「看來，業務部的人果然看不慣我們太要好。我這邊的問題有辦法解決，妳們還是別再理我比較好。野野宮，妳也先把東西搬回妳房間吧。」

不要哭，我是個局外人，我受到的傷害最輕。因為我是這麼樣讓妳們仰仗。

宛如惡意的象徵，還濕著的水桶翻倒在地。郁拾起它，把泡水的衣服塞進去，另一手提著今天洗的衣服。女生們說要幫忙，但被她婉拒了。

走出玄關時，堂上已經把車子開到那兒等。

「我已經申請了遲歸，不用擔心門禁時間。走吧。」

郁一坐上副駕駛座，堂上立刻開車，往街燈多的方向去。

「自從聽柴崎說了之後，我就擔心會出事。」

聽柴崎說？說什麼？

見郁一臉訝異，堂上遲答：

「她說妳在水戶總部完全是個外人，跟在我們自己基地那時不同，這裡的人不爽時說不定會直接攻擊妳。」

——柴崎和堂上教官都為我擔心，但我卻——

郁緊緊抱著裝衣服的塑膠包包。

我卻有這種念頭。為什麼？

為什麼我覺得不甘心？

因為柴崎和堂上竟然背著我談過這些事？既然事情跟我有關，大可直接告訴我——不，不對。

她發現的另一種情感正在動搖她的心志。

抱著塑膠包的手臂不自覺用力起來。也許是瞥見了郁的模樣，堂上說了一聲「放心」。

然後，隔了很久很久，她又聽到一句「有我在」，說得有點兒難以啟齒似的。

郊區型的大型自助洗衣店反而好找。郁匆匆跳下車子。

她把衣物裝進最大的乾衣機去，然後將銅板投進投幣孔。

乾衣機開始轉動時，堂上走進店裡，背對著郁所使用的那一台機器，坐在旁邊的圓桌上。

「大概要多久。」

「我看看，大概四十分鐘。」

「搞不好趕門禁都來得及。」

真是無妄之災啊——聽見堂上這麼說，郁忍不住低下頭，把臉埋在手裡。太多的念頭湧進腦中，她快要受不了了。

「看慣妳這種的，都會忘記這世上還有那種小心眼的女人呢。」

不是的，我已經不同於從前了——是這一點打擊了我。

還在淌水的衣服是剛剛才被潑濕的。光是看見那情景，她就能感受到如針般尖銳的意念，如泥般污濁的惡意。可是，就在自己的心中，原來竟存在著同樣的心思，那麼自己憑什麼天真的相信人性至今呢？

「我——我也一樣。要是換個情況，我說不定也會做出同樣的事情來。」

她記得柴崎說過。

我問妳呀，我真的可以追堂上教官嗎？

當時，她沒好氣的回說那是柴崎的自由。如今若再聽到同樣的話——要是柴崎再說她真的喜歡堂上呢？

到那時候，我真能理智的說這事與我無關嗎？我跟柴崎還能像以往那樣當個朋友嗎？

心痛的眼淚就像從衣服淌下的水滴，止不住。

「我或許也會像那些人一樣，故意找柴崎的麻煩，惹她不高興。」

「妳不會。」

堂上看著旁邊，冷然斷言道：

「妳看到曬衣場那幅景象時在腦子裡想了些什麼，我大概想像得到。但要妳把那些念頭付諸行動，妳想不出要怎麼做的。妳就是這種人。有的人想得出那種壞主意，有的人就是想不出。妳天生就不是會想到那一層的人。」

「我……我要是真心想傷人，也會狠下心的。」

「妳啊，只會找人吵架打鬧罷了。等妳認真找人家吵，人家才會『真的受傷』吧，然後妳自己也一定會受傷。可是再怎麼吵，妳也不會想到要做這種惡意騷擾的。」

堂上指著在兩人身後轉動的乾衣機。

「這是只傷對方卻不傷自己的傢伙，才想得出來的招式。妳不一樣。」

「你為什麼就一味這樣認定我做不到。」

郁吸著鼻子問道。堂上回答時好像想都沒想，一副天經地義的口氣：

「我好歹也做了妳三年的長官。」

一憋住淚水，耳朵裡面就悶塞，好像潛在水底似的，聲音聽來變得模糊。也許就因為這樣，才講得出口：

「握著我的手，好不好？」

郁的手闔攏放在老舊的圓桌上，堂上毫不遲疑的就將自己的手疊了上去，那力道有些強，像是不讓她的手移開似的。

茨城的晚秋如冬，寒意來得比東京還要濃，自助洗衣店裡省電地開著聊勝於無的空調，讓掌心傳來的暖意格外宜人。

「反倒是柴崎認定成的敵人，大概就真的死無葬身之地了，不是嗎？不過大概不會使出曬衣場這樣幼稚的手法，而是更精密的計謀吧。小牧說不定都……」

她知道堂上提這個是抱著說笑的心情，話卻還是衝口而出：

「請別說了！」

就算低著頭，她也知道堂上的表情一愣。

「……柴崎人不在這裡，請不要提起她的事。別拿我跟柴崎比。」

柴崎比較優秀，比較適合當堂上的好部屬，包括情報方面的能力也是。而且柴崎長得比較漂亮，個子比堂上矮，站在一起顯然比郁更登對合襯——

原來，這就是人家說的嫉妒。

她卻是頭一次體會。

「我跟柴崎是朋友，而且我喜歡這個朋友，所以我現在不太想聽你講起她。」

堂上大概聽不出這話裡的意思吧。

「好吧，那就不講。」

聽不懂歸聽不懂，堂上還是馬上應了她的要求，同時拍了拍她的手，讓她放心。

「我不是要拿妳們來比較的。抱歉。」

請你別道歉。郁低低的說著，聲音沙啞。

「是我不好，我現在很亂，感覺很糟。」

「我若不用道歉，那妳也沒有錯。」

結果他就這麼一直握著郁的手，直到郁辭謝為止。

大型乾衣機的外殼標語說連棉被都能烘乾，郁的戰鬥服卻還帶著一點兒濕氣。

「怎麼樣，有沒有乾一點？」

她正在攤開衣物檢視時，堂上禮貌的背過身去，但被他這麼問，她一時不知怎麼回答。寢室內的老舊衣櫃裡是有多的衣架，她用的洗衣粉也還好，就算在屋裡晾乾也不至於會有異味。

「沒關係，一般的衣服已經乾了，戰鬥服可以晾在房間裡。」

趁著堂上還沒轉過身來，郁很快的疊好內衣類，再把它們包在摺好的汗衫裡。戰鬥服隨便摺起，先裝到塑膠包底層，再做出一個摺口，把烘乾好的衣物裝進去，免得濕氣沾染。

「看來真的能趕上門禁哦。」

一如堂上的預料，車子開到副基地時，正好是遲歸申請單可以作廢的時間範圍。

「我去還車，妳先回寢室。下次洗衣服是後天，妳弄好了就打電話給我。」

留下一串毫不拖泥帶水的指示，堂上朝後面的停車場把車開走。郁對著車後行舉手禮，轉身往宿舍走去。

幾個女孩子和郁在玄關處擦身而過，見了她就吃吃地笑。是潑水的人，還是幫著隱瞞的人？不，這種事連想都不值得想。

郁默默的脫下鞋子，順手把鞋櫃裡放著的戰鬥靴和便鞋也都拿了出來，往寢室走去。

出門前，郁請野野宮把房門鑰匙寄放在舍監室，舍監卻說鑰匙沒有交回來，令她不禁疑惑。走到房門口，腳步聲驚動了房裡的人，便見門把轉動。

探出頭來的，果然一如所料是野野宮。

「……我不是要妳搬走了嗎？」

聽見郁這麼說，野野宮心虛地笑了笑，又是一句習慣性的「對不起」。

「不過我是奉命要在宿舍幫妳的，現在不單是為了命令，我也不願意在這個時候丟下妳。這是我跟大家商量之後決定的。」

說這話時，眼鏡後面的那雙眼睛堅定地直視著郁。說完，野野宮有些難為情的低下頭去。

「……不過，妳比我們堅強，又能幹，我們這麼說也許是自不量力，可是大家都覺得，若這麼繼續仰賴妳一個人的力量，只會讓我們自己真的變成廢物。」

沒那回事啦——郁的聲音也變得好小。她自己明白，就算堂上再怎麼為她撐腰，她在宿舍裡也只能虛張聲勢，繼續面對這不同於以往的惡意騷擾。

回到一個有人為她開門的房間，雖然不是大事，卻十足令人感激。

「啊，妳把鞋子都拿回來了吧。也好，免得被人拿去藏起來。」

說著，野野宮從櫃子裡拿出報紙，為郁鋪出一個放鞋子的位置。

「衣服都乾了？」

「嗯，只剩戰鬥服，晾在房間裡就好。」

大致收拾完後，熄燈的廣播也正好響起。在鋪被褥的時候，野野宮又囁嚅著說了一聲「對不起」。

「都是我們圍著妳鬧過頭……笠原小姐，對女子防衛員來說，妳畢竟是大家嚮往的目標，我們不知不覺就太得意了。業務部的人一定是看不順眼，想給我們一點教訓，要我們像以前那樣縮頭縮腦的面對她們。」

說到後面，野野宮漸漸變了口氣。聽說她話裡率直的埋怨，郁不由得插嘴道：

「這種制度就快要瓦解了。這個消息的來源，我還不能說，不過水戶總部的體制不正常，撐不了多久的。」

她沒法兒勸她們原諒那些人，她說不出口。郁對自己基地宿舍的某些人都不願原諒了。

「不過，到那個時候，妳們不要變得像那些人一樣。我在這裡受到妳們親切的對待，覺得好高興，要是……要是妳們也變成她們那樣，我會難過。」

得到平反的受害者，任誰都有可能轉變成加害人。郁雖然明白，卻覺得自己非說不可。

野野宮鑽進被窩，把眼鏡摘下來放在枕邊。

「……我想，我們是不可能喜歡業務部了。在茨城縣內同樣受到欺壓的防衛員們，對業務部一定也恨之入骨，要好一段時間才能淡忘吧。我實在不懂為什麼會演變出這種制度。別人我不敢保證，至少我自己絕不想跟那些人一樣。那些被水潑濕的衣服看起來好醜陋，就像她們的人格——那麼醜陋的人格，我才不想擁有。」

這種時候不適合說謝謝。郁朝那盞舊型日光燈的拉繩伸出手去。

「我關燈囉。」

＊

距縣展首日還有五天。

副基地裡，堂上班正在帶領陣形訓練時，別班的隊員跑來打斷他們。是宇田川班的隊員來傳話。這是對戰形式的陣形演練，如今兩邊都完全停下。堂上聽著那人轉達，表情愈來愈嚴峻。

「堂上班暫時中止訓練，由芳賀班接手領隊。」

聽到堂上這麼宣布，芳賀班二話不說立刻執行，卻免不了一陣狐疑。

不同於輪流打靶的射擊訓練，陣形演習一旦中斷就得從頭來過。如今少了堂上班，剩下的隊員得重新編組，設定好的條件狀況也都無效了。

堂上班全體離開操練場，卸下裝備的同時，手塚還邊問「是什麼事」？在這個時候，郁壓根兒沒想到自己將是一場大麻煩的主角。

「好像是笠原的母親跑來訓練司令部發飆了。」

郁整個人在剎那間僵住了，拆卸彈帶的手停在半途。

為什麼？怎麼會？媽在這裡？

「她堅持要女兒辭職，發了很大一頓脾氣，沒法兒好好談。所以玄田隊長叫笠原過去。」

郁總算能舉起腿來邁步，驚慌之餘又絆了一跤。

「我、我去換便服，把戰鬥服換掉。」

「不用換沒關係。」

堂上的語調帶有幾分同情。

「她就是知道了妳在戰鬥單位才來的。」

「為什麼……從哪知道的！」

郁抱著頭，幾乎惶恐到要失去理智，說話的聲音既像哀嚎，又像哭泣。

「不要，我不要跟她講話，我沒有辦法跟她好好講話！」

見她激動的搖頭，堂上連忙按住她。小牧則重重拍著她的肩膀，叫她冷靜下來。

「別在這裡嚷嚷，會給其他隊員添麻煩的，我們已經害他們得重新演習了。」

想嚥下自己的哭喊聲，那聲音卻在喉間掙扎。

「是妳一路拖著隱瞞到現在的，做個了斷吧。」

小牧的道理總是大道理，容不得任何異議。

她只是沒想到，竟得在此時此地做個了斷。

「我會跟妳一起去的，別緊張。」

堂上輕拍郁的頭。

然後撥通手機，好像是打給玄田。

「我是堂上。我現在就帶她過去，麻煩先把場地準備好，可能會有一場大戰。」

用「大戰」形容。郁不安的盯著堂上看。堂上像是放膽了說：

「別再矯情的裝乖哄騙她了。等會兒妳想做什麼就做，想說什麼就說吧，包括這一路走來的心情。我有王牌，必要的時候會亮出來的。」

拖著腳步，郁任由堂上領著她往司令部走去。遲了好一會兒，她聽見手塚喊了一聲「加油哦」。

司令部裡只有玄田一人。

郁的母親壽子坐在沙發上等，一見她走進門，立刻就站起來。

「妳這孩子！竟然瞞著爸媽擅自選這種職業……！」

「這種職業有哪裡見不得人嗎？」

插嘴打斷她的人是玄田，大概是見到壽子那歇斯底里的發飆樣，忍不住想替郁撐撐腰。

「這不是女孩子家該從事的工作！請你馬上讓我的女兒辭職！」

「我不會辭職的！」

郁對著壽子叫道。

「妳不要自作主張。我是自己想做這份工作才選擇的！我很努力、很拚命，好不容易才得到身邊的人一點認同！」

「女孩子家做這種工作得到認同又怎麼樣？這麼野蠻又粗魯！」

「圖書隊裡的女子防衛員不在少數，不只是有笠原士長一個人。您說這話，是連她們都一起侮辱嗎？」

這一段掩護來自堂上。

「別家的小姐我不管，我說的是我家的女兒！我的小孩要從事更安全更踏實的行業……」

「那妳就去外面找一個妳喜歡的女兒嘛！」

郁一句近乎反射性的意氣話，就這麼讓自己心裡的那道堤防潰決了。

「妳去找呀！找一個妳理想中的乖女兒，溫柔嫻淑又不會頂撞爸媽的就好了？我就是粗魯野蠻！妳對我有意見，那我們就斷絕關係好了，我一點也不在乎！」

啪！一個清脆的聲音在臉頰上響起。壽子的巴掌沒什麼勁道，連痛的邊都沾不上。

「媽是為妳著想才這麼說……！」

郁沒有讓她把話說完。用左手回敬是為了控制力道，但壽子的頭還是被這一記耳光打得直往那個方向甩去。

「要比這個我是不會輸的。我不會主動打妳，但只要妳打我，我就會打回去，妳最好記著。」

「妳這孩子怎麼變成這……！」

「這是什麼話？我從小跟哥哥玩在一起時，不就是這種小孩嗎？我不是從小就脾氣衝又只有運動神經發達嗎?妳口口聲聲說是為我著想，我看不是吧，應該說是我不是妳理想中的小孩吧!小時候要是能把我拿去換個穿洋裝的小公主，妳一定早就交換了吧!」

「笠原。」

堂上壓低了聲音，語調強硬：

「妳說得太過分了。」

回神時，壽子已經啜泣起來，嘴裡唸著「妳居然有那種想法」。

然而，在郁看來，那實在是太老套——早在過分或可憐母親的念頭浮現之前，她只覺得厭煩。

「她是在耍手段。先說為我著想，是我不聽話，然後用這種方式弄得好像全是我的錯似的。又來這一套。」

「好了，妳過來。」

堂上扯著郁的袖子，硬把她拉出司令部。

「為什麼阻止我?堂上教官，不是你叫我想說什麼就盡量說的嗎?」

二十多年的不吐不快，到現在都還在累積。

「年紀比妳大的人出面調停時，妳要安分點接受。況且妳想說的都說了，再講下去只是單方面傷害妳母親罷了。要是不在這時阻止妳，妳一輩子都會自責的。現在的妳也不可能承認自己說話過分，更不可能跟她道歉吧?」

堂上苦笑的說著。

「現在聯絡得到妳爸嗎？」

「呃，可以是可以……」

「把事情講給他聽，請他打電話來勸妳媽，或是請他來接她吧。」

「然後要接著打第二仗嗎？」

「放心，妳爸不會的。不然讓我跟他講也行。」

被他這麼一說，郁也無從逃避了。她拿出手機，不情不願的按下父親的手機號碼。父親在縣政府上班，離這兒不遠，應該可以抽點時間出來。

「喂，爸？」

電話接通後，郁只喊了這麼一聲，後面的話就說不出口了。她求助似的朝堂上瞄了一眼，堂上便接過她的手機。

「不好意思，敝姓堂上，我們在關東圖書基地見過的——是，就是笠原士長的上司。對，她通過了，現在已昇為士長，成績相當好。」

怪了，堂上教官幾時跟我家的爸爸這麼熟？看著堂上講電話，郁只覺得愕然。

「是，我們來支援今年的縣展，結果不知怎麼回事，笠原士長的母親知道了那件事……她到副基地來要求我們讓笠原士長辭職，剛剛和笠原士長吵了幾句，情緒有點激動。您能不能打個電話安撫她，或是來這裡接她回去呢？」

談好親自來接之後，堂上就掛掉電話，將手機還給郁。

知道郁滿腹疑問，堂上略帶歉意的向她坦承：

「登了妳的照片的那一期《新世相》，妳爸上次帶來了，而且，我想他大概是故意留給我看的。」

頓了一會兒，他自己解釋，可能因為他是郁的上司。

「我覺得妳爸早就猜到，妳的職務單位不是圖書特殊部隊就是一般防衛部了。自從妳加入圖書隊，他把隊裡的組織圖研究個透徹，連昇遷考試的時期都知道，剛剛甚至是他主動問我的。妳應該沒跟他提過吧。」

「我爸……他怎麼……」

「他高興得不得了。」

堂上拍了拍郁的頭。先前爭執時因激動而忘卻的淚水，此刻又一串串落了下來。

大約三十分鐘後，父親克宏來到副基地，顯然形色匆匆。

克宏先是刻板的向堂上致意「小女承蒙關照」，接著對郁擺出往常那副撲克臉，說的卻是「聽說妳昇士長了，恭喜」。

他接著向玄田致歉。看見丈夫在女兒的職場向長官賠不是，壽子好像才明白自己犯的錯有多麼嚴重。帶著萎靡的神情一同低下頭去，眼神卻始終不肯和郁相對。

臨走時，克宏對郁說：

「我會花時間慢慢跟妳媽解釋的，隨時有空就多回家來看看吧。」

看著兩老遠去的背影，郁只覺得滿腔心緒難以自抑。

「爸！」

她對著回過頭來的克宏喊道：

「對不起！工作的事一直瞞著你，昇遷了也沒有通知你！」

克宏轉過身，背對著她揮了揮手。她知道那是在叫她別在意。

「媽媽！」

沒想到女兒還會開口叫自己，壽子的肩膀顫了一下，沒有回身。

「我很想讓妳喜歡我。我不是妳心目中理想的女兒，對不起。我粗魯野蠻，個性又衝動，可是我還是希望有一天妳能喜歡我。」

她那膽怯的背影繼續走遠。郁知道，現在的壽子是不可能回頭的。要她回頭，或許得等到好幾年以後。

所以，現在這樣就夠了。

堂上輕拍郁的肩膀，誇讚她「做得很好」，她才終於從緊繃的狀態解脫。

＊

「喂。」

當天晚餐時，幾個從沒和郁交談過的業務部女生走來叫她。

「幹嘛。」

她不想多話，卻見她們咯咯笑了起來。

「聽說妳今天很慘呀？」

郁停下了筷子。她立刻瞪著她們說：「是妳們！」

那些人一哄而散，同時笑著叫道：「呀——好兇哦！」中途還停下來，丟了一句「不是我們唷」，然後就哈哈大笑著走掉了。

郁頓時沒了食慾，卻堅持著絕不剩飯的原則，掃光了盤中的飯菜才回寢室。

野野宮已經先回到房間了，此外還有一位訪客，就是野野宮原本的室友。

郁回來時，那女孩已經哭得抽抽噎噎，一見她踏進房門，立刻跪坐在地上向她賠罪。郁隨即料想到——寄宿的第一天，她們三人曾在睡前閒聊過彼此的背景，也包括就讀過的學校。

「對不起……！」

看見室友不停的道歉，趴在地上不敢起來，野野宮忍不住替她說情：「對不起，我也不敢要妳原諒她，可是……」

聽她們的解釋，是業務部的人逮了個機會逼問那名室友，要她把對郁所知的一切全招出來，好讓她們找到把柄。

接著，那些人就從高中畢業紀念冊裡找到了笠原老家的電話號碼。

「嗯，我知道了。」

見郁爽快應允，野野宮和室友反而不明就裡。

「現在我終於知道我媽為什麼突然跑來發飆，這樣我就想得通了。沒關係，事情已經過去，問題也解決了，而且也沒有如她們期待的演變成大麻煩。我知道妳很過意不去，我接受妳的道歉，妳就不要再放在心上囉。」

相反的，是那些人大難臨頭還不自知。想到這一點，她的心裡平衡多了，不再為那些沒品的笑聲所擾。

「說起來，是我自己體認不清，想事情也不夠周到。所以第一天晚上聊得太高興，不小心就講了太多自己的事。啊，我不是在說反話諷刺妳，我真的是沒想到那些事會被她們挖出來對付我，也沒想到有人會用這種手段。」

想到這個室友的心情，郁只覺得打抱不平。她們相處只有短短幾天，直到曬衣場事件發生前，防衛部女孩子彼此的交流一直很愉快。

結果那些人居然把這一份愉快變成了惡意欺凌的手段。想到她被那些人包圍、逼供時的感受，還有她因此而被迫成為共犯的那一刻，郁就受不了了。

然而，要在這個宿舍住下去，她們不能違抗業務部。至少現在還不能。

「所以，要是我一開始不講那麼多，她們就不會逼問妳，不會抓到把柄了。對不起，是我欠考慮，才害妳遭殃。」

「笠原小姐，妳沒有錯……！」

室友嗚咽起來。

「嗯，不過要是換做我的長官，他一定是這樣罵我的，他會說我太疏忽。也因為他會指正我，我才尊敬他啊。所以，妳也別自責了。」

郁拍拍她的肩膀。這時，宿舍響起廣播：

『借宿的笠原士長。您的哥哥來拜訪，請到玄關會客。』

「好了，妳先回去吧，沒事的。」留下這幾句話，郁就往玄關去了。

業務部的人在宿舍大廳外圍探頭探腦，當然是來看笠原的哥哥長得什麼德性。唯獨這一刻，郁特別感謝哥哥們全都生得高大英挺，隨便來哪一個都可以嚇死她們。身高一八〇的男人看起來就是會多兩成帥氣；做妹妹的她都有一七〇了，哥哥們當然矮不到哪裡去。

來訪的是排行最上頭的哥哥，在本地工作。郁平常就暱稱他「大哥」，不叫名字，而是以大、中、小來區分。

這下子，那群看熱鬧的女孩子好像有點懊惱。來的人若是外型平庸，她們肯定又會在背地裡嘲弄一番。

「怎麼了，大哥？」

踩著拖鞋，走到沒人打擾的屋外，便見大哥苦笑。

「從我懂事以來，今天是我們笠原家頭一次吃泡麵當晚餐。」

「……哎唷喂。」

向來以賢妻良母自律的壽子，恐怕從沒有這樣沉淪過。

「抱歉啦，都是因為我。」

郁老實道歉，料想父親應該都跟兄長們說了。

「媽現在怎樣？」

「關在房裡不出來，大概是死鬧彆扭吧，因為爸完全站在妳這邊說話。」

順道聊起其他兄長的近況時，郁突然疑惑：

「等一下，大哥，那你特地跑來是為了啥？總不是來抱怨晚餐吃泡麵吧。」

「沒有啦，只是妳頭一次跟媽鬧成這樣，我覺得有件事應該要告訴妳。這件事妳大概不記得了，但是我年紀最大所以知道。」

大哥邊說邊在庭石上坐下。

「妳的後腦勺有一小塊是禿的，妳知道嗎？」

「咦？亂講！」

見郁不由自主的按住後腦，大哥一臉認真的猛點頭，直說「真的真的」。

「原因嘛……算是我們三個跟老爸害的吧。我們叫妳爬後山，玩類似攀岩的遊戲，結果妳摔下來撞到後腦。妳那時大概三歲吧——」

「三、三歲的小孩怎麼可以去攀岩！安全繩索呢？」

「問題就在這裡。老爸的目測太寬鬆，繩子過長了一點。」

「喂——！」

無視於郁的抗議，大哥一逕遙想當年。

「我記得好像縫了三針哦，嗯。所以妳那陣子都是光頭，那一塊也沒再長出頭髮。喏，我們家都沒有妳那個時期的照片嘛，因為媽不肯給妳拍。她說女生留什麼光頭照，太可憐了。」

「哎唷——我又不介意那個的。」

「妳的大剌剌完全像我們幾個啦。只是從那件事以後，老爸對妳的管教就再也不能插手了。媽也開始堅持女孩子要有女孩樣，搞到有點病態。」

難怪克宏以往總是為妻子說話，拿「妳媽是為妳擔心，妳為什麼老是不懂事」來教訓女兒。身為女兒後腦勺之禿的始作俑者，做父親的他很難再有立場反對壽子的意見。

爸會那樣唯唯諾諾，原來是有前科啊——郁禁不住笑了出來，帶點哽咽。

「那所以，我在媽心目中——」

「她沒有討厭妳啊。」

大哥立刻回答。

「叫妳要像個女孩樣，完全是她想用自己的方式管教妳，因為她太怕妳又去哪裡搞得重傷摔死或跌死。妳想想，她對教養女生的觀念太不合乎實際了啊。女孩子只要平安養大、讓她像個女孩就好，思想再傳統也沒有這麼狹礙的吧？妳愛看書是文靜的嗜好，她就任憑妳發展。沒想到妳上面全是哥哥，兄妹們一天到晚把打架當成是家常便飯，害她的淑女教養計畫破功了。」

「為什麼……為什麼你們都不告訴我嘛。」

面對著多年沒見的哥哥，郁紅了眼眶。

「害我一直以為……以為媽討厭我。」

一雙可以出戰全國高中聯合運動會的飛毛腿，天生過人的運動神經，這樣的郁卻絲毫得不到來自母親的認同，全因為這些特質「不像個女孩子」。

飄逸優雅的連身洋裝，成了母女倆多年心結的象徵。

白天與壽子爭吵時，郁賭氣的說起「換一個穿洋裝的小公主」的事，雖然被堂上責備她說得過分，她卻是半分認真的。

「因為我當不成媽心目中的理想女兒。」

「啊，這一點也有關係。」

「喂，你剛才的論調跑哪去了。」

大哥苦笑著抓頭：

「反正啦，到頭來，媽反而是我們家裡最不成熟的一個。她一定也常在背地裡氣到火冒三丈，心想『為什麼事情都不照我的想法去走，氣死我——！』之類的。其實，為了叫小孩照她的意思做，媽對我們幾個男生也會施壓，只是給妳這個女兒的壓力特別大罷了。對她來說，一個女人最該具備的形象就是像她那樣吧。」

「那——也就是說……媽這個人只是分不清母愛跟自私的界線在哪囉？」

「啊唷——一陣子不見，妳變聰明了咧。」

郁嘟起嘴巴，大表不滿。

「可是，她對我的要求這麼過分，為什麼你們從沒幫我講話？」

面對妹妹的怨恨，大哥豪爽的俯首認錯：

「抱歉，我真的要承認，笠原家的男人已經不敢再對媽過問妳的事了。大家都記得妳三歲的那次意外，媽只要一提，責怪我們可能不小心害妳摔死，誰還敢回嘴？只能夾著尾巴逃跑啊。」

這又是母親另一種施壓的手段。哥哥們其實比郁還要早一步反抗，卻也早一步迫於無奈，不得不忍受。就像小牧曾經說過的那樣。

「……我跟媽說，希望她有一天能喜歡現在的我。有一天……你覺得她幾時才會喜歡？」

「至少要等她想通，明白孩子不能接受她那種愛子女的方式才行吧。老爸想矯正她的觀念，好像打算跟她耗上了。反正妳還要好久才會想回家，等妳下次回來時，家裡的氣氛應該就不會像以前那樣緊張了。」

「好吧，那我也別指望太高了。」郁苦笑道。

「唷，理解得很快啊。」大哥這麼說完，豪爽地舉手道別，然後就走了。

回到寢室時，野野宮的室友已經回房。

「對不起，那個……」

「野野宮。」

郁打斷她，決定糾正她這個動輒道歉的壞習慣。

「別再一開口就跟人道歉了。我以前說過，這種不正常的風氣一定會瓦解的。等到那時候，妳要是不改掉這種動不動就賠罪的習慣，別人一定還會覺得妳很好欺負。正在享受特權的那些人裡，一定有很多人不捨得放手，妳的弱勢會給她們機會作亂的。妳快點改掉這種口頭禪吧。我剛才不也說沒事了嗎?相信我嘛。也幫我跟妳室友講，要她別放在心上了，好嗎？」

野野宮怔了一會兒，思索著該說什麼，最後擠出一句「我知道了」。

再來，為了那位無辜受難的室友，郁這個外人還有一件差事要做。

＊

第二天早餐時，郁選了一個人最多的時候進餐廳。

在櫃臺領完餐點，她走到桌邊，在坐下前提高嗓門說道：

「我不針對任何人，只是想趁這個機會講清楚。」

不過就這麼兩句，場中的視線——尤以惡意居多——剎時全都集中在她身上，餐廳裡也同時安靜下來。昨天那幾個笑得很低俗的女孩子應該也在場，只是郁實在不擅認人，索性不去鎖定對象了，反正自會有人傳話。

「昨天因我而發生的風波是由誰主使，我已經知道了，而且也跟那個被牽連的人和解了。整件事情跟那個被牽連的人已經沒有關係，也不再是她的弱點了。」

一度安靜的空間又騷動起來，女孩們竊竊私語：這個人想說什麼？不過是一個外人，支援完畢就會滾回外地，到時井水不犯河水，她還想怎樣？

「因此，要是這裡的防衛員出了什麼事，我會回關東圖書基地全部寫在報告裡。關東圖書隊的隊員考績會集中在關東圖書基地做最後審核，應該沒有人不知道吧？忘記的人，趁現在趕快想起來也行。不論是在我的制服上潑水，還是昨天花心思耍陰險的傢伙，我可以只當作是女生彼此相處上的小磨擦。不過一切就到此為止，因為我沒那個閒工夫在保護縣展時還要應付妳們無聊的小把戲。誰敢在縣展警備期間妨礙我，就等著被我寫進報告裡吧！」

全場頓時嘩然，彷彿有人在慘叫。

看來，很多人到這一刻才想起郁的來頭——一是關東圖書隊直轄的圖書特殊部隊，二是有縣政府任命在身。

坐在怯意和敵意混雜的氣氛中，郁泰然自若的坐下開動。

吃完早餐，野野宮急切的追了過來。

「笠、笠、笠原小姐！」

「早啊，野野宮。這樣大概就沒人敢再找防衛部的麻煩了吧，包括妳那位室友。」

「可是妳那樣講，豈不是讓她們全都討厭妳一個人了嗎？」

「反正我是外人，都集中在我一人身上才好。都這樣了還敢來找碴的人，我反而尊敬呢，我會懷著由衷的敬意打倒她的。」

其實，她只是拿玄田那一套現學現賣而已，也不知用來對付小心眼的女生有沒有效果。

「——況且，集中在我身上的，好像也不只是反感。」

另外有幾個追著郁走來的人，「好像」就是昨天出言調侃的那一群。郁對其他人長相的記性之差，實在令人不敢恭維。

「那個，笠原小姐，我們……」

「又不是妳們幹的，有啥好道歉？犯人雖然跟我道歉了，她卻沒講逼供的是哪些人啊。就事實而言，我也沒那個必要接受妳們的道歉。」

快笑。像柴崎那樣笑，讓她們怕得不敢動。

郁這麼想著，使勁擠出一抹陰冷的笑容，然後才說：

「好吧，妳們後悔拿別人的家庭糾紛來惹事，那就讓妳們道歉吧。」

那幾個女孩子大概抱著「至少口頭上先道過歉也好」的心態，一聽此言立刻接連低下頭去，向郁說「對不起」。

＊

當晚，郁把事情講給堂上聽，然後大大方方的將衣物晾在頂樓的曬衣場。

第二天去收時，每一件都是乾的，她也先向堂上報告。

「幸虧我有一群很會鬧事的長官跟同事！」

「等一下，什麼叫一群？」

「嗯──先是玄田隊長，再來是堂上教官你啊，小牧教官也算吧，還有柴崎。」

「為什麼我排第二個！每次都是我在給玄田隊長踩剎車，妳都沒有看到嗎？」

然後他們為了認知差異爭執了一會兒。

「虧得妳能一個人熬過來。」最後，在掛上電話前，堂上還是誇獎了她。

五、圖書館之何為

——稻嶺勇退——

*

終於，就在縣展開始的兩天前，主辦單位與茨城縣知事（註：相當於縣長）聯合向法務省發表了一份聲明。

・茨城縣展將於上午九點準時揭幕。展場將於上午九點正開放來賓入場，若優質化特務機關與圖書隊的抗爭致使觀展民眾傷亡，法務省須負起全部責任。

・開幕程序完全依照預定，毫無變更。

這份聲明透過電視及廣播等媒體發表，一時為之轟動。再加上大多數外縣知事都表態支持，法務省不得不同意接受。

『請問，為什麼不對圖書隊追究責任呢？』

除了茨城知事和近代美術館館長淵上以外，一同出席這場電視記者會的大多是縣府要人。縣立圖書館長須賀原也坐在末席，卻是一臉陰鬱，並不主動發言。

這個問題隱約有偏袒媒體優質化委員會的意向，但也在列席人士的意料之中，淵上回答時倒也一

派冷靜。

『從頭到尾，都是媒體優質化委員會企圖干預我們嚴正的評選結果、妨礙縣展。法務省既然是委員會的主管單位，當然應該負起責任。我們邀請圖書隊出動，只是為了保障縣展的正常進行，沒有理由要他們為傷亡風險負責。圖書隊所要負的責任，是不使展出作品受到損傷。

此外，我認為優質化特務機關應該擔負起嚴格的義務，做好必要措施，避免使一般民眾受害才是。』

記者發問：

『要是戰況激烈，有沒有考慮延後縣展的開幕時間、或是中止？縣府必定是以民眾的安全考量為第一優先吧。』

縣知事：

『縣展舉辦期間是半年多前就已經定案的，關於時程，我們有決定上的優先權。法務省若是為了優質化特務機關的戰況拉長而要求我們延期，那就是他們的蠻橫獨斷了。萬一真的發生這個情況，縣知事會也將嚴格追究法務省對媒體優質化委員會的約束問題。現在已經陸續有其它縣府表示願意連署配合。

這是屬於縣民的藝術慶典，原本就不容許國家勢力介入或幕後操縱。』

記者發問：

『關於獲選為今年度最優秀的作品，據說有違反善良風俗及社會秩序的爭議。』

淵上：

『藝術包羅萬象，其中也會有隱含著攻擊性的作品，這一點我們應該予以認同。儘管有各方壓力考量，「自由」仍是評選會一致公認的年度最佳作品，而我們也得知已有許多民眾對該作品冀予諸多期望。就如同前陣子的「剃頭」訴訟案，像「自由」這樣的作品有其獲選並受民眾支持的理由，我認為媒體優質化委員會應該考慮虛心接納才是。』

＊

「說得好。」

在副基地特別為圖書特殊部隊所闢的大型會議室（兼休息室）裡，玄田擊掌叫好。這場記者會的幕後當然少不了他的計謀指點。

「那個姓淵上的館長不錯，會在回答時即興的把剃頭訴訟案帶進去，真有他的。這下子可叫優質化委員會啞巴吃黃蓮了。」

「咦——但我總覺得記者問得不符原意～」

郁有些不滿。

「好像在替媒體優質化委員會撐腰似的。」

「別這麼說，那樣起碼還算在底線之內。」

玄田不以為意。

眼見郁還是不甚了解，堂上便向她說明：

「媒體當然都在優質化委員會的取締範圍內，各家都一樣。既然委員會始終握有取締權，媒體也不可能批評得太強烈，免得被個別盯上。所以他們盡量在表面上保持中立，甚至得故意發表看似支持委員會的言論。」

「可是……」

既然媒體界也有折口那樣的公然抵制派存在，郁本以為可以聽到更具批判性的意見。

「折口是週刊誌，那種類型的媒體界就像打叢林游擊，是游走在沒收或查禁邊緣的，廣播電視圈跟他們不能相提並論。而且廣電有廣電自己的規矩。」

玄田如是說道。郁問是什麼規矩，於是又由堂上解釋：

「在這種場合下，媒體擺的低姿態就像是一種擾敵。列席記者會的是縣知事、美術館長、圖書館長，就法律上來說，他們所代表的三方都不在媒體優質化委員會的取締範圍內，但都擁有與之抗衡的權限。」

優質化法成立時，美術作品並未列入「媒體」的定義中，有人因此揣測媒體優質化法的目標其實是為了箝制言論。此外也有另一種說法，認為「取締藝術」一事會致使社會觀感不佳，優質化委員會才避開這一塊的。

「大多數閱聽人對媒體優質化法都懷著潛在的反感，記者故意採用低姿態發問，反而會煽動這些反感。」

原來如此。郁總算意會過來。

「然後就可以突顯出美術館長和縣知事的態度多麼毅然，是嗎！」

同時，媒體也不會因為言詞牴觸優質化法而被盯上了。

站在地方自治的觀點，由於中央與地方政府必定互為協商立場，國家應該避免縣知事有聯合抗議的情事發生。而優質化委員會不過是省廳下的一個部門，適度予以遏抑便會是最有可能的讓步籌碼。

如此一來，針對首獎作品的抗爭必須在縣展開幕的上午九點鐘之前結束，這股壓力自然而然就落在媒體優質化委員會頭上了。

不知是誰的手機發出震動聲。有幾個人低頭確認，結果是手塚站起身來。

「不好意思，我去外面講。」

見他看著手機螢幕皺眉，堂上班都知道這通電話是誰打來的，三人不由得擔心的面面相覷。

「是。」

手塚接電話時的態度總是僵硬，手塚慧大概也習慣了。電話那頭的他在苦笑。

「圖書隊這一招出得不錯啊。」

這副口氣讓手塚直想反唇相譏，總歸是忍住了，只是煩躁起來。他到底以為自己在什麼單位裡？幹嘛講得好像自己不是圖書隊似的。

「是玄田三監的構想？」

「不關你的事吧。」

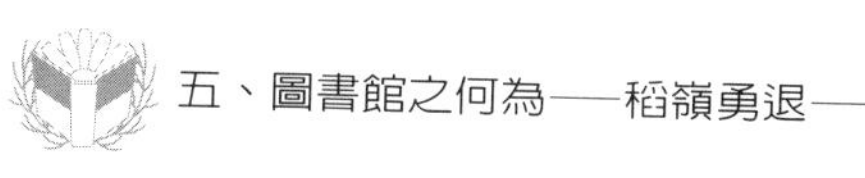

「別這麼見外嘛，我也是圖書隊的一員，也一樣關心水戶的情況啊。」

明知弟弟不耐煩，手塚慧的油腔滑調顯然是故意的。手塚不想搭腔，他知道只要自己一開口，哥哥又會回以更多更惹人厭的嘲諷。

套情報不高明無所謂，就讓他講，自己只管聽完了記住就夠了。手塚想著，同時記起柴崎曾經直指他的彆扭，叫他不要老覺得別人句句帶刺。

「哎，總之是個高招。你的長官真有兩下子。」

「嗯，我很尊敬他。」

既然是讚許自己的上司，倒也不用否定。

「為了表示對他的敬意，我就透露一點這邊掌握到的消息吧。」

「哦——那就感謝啦。」

手塚的聲調平板，全無抑揚頓挫。換做是以前，他只會嗆一句「不必了」就逕自掛斷電話，現在已經可以「唸」出這幾句，也算是忍耐有成。

手塚慧當然聽了出來，於是笑著說「再來只要改掉呆板的口氣就很棒了」。先把弟弟品評了一頓，然後才道：

「他們這一次會採納茨城縣申請的戰鬥時間。」

「你怎麼確定的？」

他故意把話問得率直，學郁那樣不懂就直接問出口。哥哥是個自尊極高的人，晚輩向他擺出討教的姿態，大抵能佔到便宜。基本上，手塚慧生性好為師，若不是選擇了相歧的道路，他會是個熱心且善於提攜後進的賢達長輩。

「關於那幅首獎作品『自由』，這一次只有媒體優質化委員會堅持嚴辦，法務省有來自內閣的壓力，加上一個態度這樣強硬的知事，反而不怎麼拘泥。相對的，法務省也有個交換條件，就是『自由』得在戰鬥開始前陳列就緒。其它的作品則免除在審查範圍之外。」

果然，手塚慧的口風鬆了不少。

想起自己以前經常纏著哥哥問東問西或問功課，哥哥每次都喜孜孜的當小老師，手塚的神情不禁陰沉起來。此刻的他極不願回想起過去。

「法務省那邊只覺得那不過是撕破一件制服，而且又是仿製品，就當是藝術的表現手法。不過你也是個穿制服的人，應該能體會吧。」

「……嗯。」

至少，這身制服象徵著他的選擇，象徵著當時的決心與這個陣營的榮耀。

媒體優質化委員會在審查行為中找到什麼榮耀，手塚覺得自己大概一輩子都無法理解，對於他們的理論，他也只覺得不合理，但他可以想像，就因為有這份不合理的賦予，像制服這樣的權力象徵反而變得神聖不可侵犯了。對那個陣營的人而言，冒瀆制服就像是在彈劾他們的權力不正當，自是不可原諒。

「話說回來，媒體優質化委員會也只是一個法務省的基層單位，不可能違抗法務省、甚至是內閣的決定，而且法務省的方針又已經拍板定案了。」

「……你跟我講這麼多，沒關係嗎？」

手塚忍不住要潑冷水。雖知道手塚慧有他極機密的消息管道，但見他這樣爽快的分享，反倒令人起疑。再加上──洩露這麼多情報，他自己不會有事嗎？

想到自己竟然還有這般顧念，手塚暗暗氣自己。

「反正你跟你的上司也不會照單全收吧？所以講或不講也沒差別，而且會傳到我這兒來的又不是什麼大消息。總之，這一次的檢閱只是優質化委員會的面子之爭罷了。」

被他這麼一說，好像也有幾分道理──的確，長官們都精明得很，不會囫圇吞棗的。

聽見電話那頭調侃著說要感謝弟弟的關心，手塚的腦中馬上堆滿了後悔的念頭。剛才真不該自掘墳墓的，給他三分顏色就會開起染坊了。

「這次檢閱只在展期的第一天進行，法務省沒有批准延長，說是沒有意義。既然不准『自由』公開展示，當然要在開幕之前沒收，否則等民眾出現在場內還為了檢閱而繼續抗爭，徒然給縣展攪局罷了。到時候別說是茨城縣，恐怕其它地方政府跟中央的關係也會因此惡化，而且不只是在檢閱權方面。法務省當然不想扛這個責任。」

要找理由還不容易？他們愛怎麼說就是怎麼著。手塚在電話這頭面露厭色。說穿了，媒體優質化委員會和圖書隊只是被抓來配合這一場愚蠢的政治角力，身為隊員的他們卻仍得搏命演出。

「謝了。我不去判斷消息的真實性，但還是多謝你。」

手塚如此說完，卻聽到哥哥手塚慧莫名的搭了一句「幫我跟你朋友笠原小姐問好啊」，之後才掛掉電話。

第二天，媒體優質化委員會的檢閱代執行公文送到，證實了手塚慧的消息可信度。公文言明檢閱的執行時限只到縣展首日的上午九點為止，縣展期間也僅此一次，而首獎作品必須在戰鬥開始時刻前擺放到縣展既定的陳列位置。

此外，這份公文和以往收到的不同，除了小野寺滋委員長之外，還有法務大臣的聯名簽署。

「手塚慧的情報看來不假。」

在與堂上班的小會議上，玄田沉吟道。關於「未來企畫」骨子裡打的算盤，目前只有稲嶺和柴崎、以及場中這幾個人知情，對外仍是機密。

要是被外界知悉，手塚會被懷疑是手塚慧派在特殊部隊的眼線。而他們的父親是日本圖書館協會長，到時也難逃嫌疑。

基於這一層顧慮，手塚慧的主張再怎麼偏激，卻始終維持在「未來企畫」內部的模擬構想，他們的活動也從不以公開形式表現。事實上，也有些人看重手塚慧與法務省之間的管道，這些檯面下的活動又恰到好處，圖書隊總不能為了模擬研究的名義而彈劾「未來企畫」。

「連大臣都簽了名，這等於是一份公開承諾了。就等捱過那一關。」

聽到玄田斷言，眾人都鬆了一口氣。坦白說，水戶總部的訓練度還不夠，撐不了太多次戰鬥。

「好，先召集特殊部隊的全體會議，研擬作戰後宣達到水戶總部的各班。」

*

「唷，你哥偶爾還挺有用的嘛。」

接到手塚的電話，柴崎刻意說話俏皮。

「這哪算有用……」

手塚在電話那頭像是不情不願。

「反正優質化委員會的公文一來，不就知道了。」

「至少你們可以在接到公文之前就沙盤推演，起碼有這一點不同嘛。而且這樣也證實，你哥跟法務省之間的情報網是有點可靠性。」

柴崎努力讓自己的聲音聽來開朗，表情卻反而黯淡了。

「你也不錯，居然能撐到講那麼久。」

「只要我傻傻的問，他自己就會講個沒完。他從以前就是這樣，愛當哥哥。」

手塚沒好氣的啐道，話裡摻雜一絲對親情的糾葛。聽在柴崎的耳裡，卻是心痛。

不是她因此心痛，是她為手塚感到心痛。

「……不過，你可別太信任他。現在的他不單是你哥，更是『未來企畫』的主謀。」

「這我當然知道。哪還用得著妳說？」

手塚反而狐疑起來，大概沒想到柴崎也會這樣嘮叨叮嚀吧。

「拜託了，你們可要平安度過這一關。」

聽她端出罕見的誠摯口吻，手塚似乎更覺得可疑，就這麼掛了電話。

柴崎講完電話後，身旁傳來另一個聲音：

「——難為妳了。」

那是稻嶺。

「這消息跟他們說了也沒有意義，我不想讓他們心有罣礙。」

在接到手塚的電話之前，柴崎正在向稻嶺報告，而那消息的確會影響到他們的行動。眼下只盼他們能盡力做到最好，那就是最後的希望了。

＊

縣展開幕的第一天。

「哎，真的會開打嗎？」

水戶總部的防衛員們惴惴不安，幾乎等於圖書防衛部的全體隊員都是這麼驚惶浮躁。

連同圖書特殊部隊開來的四輛武裝巴士，副基地將大型車輛停放在首獎作品和圖書館的周圍以作為掩蔽，並在各處挖有壕溝，當作隊員的出入空間。

近代美術館和縣立圖書館的陣形已布署完畢，人員也都就戰鬥位置，武器也都就緒，但水戶總部的隊員似乎還不敢相信戰鬥即將展開。

到了上午六點鐘——

黎明靜謐中，突然爆出一陣槍響，激烈如雨。

「哇啊啊！」

圖書館區傳出一聲詭異的慘叫。這裡存放著導覽手冊，是戰略構想的第二目標，所布署的人力也以不諳戰鬥的水戶隊員居多。

「鬼叫什麼！丟臉！想替優質化部隊助陣啊！」

負責指揮圖書館區的緒形副隊長怒吼道，打消了那一聲哀嚎惹來的心神不寧。

「美術館才是主戰場，你們少給我大驚小怪！」

就在這時優質化特務機關已經包圍了圖書隊陣形的外側，準備推進。

『好，各隊自由射擊。』

透過無線電的共同頻道，玄田下達了指示，圖書隊立刻展開反擊。

接著，特殊部隊照樣由佔得戰鬥制高點的狙擊手發動嚇阻射擊。就在特務機關的攻勢彷彿受遏止而後退之際，無線電傳來手塚的驚呼：

『進藤一正中彈！』

『什麼？』

『右臂貫穿，不能拿槍！』

『子彈哪裡來的！』

無線電裡的玄田大怒。聽到這裡，郁趕緊抓空檔向堂上傳令：

「進藤一正中彈，右臂貫穿，無法射擊！不知從哪射來！」

她一面傳達，腦中靈光乍現，隨即接著向堂上喊道：

「樹上！不用比建築物高，人探出去還是有可能瞄準狙擊手！」

堂上睜大眼睛，拍著郁的肩膀，兀自搶進了無線電頻道：

「敵方狙擊手在樹上！」

說時，堂上用眼神向郁示意詳述。

「找最高的樹——常綠樹！它不會落葉，是很好的掩護！愈往樹頂，枝椏就愈細，所以低的就在樹枝上，在高處則一定是主幹！」

堂上覆誦完郁的意見，最後以「叫圖書館區也要注意！」作為結尾。

他重重地拍著郁的肩膀，說了聲「幹得好」。要不是郁此刻正戴著鋼盔，堂上大概會把她的頭髮抓亂。

布署在近代美術館區的狙擊手只有進藤和手塚兩人。由於鎮守圖書館區的大多是水戶總部防衛員，特殊部隊便把其餘的狙擊老手都調過去了。

正如無線電傳來的指示，連著幾發火線確實是從建築物周圍的樹上射來的。避開火線，手塚保持低姿態，踉蹌地把進藤架進屋裡。

「失算失算……」

進藤苦笑道。手塚急急為他包紮，說不出話來。這是一個在自然美景包圍中的藝術空間，如今全成了敵方利用的優勢，而這樣的利用意圖雖然不堪，畢竟仍是我方失算。進藤自知有所疏忽。

「對方佔到高處，地面就危險了。手塚你行嗎？」

「可以。」

手塚答道，將兩挺步槍都揹了起來，進藤卻伸手將自己的拿走。

「我到屋頂去做假射擊。對方看到狙擊手還在屋頂，應該會先解決屋頂。你到樓下去找個射得到樹的地方，趁我開火時找出敵方的位置，然後記得，要一槍一個。」

「你的手傷成這樣！」

「只是打不中罷了，開幾槍還不成問題。況且子彈都穿過去了。相對的——」

進藤的目光一凝。

「你得要百發百中。不許失敗。」

手塚默默敬禮。

來到視野良好的一樓，手塚等待進藤開啟槍戰。要在這些入秋了依然枝葉茂密的樹上找尋人影，僅憑舊式的望遠鏡很吃力。

不久，屋頂射下一道火線，對向隨即還以兩道火線，宛如應答。

這就足夠找出是哪些樹了。其中一棵離手塚非常近。堂上說，狙擊手可能攀在主幹上，或在能夠支撐人體重量的極限高處。

衡量成年男人的平均體型，手塚的視線從樹幹中段逐漸往下搜尋。這時，進藤開了第二槍。發現一人。還不行，要等另一人也找到。他盯上另一棵樹。

進藤的第三槍——找到了。怎麼能讓他負傷的手臂再這樣硬撐。

入隊第三年了，狙擊技術也比「情報歷史資料館」那時強。

我行的——非成功不可。

調整呼吸，他悄悄將窗子打開一條縫，足夠改變槍口角度就行了。

注意力在瞬間集中。

第一個人中彈。從容改變角度後，第二個人。他聽見兩個接連的叫聲和跌落聲。

報復的火線不見了。手塚奔上屋頂，看見進藤癱坐在牆角，急救綁帶上已是一片血紅。

「進藤一正！」

「唷。」

進藤故作輕鬆的揮揮左手。

「還順利吧。」

「那還用說……！」

多虧進藤拿自己做誘餌，讓他找到火線。

「我以為要開個四、五槍呢。」

「……我沒那麼差吧。」

手塚嘴上訂正他，一手拿走進藤的步槍。

「到醫護所去。」

然後他用肩膀架起進藤，扶他站起來。

「手傷怎麼樣？」

對狙擊手而言，手臂遭子彈貫穿，很可能就此留下致命的後遺症。

「嗯，還好，開個洞罷了。專心復健個一陣子，今後十年都還是我的天下啦。」

那一副事不干己的口吻，反而令手塚喉頭一緊。

「那你就快點回來保住天下吧。」

趕在哽咽之前，他只能擠出這一句。

『近代美術館區已擊落敵方狙擊手。』

繼手塚的報告之後，圖書館也傳來同樣的回報。天色已亮，特務機關的人馬不能再摸黑爬樹了。

在美術館區，玄田叫道：

『再派狙擊手到屋頂去！小牧，你去頂進藤的位子！手塚也馬上回到崗位！』

屋頂可以俯瞰戰況，是重要的人力布署地點。原本在地面負責指揮水戶隊員的小牧馬上交出指揮權，抓起步槍衝進館內。

小牧一離開，那一區的彈幕立刻變薄。接手指揮的是水戶總部的幹部隊員。

「不行。」堂上低聲叫道，接著便往鄰隊衝去，郁也跟著一起滑到車體後方。

「開槍啊，笨蛋！隨便亂打都行，扣你們的扳機！要是讓敵人以為這裡防守薄弱，火力會全部集中過來的！不過是換個指揮官而已，穩住！」

堂上大罵，一邊從拆去了玻璃的車窗中用手槍連續射擊，郁也有樣學樣的扣著衝鋒槍的扳機直到子彈打完為止，這才勉強恢復了先前的射擊聲勢。

剛才有小牧指揮，彈藥量當然不是問題。堂上轉頭，指著接手的指揮官說道：

「你！你要隨時注意隊上的殘彈量，用了一半的量就要馬上補給。否則彈藥用完的那一瞬間，敵人就會衝上來了！」

指揮官不住的點頭，反而顯得很不可靠。

「通知玄田隊長，從特殊部隊調一個人來這裡輔助。」

離去之際，堂上悄聲如此指示，郁立刻用玄田的專屬頻道傳令。

野野宮與其他的女子防衛員全都被編入後方支援部隊。她們接到的指令包括部隊間的通訊，還有補給物資的請求。

除了野野宮等人，支援部隊中也配置了男性隊員負責物資搬運。但他們大多不習慣戰鬥，不是直接中彈，就是被流彈所傷，人手因而愈來愈少。

終於，就在所有的男隊員都因運送或救助傷者而離開時，後勤收到了新的補給請求——來自布署在圖書館後門的部隊。

「怎、怎麼辦？」

女隊員們驚慌失措。

「等男生回來嗎？」

「現在哪是等他們的時候！」

野野宮叫道。若是笠原，她一定也會這麼吼。

「用手推車！這樣我們女生也推得動。誰去把手推車拿過來！」

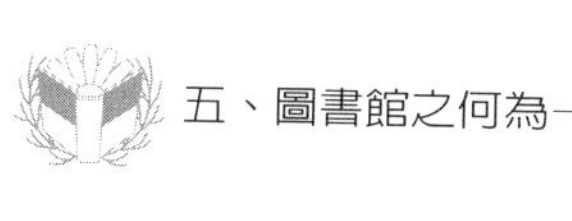

便有數人往儲藏室跑去。

手推車拿來時，要運送的彈藥已經依種類和數量清點完畢，眾人很快的將那些箱子堆上棧板。因為太重了，一個人推不動。便由野野宮和她的室友一起押送。

……我們也有本事保護書籍。

業務部的女生們曾經大言不慚。野野宮想起那些輕蔑的眼神。

……可是在這種情況下，現在的妳們一點忙也幫不上，而我們卻可以。

她們兩人合力推車，搖搖晃晃的走向等待補給的部隊。

平時總是隨意進出的這道後門，此刻看來卻宛如光之門。

「報告！補給！」

她們的叫聲淹沒在震天價響的槍聲中。

「補給！補給！補給！」

急起來歇斯底里的亂喊一氣，總算有個隊員回過頭來。是個大鬍子的中年男人。

「怎麼是妳們送來啊！」

這人雖然稱她們「妳們」，卻是個陌生的隊員。應該是外地來支援的。

「男生都被派出去了！」

「做得很好！妳們幫了大忙！」

大鬍子隊員喊著，然後朝前線方向大叫：

「彈藥來了！馬上來搬！」

立刻有幾名男隊員大步衝進來，每人扛起數箱彈藥，陸續往外頭搬去。

「我、我們派上用場了嗎？」

「當然！」

見大鬍子隊員不假思索的答，野野宮和同僚不禁抱在一起，跪坐在地上。

她們都哭了。雖然激烈的槍戰聲仍然掩過一切，她們連自己的哭聲都聽不見。

「還不快回到崗位上！妳們要派上的用場又不只這一次！」

就連這樣的怒斥也令人心喜。她們兩人隨即奔回後勤。

離九點整還有三十分鐘。特務機關的攻勢兀地猛烈起來。

「他們好像放棄進攻圖書館區了。」

從屋頂俯瞰地面，小牧喃喃道。原本向圖書館進攻的優質化隊員，此刻正向美術館集中。

不僅如此，狙擊手的射擊已經不再有嚇阻力，被小牧和手塚所傷的人多不勝數。

『屋頂狙擊班呼叫玄田隊長。特務機關開始不擇手段了。狙擊也失去嚇阻效用。』

小牧冷靜的報告。

『對方好像放棄了正面進攻，分布在圖書館區的人力也都往這邊集中，可能打算用人體肉盾硬闖，企圖從我方隊員進出用的壕溝入侵。』

玄田當機立斷。

『收集防彈盾牌！不夠的用鐵板、什麼都行！』

『用盾牌逼退他們，同時剝奪他們的戰鬥能力，近身射擊也不要猶豫！全體以剝奪敵方戰鬥力和保障自我生命為最優先！』

「笠原，妳進到館內。」

在收集防彈盾牌時，堂上對郁這麼說。郁馬上回口：

「不要。」

「笠原。」

或許是玄田剛才的指示使然。

以保障自我生命為最優先——這表示敵方已經不打算遵守交戰規定，尤其是「開火不得以殺害對象為目的」這一條。說它是自欺欺人也罷，假惺惺也罷，明顯帶有殺意的子彈和以削弱戰力為目的的射擊還是有一線之隔。

「我是你的傳令兵，任何狀況都要跟你一起待到最後。而且比起水戶總部的隊員，我至少是個戰力。」

堂上像是死了心，低低罵了一聲「妳這白痴」，遂轉向他指揮的小隊喝道：

「堂上隊負責三號壕溝。壕溝用盾牌封鎖起來！小心敵人爬上車頂！」

這一波推擠的慘烈，讓人直想問那些優質化隊員究竟是為了什麼而如此堅持。他們狂亂的撲向盾牆、衝撞、開槍，前仆後繼——而圖書隊員使勁抵著、或奮力將他們推回去，有時會見到盾牆外鮮血噴濺。最前排的優質化隊員承受著激烈的對向壓迫力，大有可能因此被壓死。反倒是有這一排人肉作為緩衝，防彈盾竟然沒有受損太重。

然而，優質化隊員並沒有停止這樣的推擠攻勢。

那一團血糊腫脹撞上透明盾板時，郁忍不住吐了。那張臉孔已經分不出五官，接踵而來的衝撞又把他擠向旁邊，在下滑之際仍繼續被身後的隊友壓迫著。

她不認為那個人還活著。縱使一息尚存，也該現在就送進加護病房，否則絕對救不回來的。

算我求你們，放棄吧。那個人難道不是你們的同袍？是什麼樣的畫，罪大惡極到讓你們寧可殺了隊友也要搶去銷毀？那幅畫批評了你們，但這世上有哪個人或組織是完美得不受任何批評的呢？褻瀆了制服固然令你們氣憤，但若換做我們的制服，你們不也歡喜地踐踏嗎？

膽汁令得她嘴裡苦澀。驀地，眼前有個落下的黑影。

是車頂。車影的直線邊緣多了幾個隆起，那是有人在探頭——

「不准過來——————！」

倏地用單膝跪起，郁從彈帶抽出衝鋒槍就往車頂那一直線掃射。落彈約莫打在胸線位置，於是那些影子一齊從車體的另一側翻落。

淚水不聽使喚的湧出。第一次對人開槍，她真不想承認自己受到的震撼這麼大。

子彈沒了。

換彈匣，搞不好還有人要衝上來。郁僵直的跪在那兒弄，明明該是熟練的換裝程序，兩手卻抖得厲害。

「為什麼、奇怪、為什麼——進去、進去、進去、進去！」

有一隻手來把她的衝鋒槍拿走。抬頭望時，堂上已經快手裝好彈匣，把槍還給了她，然後伸手摟了摟她，稱讚她「注意得好」。她明白這舉動只是為了讓她鎮定下來，沒有別的意思，因為直到被抱住，她才發現自己渾身都在劇烈打顫。

『小牧呼叫堂上隊。笠原士長擊中的優質化隊員已經撤退，目前沒有第二波入侵。』

小牧的報告是在讓郁知道，她並沒有殺死對方。防彈背心對上減裝藥彈，這是「最難死掉」的組合。

至少，他們的傷勢比那個臉都撞爛了的人還要輕多了。

但她心裡清楚。

除了阻止敵人，還有純粹的本能——在被殺死之前，先下手為強。

九點整的鈴聲終於響起，優質化特務機關開始撤退。就像退潮之後的沙灘會留下許多垃圾，空氣中殘留著怨嗟，地面則癱倒著許多衝突時被推擠在最前排、此刻根本看不出是死是活的優質化隊員，以及來來往往、一手一腳地抬運他們的人員。

公告的縣展開幕時間雖是九點，但這場面顯然還得花點時間收拾，縣府於是多給了圖書隊三十分鐘的緩衝時間。

郁在這段期間就像個廢人。堂上陪在她身旁，看著她無聲落淚。

「第一次開槍，大家都是這樣的。」

「你騙我。」

郁立刻否定。

「手塚第一次對著攻擊他的優質化隊員開槍時，也沒有這樣。」

「但這是妳第一次參與大規模戰鬥，戰況又特別慘烈，情緒起伏本來就是難免。妳自己也許沒發現，看見第一排的那個隊員時，還有很多人也吐了，有的男人甚至比妳先吐。」

原來，堂上教官有發現我吐了。

「謝謝你。」

「謝什麼？」

「沒有給我特別待遇。」

「妳才是。」

說著，堂上伸手按上郁的頭：

「妳說當傳令兵就要跟我一起待到最後，有點……敗給妳了。」

敗給我是什麼意思？郁想不懂，抬頭看著他。

「不懂就算了。」

那隻手使勁把她的頭壓了下去。

＊

特務機關是撤退了，事情卻沒有到此結束。

彷彿講好了似的，優質化法的聲援團體隨即開來宣傳車，將縣展的場地外側團團圍起，開始他們拿手的噪音演說。大概是不想讓現場看來塵埃落定吧。

在禁止奔跑的廣播聲中，率先衝到首獎作品「自由」前方的就是「不抵抗集會」的成員們，領軍的正是會長竹村。

有過抵達當日的不愉快，又知道他們就是茨城館界弊病的起因之一，才剛結束戰鬥的隊員們無不露出厭惡的神情，水戶總部的隊員尤其心懷不滿，自然而然走到圖書特殊部隊的人牆後方，和他們連成一氣。

「你們到底是什麼居心，竟然……把這個象徵藝術的展覽弄得像戰場一樣！」

用他那高八度的嗓門，竹村主張著莫須有的權利。

「你們看到那些撤退的優質化隊員了嗎？就算是敵人，他們也是人哪，為什麼把他們傷成那麼慘、那麼嚴重！這算是哪門子保護文化！」

「這種話等你看過圖書隊的傷者再說！」

玄田氣貫丹田，毋須怒吼，那股渾厚勁就足以壓過竹村。

茨城縣防衛員只受了急就章的短期訓練，不習慣戰鬥的他們被迫在這一役親上前線，重傷的人數相當多。

與特務機關的不同之處，只在於是否被戰友當成人肉盾牌罷了。

「用蠻力衝撞我們、硬是把他們給壓到那樣重傷的也是特務機關自己。難道要任由他們壓扁我們，放棄我們應該保護的目標？」

不甘示弱地，竹村更拉高嗓門：

「頂著正義名號開槍殺人，你們以為就是英雄嗎？」

在玄田寬廣的背後，郁不由自主的縮起身子，緊抓著堂上的肩膀。懊惱的淚水又流了下來。

對著人開槍，知道敵人被自己射出的子彈掃落，她怕極了。他們就那樣往巴士的另一頭摔落，只因為她扣下了扳機。

我們才不是為了當英雄才開槍的！圖書隊才不是那樣！

活在郁出生之前，便已變得扭曲的這個社會。曾幾何時，人們必須用槍枝去抵抗檢閱的這個社會裡——

不開槍，我們還能怎麼辦？

「您的意見太高尚了。」

有別於竹村的刺耳高音，一個演說家特有的低沉嗓音打斷了他們的爭吵。眾人一齊看去，原來是帶著秘書等縣府職員前來的茨城縣知事。

躲在玄田的背後，郁看到自己的父親克宏也在那些隨行職員之中。

「同樣這番話，你們為什麼不去對媒體優質化委員會和聲援團體說？他們才是打著英雄名號執行檢閱，甚至還讚頌它！你們這種說法，好像只有圖書隊才該為檢閱抗爭愈演愈烈的歷史負責，但卻是他們替我們保護了本縣的文化和財產啊！」

沒料到堂堂知事竟然來到現場，竹村等人不免畏怯。

「沒有人天生喜歡拿槍！你以為他們喜歡嗎？開槍必定傷害對方，甚至殺死對方。是他們代替我們弄髒了自己的手！你們今天敢責備他們，是不是決心代替他們把手弄髒？」

不經意間，郁發現堂上的手環著她的腰，像是在支撐她。

扣下扳機的那一瞬間，無論結果如何，在郁心裡都代表她殺了那個試圖進攻的敵人。這雙手已經染血。知事的指摘毫不留情的點出這個事實，卻也令她得到救贖。

她弄髒自己的手，他們懂；有他們懂，弄髒這雙手又算得了什麼。

只有故事裡的英雄才會在精美又乾淨的舞台上打鬥。

現實生活裡誰不是狼狽的泅泳？

要幹正義使者就要有在泥水裡打滾的心理準備，否則還不如辭掉算了？

柴崎曾經這麼狠毒的說過。郁現在知道，她當時已經是留了情面的。

我們不是在泥水裡打滾。

是在血污中。

在郁思緒翻騰時，知事仍繼續說著：

「還是說，你們做好了心理準備，願意挺身擋在作品前方，寧死也不向檢閱屈服，願意用自己的死亡來喚醒社會大眾才敢做出這樣的發言？要是你們真有這樣的覺悟，那就儘管責怪他們吧！責怪這些為了縣展、為了被檢閱蹂躪的文化而出生入死，才剛剛從鬼門關走過的人們！」

說也奇怪，轉眼間，考驗所謂覺悟的機會就降臨了。

「統統給我滾開——！」

一聲暴戾咆哮，硬生生截斷了知事的義正詞嚴。緊接著——

掃射的槍聲劃破晴空，衝進會場的是兩名手持衝鋒槍的年輕男子。

竹村拔腿就跑，「不抵抗集會」的成員緊跟在後，更像是恨不得多生一條腿似的。顧著逃命，他們甚至把知事和縣府職員都撞倒了。

「全體臥倒！」

震懾全場的這一聲暴喝當然出自玄田。隊員們立刻條件反射的匍匐在地，郁也不例外，只是堂上更快一步覆在她身上。

「知事你們也不准起來！繼續躺著！」

對著跌倒的縣府官員們吼完，玄田自己卻不伏下，仍舊在襲擊者面前站著。

「你們要攻擊的首獎作品就在我後面！有膽就動手！」

這是常有的事。任務失敗的特務機關利用激進的聲援團體來借刀殺人，既能達成目的，又不留下證據。

那兩人躊躇著，渾身顫抖。結果──

「哇啊────────────！」

伴隨著癲癇也似的嚎叫，接連不斷的槍聲迸發，一聲一響都承載著子彈。

「玄田隊長！」

郁反射性地想跳起來，堂上卻以驚人的力道將她壓回地上。槍聲如雨。

「不要──！隊長他！」

「不要動！」

壓著郁，堂上在她的耳邊叫道：

「妳抬高腦袋，會被轟掉的！」

他的喊聲幾乎震破她的鼓膜，郁只好死命的貼著地板。也許是料到她的性格，或是猜到她的舉動，堂上用身體覆壓著郁，比她更高於地面。

終於，他們聽見彈匣空了。

全體隊員都抬頭去看玄田，卻見玄田一身血紅的睥睨著持槍狂徒。

「這樣就沒啦？」

說完，他邪邪一笑，直挺挺向前仆倒。

「玄田隊長！」

隊員們──尤其是特殊部隊的──才剛想衝上去，便聽到襲擊者又高喊：「不准動！我們手上還有武器！」同時從腰後取出了手槍。眾人見狀，頓時一怔。

趁這當兒，襲擊者朝著首獎作品「自由」開槍了；比衝鋒槍要輕的槍聲連響五下，每一下都打在美術館準備的防彈玻璃箱上，但直到最後一槍，箱面上才散佈出蛛網般的裂紋。那些玻璃外殼或許耐不了衝鋒槍掃射的威力，卻在最後的手槍威脅下守住了作品。

「抓住他們！」

緒形副隊長大喝一聲，好幾名隊員們立刻飛身撲去，將兩名襲擊者制伏在地。

「隊長！」

小牧第一個奔到玄田身旁，堂上和其它班的成員也衝過去圍住。

郁緊咬著自己的手，否則她就要哭喊了。只會哭喊是救不了玄田的。她得讓自己不要礙事，盡隊員的義務關心後續情況，保持安靜，即使是將自己的手咬得出血。

「頭部擦過槍彈多處，防彈背心三處貫穿，也有盲管槍創的可能！四肢有多處貫通、盲管和擦過槍創！與軀幹合計約二十多處！」

小牧急急檢視之際，手塚同時報告道：

「已經叫救護車了！」

「止血帶全部拿來！隊長是O型，同血型的來報到！」

這是堂上的聲音。隊友們在那之後又說了什麼，郁已經聽不清楚了。

兀自咬著手，她好不容易想到自己能做的事。

走出隊友圍成的人牆，她跑向等在不遠處觀望的縣知事等人。

「各位有受傷嗎？」

他們看起來並無大礙，基於義務，她還是該問一下。

「我們都還好，被那些集會的人撞倒頂多擦傷而已。那位隊長先生呢？」

「傷得很重，大量出血。」

跟縣知事說到這裡，郁轉頭向父親哀求：

「爸，拜託你！玄田隊長是O型的，請你叫職員幫忙捐血！玄田隊長有二十多處槍傷，一定會動大手術……！」

「笠原老弟。」

便聽到縣知事打岔道：

「馬上把玄田先生送到紅十字醫院。細節由你全權安排。」

「好的。」

不知是不是出於對笠原父女的體貼，知事隨即表示「我過幾天再來看縣展吧」，就跟著其他職員一起離開了。

克宏以驚人的速度開始用手機聯絡各方。從病房的安排、確認血液庫存，到輸血的預定需要量及目標捐血量，不到一會兒工夫就完成了。隊員每人四百cc的供應量當然不足，於是他調度了五輛捐血車，其中三輛設在縣政府前，兩輛在市公所，並且要求縣府所有部門緊急協助。

郁正想向父親道謝時，克宏已早一步緊緊抱住了女兒。父女倆十幾年沒有擁抱了。

「謝謝。妳跟你們隊上的決心，我總算親眼見識到了。你們保護的『自由』，我一定會在縣展期間來看的。」

說完，克宏頭也不回的走了。

救護車離開後，隊員們陷入消沉的靜默。

「玄田隊長會被送到紅十字醫院。捐血的事安排好了，血庫和隊裡不足的部分，縣政府員工願意全力幫忙。」

郁的聲音平靜得反常，但這報告裡的一絲希望，總算讓眾人打起了精神。

「妳去拜託妳爸嗎？」

堂上問道。郁歪著頭回想。

「我只是求我爸幫忙，縣知事就叫我爸安排了。」

「妳做事果然夠魯莽的，要是我們就辦不到了。」

停頓一會兒，他又說：

「不過謝謝妳，幸好有妳在這裡。」

「只是……是我爸剛好在縣政府上班。」

「也是因為妳才有的巧合。」

縣展的入場時間好像延到了中午。入場民眾大概也都預期到開幕當天的混亂程度，倒也沒有什麼怨言。

在開放進場之前，「自由」得換個新的防彈玻璃箱，展場周圍的衝突痕跡也要盡可能清理乾淨，

包括玄田隊長的血跡，免得嚇到一般民眾。

茫然地想著這些瑣事，郁忽然發覺場中的隊員變少了。向堂上一問，原來許多人已經撤回副基地好儘早趕到醫院去捐血，更有人聽到郁剛才的報告就動身了。

「啊，我也是O型的。我要走了。」

「妳算了吧。」

堂上像在教訓人。

「妳的臉色白得不像話，肯定是貧血，抽血檢查那一關就會被踢掉了。我們班其他人都不能捐，不過還有多得跟山一樣的事情等著我們去做。戰鬥後續都還沒處理，還得把剩下的人手編組做警備輪值呢。」

「隊長會得救吧？」

被她求助也似的這麼一問，堂上像是再也掩藏不了傷感，用力勾住郁的頸肩，強勁又沉重。郁知道，堂上也在為那份心情尋找出口，逼自己相信。

「再說吧，先把我們自己的工作做好。」

放開郁的肩膀，堂上大步邁開，郁也小跑步追了上去。

＊

準備發給參觀民眾的導覽手冊都存放在縣立圖書館的儲藏室裡，總數約有兩萬份。工作人員會視單日需要量來補貨，用不到的就堆在這裡。

就在首獎「自由」的審查攻防戰和聲援團體開槍滋事，把美術館鬧得雞犬不寧時，儲藏室悄悄地來了一位訪客。

就是茨城縣立圖書館長——須賀原明子。

打從圖書特殊部隊抵達本地的那一刻起，須賀原的臉色就沒有一天好看過。此刻的她更顯焦慮，提了一只透明的塑膠方桶，躡手躡腳鑽進儲藏室。

妳只要待在館長室做妳的館長就好，除此之外，我們對妳沒有別的期望。

須賀原身為最高主管，防衛部的幹部隊員們對她卻只有這樣的要求，等於宣告她是個徒具形式的空殼子而已。

坐在防彈的館長室裡，無論攻防結果如何、「自由」的下場好壞，須賀原既不想知道，也不打算淌這趟渾水。在這場關乎生死的爭鬥中，也沒有一個人來向她報告任何情況。

在須賀原的腦中，玄田在報到當天所說的那番話，可比那撈什子「自由」的檢閱抗爭嚴重多了。

水戶總部防衛部的戰力低落，是在她接掌館長的時期造成的。

她還得把就任前後的書籍檢閱暨防衛數據給整理出來。

連同副基地內部的歪風，特別是擔任副司令的防衛部二監無法和館長平起平坐的這些事。

玄田說要把他發現的異常情形全部上報中央。而她在不情願之下做出來的書籍檢閱記錄又指向一個更糟的事實：在她上任之後，館藏的沒收數量暴增。

打著保護文化的名號而動用武力，是違反民主精神的——這是「不抵抗集會」的竹村等人和她接觸時所說的話。須賀原本來就不願為檢閱抗爭當中的任何傷亡負責，而她也確實認同這樣的訴求是崇高的。

而今，她卻要為了屈服於審查而背負失敗者的烙印。她所創建的體制明明是那樣崇高，此刻竟也一敗塗地。

在她陷入職業生涯的重大困境時，這個思想崇高的集會成員也沒有一個來探望或關心過她。

他們口中的理想是那樣動聽，從共同以不抵抗來消弭紛爭，到攜手促成市民運動和茨城圖書館界的連動。

說來說去，須賀原還不是得獨自面對她的考績危機。當年被她視為競爭對手的女性公務員，早都爬到她追也追不上的高位去了。

不管從哪個方面，加諸在須賀原肩上的壓力，早就超過她所能負荷的極限。

「……既然可疑。」

旋開塑膠桶的蓋子，須賀原在儲藏室裡喃喃自語。

「那就別保管了。既然可疑，那就別保管了。既然可疑，那就別保管了。」

要不然——

「我的資歷。我的資歷。我的資歷。我的資歷。」

這些年來，她用不抵抗的手段，好不容易將圖書館保護得如此完好無傷，卻只為了縣展的一個抗爭決定，化成了這般慘狀。

堆放在這裡的小冊子也是，只要收在這裡，他們就會來打，到時候館內又要有一番蹂躪。修復的預算誰扛？犧牲者的責任誰負？

小心翼翼地，須賀原把塑膠桶中的液體倒在紙箱上，一個也不漏掉。

「請問，您在做什麼？」

那個語調十分平靜，也許是避免刺激須賀原。須賀原回過頭去，見是副基地司令橫田二監。

「看也知道，我在保護圖書館不再受人糟蹋。」

「請快住手。」

橫田的口氣還是一樣平靜，只是向須賀原走近一步。

「您這麼做才是糟蹋圖書館的行為，更何況身為館長。」

「我只是想，區區一次抗爭就把我們館搞成這副德性了，這些冊子發剩的還要存放在館裡，那還得了？再下去的傷亡和損失，你以為是誰要負責任啊？」

須賀原愈說愈激動，一邊喊著「不要過來」，同時用力揮舞手中的塑膠桶，裡面的液體也潑到橫田身上。

冬季常嗅到的燈油味此時已充滿了整個房間。

「只要妳對抗檢閱，沒有人會為這種事追究妳的責任！反倒是向檢閱屈服，銷毀原本該由妳保護的資料，那才是妳一生的污點！」

橫田的呼聲是他拋向須賀原的最後一根安全索。但對須賀原而言，卻只是一條短得不能再短的導火線。

「少囉嗦！對付檢閱，我們只要不抵抗就好！」

須賀原點燃手中的打火機，拿到被燈油淋濕的紙箱上。

橘色的火舌迅速蔓延開來，也往橫田筆直地竄去，橫田立刻哀嚎起來。

困獸也似的咆哮聲。橫田倒下，滿地翻滾也熄不掉的火燄，還有轉眼之間的漫天紅光，熾熱。

眼前的景象讓須賀原驚覺，然而一切已無可挽回。

「咿……」

擠出一聲痙攣也似的慘叫，她倉皇失措地逃了出去。

這時，火災警報器響起，數名防衛員從走道的另一側跑出來。看見儲藏室的門縫逸出濃煙，他們立刻猜到發生了什麼事。

「失火了！裡面的手冊！」

「滅火器，快！」

驚見一個全身是火的人影，隊員們也無暇辨認。其中一人飛也似的衝到走廊去拿滅火器，回來對著那個人影狂噴。火舌退去後，眾人才認出這個抱頭俯臥的人。

「橫田副司令？」

沒人知道橫田為什麼會出現在這裡。另一名隊員用無線電通報醫護班。

「導覽手冊儲藏室發生火災，橫田副司令重度灼傷！快叫救護車！」

在他通報的同時，另有人喊著要擔架。隊員們怕人力搬動會使橫田傷勢加重，現場附近卻又沒有可以代替擔架的東西。眼看著倉庫裡的火勢愈來愈猛，索求著氧氣的烈燄就快要衝出敞開的門外。

「我來揹他！抬上來！」

一個體格較壯碩的隊員半蹲下去，其餘數人趕緊合力把橫田架到他的背上，那人立刻道「我直接揹去醫護班」，隨即三步併作兩步的狂奔而去。救護車必定先開到醫護班，縱使這麼個揹法加重橫田的傷勢，總比留在火災現場旁空等救援要強。

「灑水器怎麼還沒起動？」

如今已是圖書館標準室內裝備之一的氮氣滅火裝置，此刻竟然一聲不吭。隊員強忍著高溫猛按牆上的強制啟動鈕，最後仍只能放棄，邊咳邊衝出儲藏室。

「不行，根本沒反應！中控室可能被切成測試模式了！」

一聽此言，拿著無線電的那人立刻用共同頻道大吼：

「誰在中央控制室附近？馬上把灑水器的測試模式關掉！失火的儲藏室都沒有灑水！」

「我去一趟好了！」

一個對腳程有自信的隊員隨即奔往中央控制室。

就在這時，眾人都注意到一個穿著鮮豔印花洋裝的人影，挪著小步正企圖離開。

「是妳？」

有個隊員衝過去揪住須賀原的衣領。

「妳竟敢做出日野那樣的事！妳身為館長……！」

關掉滅火裝置，然後縱火，和「日野的惡夢」手法如出一轍。這是每一個立志從事圖書館工作的人都不可能容許的暴行。

「我、我只是想保護這座圖書館——」

找不到藉口的須賀原不慎脫口而出，隊員們的眼神當場轉為侮蔑。

「妳完了。」

縱火和殺人未遂，事態已然不可收拾。在這之後，沒有人再正眼瞧她了。

灑水器在數分鐘後起動，火勢所幸並未蔓延到儲藏室以外的地方，只是導覽手冊已燒毀大半，剩下的顯然不敷縣展期間使用。

須賀原認定這些小冊子是危險資料，不願意保管在館內，這場火災僅是實現了她的希望。對圖書館而言，專為手冊空出了一個房間，因此沒有讓別的藏書受到波及，也許可以算是不幸中的大幸。

和玄田同樣被送往紅十字醫院的橫田，在救護車上曾經含糊的囈語。

妳不配做縣立圖書館長。

這句話在第二天登上了地方報紙的頭版，成為媒體彈劾須賀原與縣府人事行政的大標題。

＊

漫長的縣展開幕日結束，女子防衛員拖著疲憊的身軀回到宿舍。

玄關處，以業務部為首的一幫女隊員們已經等在那兒。

「那個……我們有話想說。」

「什麼事？我們很累了，有話就快說吧。」

郁邊說邊脫戰鬥靴，其他人也跟著開始解開鞋帶。

「反正以後，餐廳跟其它地方也讓妳們可以自由使用好了。」

她們的口氣跟措詞，讓郁已經累爆了的大腦完全失去自制力。

「什麼態度？」

郁坐在那兒，惡狠狠的瞟向那幫女生，嚇得她們縮頭縮腦。

「什麼叫做『反正也讓我們用』？妳們拿這個算做賠罪嗎？把對象搞清楚！妳們給須賀原館長做幫兇的這幾年，欺壓的都是誰？倒霉的都是誰？要是想不起來，我就幫妳們想起來！」

看見郁猛地站起，那群人更害怕了，紛紛往後退。郁愈來愈不想放過她們。

「餐廳也好、澡堂跟新的洗衣機也好，本來全都應該是公平使用的！是妳們訂出那種變態的爛規矩，現在還敢用這種兩不相欠的態度來講話，自以為好心還我們公道嗎？這算哪門子道歉！」

「笠原小姐。」

野野宮出面阻止了她。

「這是我們的事情，讓我們來講吧。」

「……哦，對哦。抱歉。」

於是野野宮轉過身，和業務部的女生們面對面。

「我懷疑，是不是須賀原館長失勢了，妳們才來表態？希望不是。只不過，妳們最好記著自己做過什麼事情，也記著我們心裡都存著這樣的懷疑。從今以後，防衛部和後方支援部就平等使用宿舍裡的設備了，一般是先到先贏，我們倒也不想受到特別禮遇。當初拿職務之分來搞歧視的是妳們，要我們反過來欺負妳們，我們也不齒。只不過……」

野野宮陰冷的笑了笑。

「接下來的這陣子，恐怕彼此見了面都尷尬，說不定還會有些摩擦，讓尷尬期拖得更久。」

當初那個畏畏縮縮、動輒向人道歉的野野宮，此刻像變了個人似的。

「我們現在也不想聽妳們道歉。玄田三監、橫田二監和我們的許多伙伴都受傷住院了，我們沒那個心情接受妳們的賠罪。讓我們普普通通的相處吧，我們只有這一點要求。」

或許是歷經性命交關的場面，讓她有這樣的度量。

「彼此的心結，我想總有一天會化解的。可我們也沒有那麼單純，只聽妳們說一聲『抱歉』就可以盡釋前嫌。刻意討好只會讓我們反感，還是請妳們用平常心面對我們吧。」

我可以放手了。

郁暗自微笑，將自己的戰鬥靴放進鞋櫃，不用再拿回寢室。

*

玄田與橫田的手術雖然成功，兩人卻始終沒有從昏迷狀態中醒來。

只不過，隊裡也沒有一個人提起這事。人人心裡都忐忑，卻怕開口問了反而讓人往壞處想，無端觸他們霉頭。至少在圖書特殊部隊裡是這樣。

開幕首日從東京火速趕來進行追蹤報導的折口，身兼病房看護。郁再遲鈍也終於明白，這兩人之間的確有一分特別的牽繫。

須賀原正在接受警方的偵訊。

開幕日的騷動引發媒體報導，媒體報導又引來更多的好奇。展期第二天起，這兒出現近十年都不曾有過的爆滿人潮。

郁依照輪值班表站警備哨，只覺得人潮多得像是主題樂園開幕一般，從早到晚都是萬頭鑽動。笠原家的哥哥和爸爸也來看展覽。要不是他們找到郁、出聲喚她，她根本注意不到他們。

第三天晚上，橫田清醒了。舍監難得以開朗的口氣向全舍廣播，正在用餐的野野宮等人立刻高興得歡呼起來——忽而收聲，像是顧忌郁的心情。

玄田的意識還沒有恢復。

「唉唷，別放在心上啦！」

郁連忙搖手。

「這是好事啊——是好事嘛，我也一樣高興啊！橫田二監都平安無事了，他一定會把玄田隊長也帶回來的。」

「真是老天保祐——」有人像孩子般嗚咽著大哭起來，其他人也被這股氣氛感染，跟著哭成了一團。

郁也陪她們一起哭，落的卻是她自己的眼淚。

老天爺，求你一定要讓玄田隊長回來，早點讓他醒過來。那個豪邁的隊長愛犯規又愛出賤招，卻是我們的精神支柱，只要有他在，什麼難關都過得了。

真的，請讓橫田二監把玄田隊長一起帶回來吧。

郁想獨處一會兒，於是錯開了洗澡的時間。

她在寢室裡盯著手機，思忖著沒有急事能不能打過去，最後還是撥了堂上的號碼。

「怎麼了？」

他的聲音還是一樣緊張兮兮。郁忍不住笑了。

「我只有出事時才可以打，其它時候就不行嗎？」

「要看情況。」

堂上冷冷的說道，聲調卻放緩了。

「橫田二監好像清醒了。」

「是啊，可喜可賀。」

「玄田隊長也……」她哽咽了，但仍然努力讓自己的聲音輕快點。「也很快了吧。」

「──是啊。一定的。」

這停頓的剎那，她知道是堂上在強作堅定。不行，不該查覺到這一點的。

「說得也是。」

郁終於忍不住哭出了聲音。

大伙兒的絕口不提，才是最讓她感到心神不寧的。她好想找個人講一講，打打氣，只是大家都跟她一樣不安，也都沒有人把擔心講出口。

男隊員們尤其如此。為了不讓玄田隊長歸隊後失面子，他們都用賣力工作來排遣心中的不安，沒人有空跟郁聊天。

「我們這邊也是七嘴八舌的在講，說橫田二監都回來了，比他還壯的玄田隊長沒理由回不來啊。」

「好詐，都只有你們在講。」

橫田二監清醒固然讓人高興，我的掛念卻只能自己排遣，還要反過來安慰那些顧忌我的女孩子。

「就只有我不能跟大家一起開心的鬧一鬧。」

「也對……對不起啦。」

堂上的聲音聽起來有點惱怒。郁已經知道，這表示他正不知所措。

「放心吧，玄田隊長一定會醒過來的。妳也知道他一向不按牌理出牌，這次玩得過頭了一點，恢復期也就長了一點。」

「……啪。」

隔了一會兒，堂上莫名的發出這個怪聲音。

啪什麼？

「巴妳的頭。別哭了。」

她噗嗤大笑，幾乎岔氣。

「好蠢……蠢斃了，平常兇得要死的人，怎麼會搞這種把戲……不過。」

忍住笑聲，她大著膽子撒嬌。

「報告，笠原比較想要摸摸頭。」

「今日服務時間已經結束。好了。」

不知道是不是被她笑得惱羞，堂上沒好氣的丟下這句，隨即掛掉了電話。

*

「……點小事……吵什麼吵……一群蠢蛋……」

才剛擠出聲音，一陣劇烈的咳嗽就占據了喉嚨。

「玄田！」

咳聲中，他聽見那個熟悉的女聲。

「這．裡．是？」

「醫院哪。你中了二十幾處槍傷，動了十三個鐘頭的大手術……」

折口苦笑道。

「醒過來的第一聲就先罵部下？真像你呀。」

「晝．呢？」

「好端端的。縣展都第五天了，你的部下們也很爭氣，你就給我安分當個病人吧。」

想要動一動，手卻重得抬都抬不起來。看這情況，漫長的療養和復健期是跑不掉了。他現在光想就感到枯躁。

碰不到想碰的東西，他只好把手移到折口的膝上。

「麻煩妳了。」

嘴巴總算能照他的意思動。

輕輕抬起那隻纏滿了繃帶的手，折口用自己的手將它包覆起來。

「你這蠻幹的臭脾氣也不是一、兩天了，哪一次不是這樣。」

那是他十多年來沒再見過的眼淚。

十幾年了。自從他們分手，玄田沒再看過她落淚。

「饒了我吧，我最怕看妳哭。」

「你就當做是懲罰。活該。」

她的淚珠滑過臉頰，撲簌簌直落。

「這麼點小傷要不了命的，傻瓜。」

「他們的子彈算什麼，而且距離那麼近還殺不了我一個，也不過爾爾。」

「普通人早死了，笨蛋。」

「說來說去。」

折口抬起頭來，清麗的臉龐像帶雨梨花。

「是誰說我六十大壽還得一個人過，就要把我娶回家的？你只是隨便說說而已嗎？」

啊，原來她記得。那麼這承諾還有效了？玄田不由得微笑。

那不是謊話，也不只是隨口說說，只是他希望折口當它是個玩笑話，聽聽就罷了。

「那就六十歲來辦入籍好了。」

他還是希望她當自己是在說笑。

「前提也要是你還活著啊！」折口大罵。她兇起來的臉也是很可怕的。

這點小事吵什麼吵，一群蠢蛋。

接到折口說玄田恢復意識的通知，消息立刻在圖書特殊部隊迅速傳開。隊員們的第一個反應都是捧腹大笑。

「一般人會這樣的嗎？」

堂上班現在是休息時間。郁在休息室裡拍桌子大叫：

「就我一個人在女生宿舍擔心得要死！」

「對啊，醒來的第一件事就是教訓我們。」

小牧吃吃笑道。

「搞不好他昏睡時一直都在指揮作戰。」

堂上說中了七、八分。

「茨城那邊的人知道了好像都覺得恐怖。」

手塚壓低聲音加入閒聊，好像在咬耳朵似的。

「尤其是水戶總部的，人家看慣了溫文儒雅的橫田副司令。」

知道橫田恢復意識後，女生們當然是喜極而泣。但男性那邊據說也感動得亂七八糟，三三兩兩大男人抱頭痛哭的場景不乏多見，像在演八點檔連續劇。

「橫田二監接下來大概還要接受燒燙傷的整型手術，玄田隊長則要三個月才會完全康復，復健期至少半年呢。」

聽到小牧的話，郁皺起眉頭。

「……這麼嚴重的事，為什麼被我們這邊的人當成笑話在講？」

「隊長自己的個性吧。」

「天啊，你這人居然用這種理由帶過。」

見郁使白眼，堂上罕見的為自己辯解：

「不然還有什麼，妳說啊？想也知道，那位老兄不可能乖乖在病床上躺太久，到時候一定是一堆人來叫我抓他回醫院或去勸他不要亂來之類的，妳想他會聽嗎？妳懂不懂我的辛苦啊？」

「對啊，的確，除了堂上以外，沒人能應付。」

小牧一臉認同。

「你也應付一下吧！」

被堂上一吼，小牧笑著打哈哈。

「可是隊長就愛聽你罵他啊。」

這邊的醫院最好把他關禁閉，關到復健……不，至少到傷口癒合為止——聽著堂上嘀嘀咕咕的哀聲嘆氣，郁現在只覺得憋笑很辛苦。

＊

縣展期間，郁聽說母親壽子也偷偷來了一次。這是父親克宏透露的。

郁的個子高、站相好，穿成那副德性看起來倒也有模有樣，就是一點也沒有女人味。

據克宏說，壽子在廚房裡背對著他這麼講，口氣有點兒僵，也不肯轉過身來。郁當然完全沒注意到她的出現。壽子大概也不想讓女兒察覺吧。

鴻溝雖深，但做母親的已經有意讓步了，做女兒的也不能不體諒了，她想。

縣展閉幕之後，等參觀的人潮盡悉散場，戶外展示品都將收進近代美術館內，而圖書特殊部隊的支援工作也到此結束。他們第二天就要返回關東圖書基地了。

「不知道這裡以後會變成怎樣？」

堂上憂心地喃喃道。他正巧和郁一組，在幫忙搬畫框。

縣立圖書館長因縱火和殺人未遂遭到逮捕，住院中的副基地司令仍處重傷狀態，不知會由誰來接任館長和代理司令。

最令人擔心的是，在須賀原任內形成的歪風，會為今後的茨城縣圖書館界留下何等影響。

將畫作移交給美術館員後，郁扯了扯堂上的袖子。

「出來一下。」

「事情還沒做完耶。」

「已經做得差不多了啊。一下下就好。」

郁更用力的扯著，堂上只得不情不願的跟著走出去。

她帶堂上來到的地方，是之前和手塚一起來休息過的基地溫室。

溫室裡還沒亮燈，只有室外的夕陽餘暉照進來，不算太亮。

「堂上教官，這個、這個。」

郁還記得那些嫩芽的位置，便毫不猶豫的跑了過去。堂上追了過去，跟她一起蹲下去看。

小圓缽一個個排列著，裡面的植株已經開枝抽葉，一株株相互接綴著像細緻的蕾絲。花苞圓潤飽滿，該是換盆定植的時候了。

和手塚一起來時，缽裡只看得到細小而橢長的翠綠葉片，那就是它們的特徵。

今天就不同了。有些花苞已經提前開了三分。粉黃的微管狀花蕊隆起，外緣包一圈純白的短花瓣，每一朵都不過一個指尖大。

初綻的花兒楚楚可憐，彷彿弱不禁風。

「這就是洋菊。」

堂上沒搭腔，只盯著清純的小花看了一會兒。

「就是這個啊……是這個時期開的嗎？」

「春季跟秋季都可以種，只是這種花怕熱，秋天播種會長得比較好。」

郁靜默了一會兒，見堂上沒有進一步的反應，有點兒心急起來。堂上不熟悉草花，大概還沒想到這其中的含意，只好由她說出來了。

「會種這麼多盆，一定是有人知道洋菊的意義。你看，那邊的地面已經整理好，他們要把這些花苗移植過去了。」

就在苗缽旁，一小片已經翻好的土壤正在那兒等著。

「喏，種這個的人一定知道階級章用洋菊當圖案的理由。而且他每年都種。」

鬆軟的土地上插著小木牌，牌子上有手寫的「洋菊」字樣。木牌舊得發黃，隱約有裂痕，上頭的字像是反覆描過，顯然用了不只一次。也許那人只是懶得換新牌子。

「表示這裡的圖書館也有人知道『苦難中的力量』，所以他們一定——」

「好了。」

堂上抓著郁的頭搖了搖，力道有點兒粗魯，大概是叫她別再說了。

「妳想來給我打氣，再等一百年吧。」

再過一百年，我們還活著嗎——？想歸想，郁沒有還嘴。堂上這麼說，可見他承認自己受到郁的鼓勵了。

「再來就是茶葉了。回東京去找吧。」

說著，堂上起身走開。

沒想到他還記得這件事。郁忍不住臉紅。

＊

女生宿舍裡，除了難免的不自在以外，生活上已經開始有了平等的待遇。姑且為了明年即將到來的新隊員，也許大家都寧可讓這一切早日淡去。

那天早上，野野宮和其他女子防衛員都來玄關為郁送別。

待會兒正式出發時，縣知事將率領縣府高級官員和美術館代表一同送行，到時會有個小小的典禮，在宿舍裡的送別就是隊員彼此直接話別的最後機會了。得知還有餞別典禮時，副隊長緒形再三嚴拒。但最後還是拗不過，只好順應縣府美意，同時要求他們：「短一點！愈短愈好！」

「笠原小姐……」

野野宮快要哭了。

將近一個月的朝夕相處，畢竟捨不得。郁是要離開的人，心裡更覺寂寥。

不想弄得哭哭啼啼，郁於是背起行囊，俐落的站起身。

「保重啊。今後還有得辛苦，妳們多加油。」

業務部的人對玄關的這一幕大多視而不見。想到雙方都還有心結，郁不想讓她們看到這邊每個人都哭喪著臉。

「射擊技巧千萬不能退步哦！我是最低標準，記得！」

抖擻起精神高聲喊道，郁向這棟寄宿了不算長也不算短的女生宿舍揮別。

餞行典禮上，郁的父親也到場了，他站在面對的兩排送別行列中，和女兒只用眼神道別。坐上巴士以後的事，郁完全不記得。除了駕駛以外，全車都睡成了一團。返程在休息站停靠換駕駛的次數遠比去程時多，可見這疲勞的累積量。

抵達關東圖書基地，聽完簡短的傳達事項後，副隊長即宣布解散。今明兩天是特別休假。郁回到寢室，撐著把戰鬥服脫了往旁邊一扔，馬上鑽進被窩。

＊

睜開眼時已經天黑。是柴崎進屋時開的燈才讓郁醒來的。

「妳回來啦。」

好久不見的室友。儘管是日光燈下的逆光，這傢伙還是大美人一個。

「醒一醒──妳再睡下去就沒餐廳也沒浴室可用啦。起床起床。」

然後柴崎拖著她去吃飯洗澡，之後再回到寢室。

「辛苦了。」

柴崎端上泡好的紅茶。她難得用這麼正經的語調講話。

「出了好多大事，是吧。」

玄田重傷，進藤的慣用手臂遭射穿，還有不計其數的負傷者。

「聽說玄田隊長還要兩個月才能轉回基地這裡的醫院呢。」

「妳這女人還是一樣的包打聽……」

有關玄田的轉院計劃，只怕緒形副隊長都還沒接到消息。

「堂上教官還說要把他關在那邊的醫院，直到復健完畢呢。難哦。」

見她若無其事的講出堂上的名字，郁忽然想起當時——的那個念頭，視線模糊起來。

「柴崎～」

低著頭，郁任憑淚珠滾落，就是不敢看柴崎的臉。

萬一。

就算是萬一，就算只是想像。

「抱歉，柴崎。結果，我真的喜歡堂上教官。」

我不會再說這件事情和我無關了。比不過柴崎卻又不甘心讓她搶走的那份嫉妒已經生了根，在心裡揮之不去了。

「唷——終於承認啦。」

柴崎說著，一面撫摸著郁的頭。

「放心啦，我老——早以前就知道妳喜歡堂上教官了。」

經她這麼一說，郁才發現好像真是這麼回事。手塚慧的炸彈也不過只是個契機而已。

「不用緊張啦，就算我真的面對面問他要不要交往，他那種人也會當場說不要的。一般人碰上像我這樣的美女主動，至少也會保留答案吧?就算只是曖昧其詞，都表示我有絕對的勝算了。」

郁稍稍放下心來。佔了便宜，她突然想要賣乖。

「妳覺得堂上教官對我怎麼想呢？」

「才不要告訴妳。」

柴崎一招就把她擋掉了。

「妳要是來問我，那就不會再去猜了，妳會把我的意見當成答案。談戀愛就是要為了對方的一舉一動想東想西、心情要起起伏伏嘛，少女心總要有這點骨氣才像話。」

哇啊——被她這樣明講，好難為情。

「努力想追尋對方的腳步，也是一種戀愛的典型。加油，跑吧，妳那雙腿幫妳度過了這麼多難關，不是嗎？」

嗯。郁點頭應道，抱著雙膝。

不知道我有沒有成長？

聽到郁自言自語，柴崎老實不二的回答：

「能從生平第一場大規模戰毫髮無傷的回來，難道不算厲害？我可沒聽說妳出狀況啊。」

「堂上教官跟妳說什麼？」

問這個算不算犯規？卻聽得柴崎端出了嘉許的口氣：

「他說妳的膽識令人刮目相看，這不是最高級的讚美是什麼？」

管不住自己的臉紅，郁只好伏下臉去。

*

支援任務結束，特殊部隊撤離，茨城縣司令部水戶總部的麻煩事卻沒有就此被撇清。

主管會議正在關東圖書基地的司令部大樓裡進行。彥江副司令一貫偏執的神情如今更顯偏執。

「分擔責任？什麼蠢話！」

見稻嶺點頭，彥江破口大罵。

「關東圖書基地派了全體特殊部隊去保護縣展的首獎作品，還協助警備到縣展的最後一天！玄田三監為此受了重傷要療養半年，而茨城他們自己的館長卻是犯下放火暨殺人未遂的重大罪行！本隊有什麼義務要幫茨城分擔責任！」

儘管身屬與稻嶺對立的行政派，彥江對圖書隊的保護意識一樣的高。他說的話不無道理。

於是稻嶺以一貫溫和的口吻訂正了自己的措詞。

「對不起，是我不該用『分擔責任』這種說法引來誤解。正確來說，不是茨城縣司令部和東京都司令部的分擔，而是關東圖書隊整體的責任問題。說來話長。」

一連串聽到這裡，主管們都面露不滿，尤其是行政派人馬。

「當初，我們以為只要派半數特殊部隊去支援就夠了，結果卻要全體出動。根據第一批部隊的報告，水戶總部內有非常嚴重的偏見——尤其是附屬有縣立圖書館的水戶副基地。」

「聽說是那個縣立圖書館長本身偏頗，使得防衛員的地位一落千丈，不是嗎？」

彥江厭惡地插嘴道。

「那是水戶總部自己的問題。」

「然而，當地有一個市民團體和那位館長走得很近，幾乎到了勾結的程度。聽說那個團體叫做『不抵抗集會』……」

被任命為縣立圖書館長之後，須賀原一心認定自己被打入冷宮，對於館務更加神經質。尤其不願在自己的任內出現犧牲者，因而不斷和防衛部產生大大小小的對立。

「不抵抗集會」就在這時和焦慮已極的須賀原接觸。

須賀原讚賞他們的理念，於是開始在當地宣揚不抵抗主義，認為徹底的尊重生命才是水戶總部的特色。

「之後的水戶總部有多慘，正如各位所了解。」

遇到審查時，館方乖乖的交出書本，防衛部的權限就此被削弱，戰力隨之低落。

就這樣，「不抵抗集會」如法炮製，開始入侵茨城全縣的各分部。水戶總部是茨城縣的中央基地，那兒自然成為該集會活動的大本營。當一個市民團體高聲呼籲尊重生命時，合法的武裝組織反而無力抵抗。

「在追蹤這個集會的資金來源時，我們查到好幾個優質化法的聲援團體。當然，那些團體都改立了名目。」

會場頓時為之嘩然。

「這麼說……他們是——」

有人如此喊道。稻嶺聞言點頭。

「『不抵抗集會』顯然是另一種形態的優質化法聲援團體。他們拉攏須賀原館長，很可能想從地方來造成圖書隊內部的分裂。」

稻嶺面色沉痛，雙手握合。

「我們不能限制各司令部與市民團體的交流，這之間的界線也很難劃清。既有健全的團體，當然也有用意不良的有心人士在幕後操弄。除非到某種程度的交流，否則很難辨別那些團體的良莠。他們這次找上須賀原館長，是因為抓到她的人性弱點。須賀原館長本來就不以圖書館為志，只是急著想早點調回縣政府的職位。」

「那也是茨城縣自己的圖書館人事行政失敗。」

彥江啐道。身為行政派的他，此刻竟也批判起行政體制之弊。

「要全體關東圖書隊都去負責任，我有疑議！」

「可是，若我們為了此事而割捨茨城司令部，那將會開啟先例。」

稻嶺像是在勸服眾人。

「一個司令部被巧妙偽裝的敵對組織滲透，主管單位卻不分青紅皂白的認為那是咎由自取，於是要它一肩承擔後果。這個分化的先例，正中那些有心人士的下懷。」

說到這裡，稻嶺向眾人問此舉是否合乎圖書隊的理念，不過沒人回答。

開此先例後，圖書館勢必忌憚於與市民團體的交流，司令部之間的相互信賴也將長久瓦解。

「為了方便管理，地區圖書隊都有各自的上級主管基地，所以關東圖書基地理當為關東問題負責。茨城司令部固然有其應負的責任，關東圖書基地也不該置身事外；畢竟，這次的災難差點讓關東圖書隊陷入絕境，也是我們長期疏忽才造成的。」

場中各人都低頭不語。在凝重的氣氛中，稻嶺朗聲說道：

「從這一點看來，今年的茨城縣展選出像『自由』這樣的作品，等於是一種僥倖。要不是它引發媒體優質化委員會的極度反感，特殊部隊就不會去那裡支援，我們也根本不可能察覺水戶內部的偏見問題。也許再過幾年，等到事態更加惡化，狀況才會浮上檯面，到那時候就不單是我一個人的腦袋就能解決了。」

「……請等一下！」

彥江激動的拍桌子站了起來。

「茨城司令部的失誤是因為圖書館人事行政不當才造成的！就算要扛責任，也應該由行政派的我來扛！」

「基地司令戀棧，讓副司令揹黑鍋？隊裡跟輿論都不會認同的。」

稻嶺平靜的笑了笑。

「我已經六十六了，按常理，可以退休了。」

彥江站在那兒，一時不知該把視線往哪裡放，終於垂下頭去。

「論年齡或階級，或甚至是派系，下一任司令都應該是你。往後的人事行政必定會有所顧忌，一方面是受茨城事件影響，二方面也是有我這個原則派的司令坐鎮關東圖書基地使然。照這樣推論，我理應讓行政派接掌司令來觀察情勢發展，我也希望我的接班人能秉持這個原則。」

聽到這裡，彥江抬起頭直視稻嶺並且說道：

「……那麼，我希望你以特別顧問的形式留在隊裡。你選這個時候抽身，我不可能約束得了全隊。況且，你好像還自己搞了一個情報網什麼的。」

彥江的口氣隱約有一絲諷刺，大概是針對實驗中的情報部。這個單位尚未成形，後續的培養還須要好一段時間。

「如果你同意我只掛名，那我就接受吧。不過，我也有一個要求。」

見彥江面露訝異，稻嶺微微一笑。

「讓我在最後濫用一下人事權。」

＊

在紅十字醫院靜養的玄田，當時還不到能下床的程度，手也不能動。

折口正準備把茨城圖書館界的陰暗內幕寫成報導，於是暫住在醫院附近的旅館。在郵差送來派令的這一天，是她替玄田拆信的。

「茲任命玄田龍助三等圖書監為一等圖書監，自正化三十三年十一月三十日起生效……任命者，關東圖書基地司令，稻嶺和市。」

折口逐字讀完，見玄田靜默良久。她有點一頭霧水，只知道這個三監又沒殉職卻被連升兩階，真是破格晉升。

再看看玄田，他似乎完全明白這份任命書的意義。

好一會兒之後，玄田要折口拿他的伸縮指示棒過來。玄田現在的行動非常不便，當他想要拿什麼或做什麼時，他就用這個指給折口看。

折口為玄田拉長指示棒，再交到他手裡。接著看他凝視著半空，將指示棒拿到舉手禮的位置，這是手臂有傷或截肢的軍警人員所使用的敬禮方式。

「玄田龍助一等圖書監，奉派就任！」

──啊，稻嶺司令已經……

在玄田的複誦聲中，折口才意會過來。

等他回到關東圖書基地時，稻嶺將不復在。

＊

「那是什麼意思？」

緒形副隊長在朝會上的報告，讓郁幾乎是反射性的爆出這麼一句。

「就是我剛才說明的，詳細情形由各班會議解釋。」

轉過頭，緒形要堂上安撫班員。於是堂上按著郁的肩膀，硬是要她坐下。

「冷靜點。」

「可是！」

這叫人怎麼冷靜得下來？手塚的臉上都失去了血色。堂上和小牧可以鎮定，只是因為提前聽聞此事吧。

真不公平，竟然可以先知道。

「稻嶺司令怎麼會引疚辭職！行政派搞的鬼嗎？」

「說話小心點！」

堂上怒道，旋而壓低了聲音：

「彥江副司令認為茨城的事是圖書館人事行政失敗造成的，本來是他主動請辭，結果是稻嶺司令自己堅持。這樣妳還怪罪行政派嗎？」

「……對不起。」

彥江會有那般風骨，她想像不到。

郁退下之後，換手塚發難：

「該不會是我哥？」

「你也太低估自己的哥哥了。」

接腔的是小牧。

「我不認為這是你哥會耍的手段。況且杜絕審查也是他倡導的思想，他既有領導這個思想的企圖心，最多是知道消息卻不事前提醒罷了。畢竟，若能把圖書隊的勢力削弱到某個程度，對『未來企畫』

而言應該會方便些。」

難得談論別人的親人卻不留情面，不知是不是小牧自己也心緒不定的關係。然而，手塚聽了也不表示否定，是對自家人的另一種不留情面。

午休時間時，手塚前往武藏野第一圖書館。

柴崎正在閱覽室裡忙。一找到她，手塚便快步走近。

「出來一下。」

「要是我說不行呢？」

「出來啦！」

他抓了柴崎的手腕就往外走。她的手臂好細，令他緊張了一下。

「妳當時就知道了吧？」

這個「當時」，指的就是他抵達水戶之後和柴崎的那通電話。

「包括司令會為了水戶總部的事情揹黑鍋，還有我哥故意隱瞞『不抵抗集會』的幕後勢力。」

……不過，你可別太信任他。現在的他不單是你哥，更是「未來企畫」的主謀。

柴崎很少那樣多話。手塚愈問愈覺得肯定。

「冷靜點。你哥也只是瞞著不說而已，我們雖不知道他為什麼要隱瞞，但這個部分和司令請辭的事沒有直接關係呀。」

「可是……」

仔細想想，除了她多說的那幾句話，她當時在電話裡的聲音並沒有異常。在腦中反覆想了幾回，手塚煩躁起來。

「那妳為什麼沒告訴我！」

「講了又能怎麼樣，那時已經無濟於事了！」

柴崎怒道，然後低下頭去，壓低了聲音又說：

「事情已經鬧開，稻嶺司令非得扛起行政責任不可了。在那個時間點，這個消息只會動搖你們的士氣，講了又有什麼意義？就算你們不受影響，水戶總部早就被『不抵抗集會』侵蝕得不堪一擊，戰力都不夠了，難道還要加重你們的心理負擔？」

說著，柴崎的呼吸急促了起來：

「我能怎麼辦？只能祈求你們平安回來了呀！」

她奮力甩開手塚，令他反射性的鬆手。要是繼續抓著，他怕自己會折斷那樣纖細的手腕。

柴崎掉頭就走。一步一步，像是在忍著不跑，腳步聲漸遠。

看著她剛才站的地方，膠面地板上散落著幾滴水珠。

沒想到自己竟把那個絕不在人前落淚的女人給弄哭，手塚慌了起來。杵在原地想了很久很久，他才決定不追上去，也不打電話給哥哥。

站在手塚慧的看法，稻嶺在圖書隊裡的人望和影響力無疑是個阻礙。當這位老司令失勢的因素出現時，他有什麼必要及時透露給弟弟知道呢？做弟弟的他吃過好多次虧，早該清楚哥哥不是那麼好心的人。

知道手塚仍然會為此神傷，柴崎的多言，無非只是想給他一針預防。

手塚蹲下去，用力握拳擦去地板上的水滴。在這裡落淚，絕不是柴崎期望的。

「我是爛人……」

暴躁是因為自己的無能為力，他卻把氣出在一個同樣無能為力的纖纖女子身上。

那麼，自己更不能打電話給手塚慧了。既然是為了出氣。

讓那個完全自我本位、一點點有利的情報都不肯放過的人接到這個電話，只是便宜了他。

＊

「誒，我問妳。」

當晚，柴崎正茫然望著電視畫面時，郁這麼喚道，她卻渾然不覺。

「柴崎——！」

「咦？啊，幹嘛？」

柴崎罕見的失魂，讓郁皺了皺眉頭，交抱起雙手。

「看來你們是真的吵架了。」

「啊，什麼？跟誰呀。」

「手塚啊。」

見她這麼直接的點明，柴崎有些心虛。真要說起來，那的確可以算是吵架。

「他還跑來叫我轉達，說他要道歉。」

這種時候，自己該怎麼回呢？

「……彼此彼此？這樣回覆ＯＫ嗎？」

「也不是不行啦。」郁看來有些意外，拿起桌上的橘子剝皮。「但好像有點草率？」

「那要怎樣才得體呢？」

她努力讓自己問得從容，其實是認真的想知道。

「我也很抱歉，事情過了就算了——諸如此類的呢？」

「哦——好，那就麻煩妳這樣幫我傳話吧。」

「……你們兩個別拿我當傳聲筒啦。」

郁咕噥道，拿一瓣橘子扔進嘴裡。

「妳跟手塚熟到可以吵架了啊？」

聽她這麼講，柴崎的心裡又是一陣心虛。

「哎，身為情報頭子，我確實是不該得罪他的。」

「有什麼關係，都是朋友。」

原來我跟手塚算是朋友啊。在同事以及合作對象的交集之外，手塚的位置有了微妙的變動。

*

連同交接期在內，十二月十四日是稻嶺最後一天的上班日。

他的私人物品已經打包寄回自家，隨身物品只有慣用的那一只公事包而已。

取下案頭的洋菊小缽，和公事包一起疊放在膝上。少了一條腿，普通的園藝活兒也十分吃力，但他還是記得在每年的春秋兩季播下種子，然後在花期分植到小缽來，擺在辦公桌上。

……好啦，老伴。

對著素雅的小陶缽，稻嶺在心中說道。

我的一手作為，妳覺得如何？

他從沒想這麼問過，因為這原是個沒有意義的設問。

他只是想，倘若妻子還在世，對於丈夫的所作所為，對於審查之間徹底組織化的武力對抗，還有反抗審查而流的那些鮮血，她會怎麼評價？

妻子會如何回答，稻嶺終究無法得知，縱使是安慰或激勵，再也傳不進他的耳裡。他不可能向一個死去的人尋求救贖，就算那人是結髮妻也一樣。他不要將自己的意念當成是故人的遺言，來使自己正當化。

所以，以亡妻為由而彈劾他的那些人，也沒有理由說嘴。

然而，稻嶺催生了圖書隊。就算他離開司令之職，這個組織仍將存在，繼續與檢閱抗爭下去。在抗爭中所流的鮮血會永遠沾染著他，直到他化做一抔土，而那土裡也將帶著血。

流下那些血的，卻是年輕的隊員們，不是他這個行動不便的始作俑者。

我還是罪孽深重。

叩門聲輕輕響起，司令室的門開了。出現在門口的是柴崎，也算是他的直屬部下——另一個是曾把他喚做「大叔」的笠原士長。

柴崎問道：

「時間到了。您的事情都處理完了嗎？」

「是。」

「那麼，我們送您上車。」

於是笠原走近來，將輪椅拉出辦公桌外。

「謝謝妳，綁架事件那一次也是託妳照顧。」

「不會！」

推著輪椅往門口走，她的應答聲像在隱忍情緒。

「那時能跟您同行，是我的榮幸。只要能為稻嶺司令盡我一點力量。」

笠原說著，哭了起來。

「我還想在稻嶺司令麾下做事情。真的沒辦法了嗎？」

「笠原。」

柴崎勸誡著制止笠原再說下去，她便沒再開口，一路上卻始終在輪椅後啜泣。年輕女孩的率直令稻嶺不忍，也有點難為情。

走出司令部大樓時，稻嶺吃了一驚。

「這個……是你們特地安排的嗎？」

他向柴崎問道。柴崎微微一笑。

「不是。只是現在有空的人自己想來，所以也沒有整隊，大家隨便站。」

直到基地正門，隊員們在走道的左右整齊的排排站。在走道轉彎處的後面，應該也排了人吧。站在最前排的，是圖書特殊部隊的眾隊員。

然後，他聽見緒形副隊長中氣十足的喊：

「向關東圖書基地稻嶺司令敬禮——！」

防衛部、業務部和後方支援部混雜著站在一起，在這聲號令的同時，也一齊舉起手來。業務部和後方支援部不習慣行舉手禮，生疏的動作看起來格外稚拙可愛。

稻嶺舉手回禮後，笠原繼續往前推動輪椅。柴崎也跟著走在旁邊。每轉過一個彎，他便向眾人回禮，最後來到正門口，公務車已經等在那兒。自從稻嶺擔任基地司令以來，幾乎每天都是讓這輛車接送。

明天起就要接任基地司令的彥江，也正站在車門前。

彥江默默打開後座車門，稻嶺也以習慣的動作挪身到後座椅上。笠原折疊起輪椅，讓稻嶺接過去放在腳邊的空位。

向車中的稻嶺一敬禮，彥江無言的注視著他……良久才開口：

「我請您留下來擔任顧問，但是很抱歉，我不會繼承您的意志。我只打算用我自己的理念去管理圖書隊。」

耳聞笠原是個火爆性子，此刻見她果然面露不滿。多虧柴崎用手肘撞了她一下，才沒讓她當場發作。圖書隊就要改變了，像她這樣的個性，待起來恐怕會覺得壓抑吧。

這一層遠見，也是稻嶺跳級拔擢玄田的理由。

彥江又道：

「不過，就圖書隊的理念本身，原則派和行政派其實是一致的。有了水戶總部的前車之鑑，原則派與行政派大概會努力縮小理念差異，到時候恐怕還要借助您的智慧。所以，今後還是希望您繼續給我們指教。」

說完，彥江深深一鞠躬，便關上了後座車門。司機如往常那般道了聲「要開車囉」，也如往常那般細心發動了車子。

稻嶺撫著膝上的花缽。

我雖然罪孽深重，卻也得到很多人的認同。

「日野的惡夢」之後，已經過了二十多年。

就在這一天，胼手胝足與圖書隊一路走來的老司令，終於從最前線退下。

……To be continued.

參考文獻

同第一集《圖書館戰爭》、第二集《圖書館內亂》所列書目。

關於圖書隊

■關於圖書隊的職種

職　種	圖書館員	防衛員	後勤人員
部　署	圖書館業務部	防衛部	後勤支援部
主　要　業　務	．一般圖書館業務	．圖書館防衛業務	．藏書的配置 ．戰鬥配備的籌措整備 ．一般物流

※圖書隊總務部除了從圖書館員和防衛員當中起用之外，從行政方面也會派遣人員。
※只有圖書基地設置有總務部人事課，總括管區內的所有人事相關業務。
※因為後勤支援是外包給一般企業，因此正式隊員僅分配至管理職務。

■關於圖書隊員的階級

特等圖書監 	一等圖書監 	二等圖書監 	三等圖書監 
	一等圖書正 	二等圖書正 	三等圖書正 
圖書士長 	一等圖書士 	二等圖書士 	三等圖書士 

※另外，有臨時圖書士、臨時圖書正、臨時圖書監的階級，這些是對應於後勤支援部的外包人員所有的。臨時隊員的權限限定在後勤支援部裡。

後記

所以，故事還有一集，對不起。

附帶一提，我在這一集第三章所提到的故事，其實是從我身邊發生的事情得到靈感。

在我開始準備寫這個故事之前，手邊的確放了「播放禁止用語（講白了就是歧視用語）」之類的資料。

說來很巧，那陣子有朋友來訪，他們看到了那些資料。其中一個朋友的老家就是開剃頭店的，結果這個名詞竟然在輕度禁止用語之列。他有點不高興地直說：「真沒禮貌，居然把我家的職業規定成歧視用語。」於是喚起了我的共鳴。

然後那人帶著苦笑抱怨：「真不知是哪位天才擅自決定的。」我也就把這句話寫了進來。

此外，我終於把徽章上的洋菊交待清楚了。徒花スクモ老師設計了那麼精美的階級章，我總想著要寫一段文字來交待其中的故事。藉這心願達成的喜悅，我要向徒花スクモ老師致上誠摯的謝意。

最後一集即將動筆，我卻怎麼也想不出該在後記裡寫些什麼？不過我想，書中這膩死人的甜味兒應該還是為各位帶來了相同的閱讀樂趣吧？各位既然陪著這個故事一路走來，我相信總不至於討厭它才是。

偏愛把這種酸甜滋味，寫到讓人看了難為情的地步的，應該不只我一人吧？對吧？我在心裡暗暗向人陳訴，但還是照寫不誤。只是不知道我心裡的那位仁兄是誰？

最後再讓我吹個牛，我希望這個故事能有個痛快的結局。

謝謝每一位支持本書的讀者。

還有一集，懇請您繼續與我相伴。

有川 浩

國家圖書館出版品預行編目資料

圖書館危機 / 有川浩作 ; 章澤儀譯. -- 初版.
-- 臺北市 : 臺灣國際角川, 2009.06
面 ; 公分. -- (文學放映所 ; 54)
譯自 : 図書館危機
ISBN 978-986-237-131-2(平裝)

861.57 98007975

文學放映所054

圖書館危機

原書名＊図書館危機

作　　者＊有川 浩
插　　畫＊徒花スクモ
日版設計＊鎌部善彥
譯　　者＊章澤儀

2009年6月17日　初版第1刷發行
2017年1月6日　初版第6刷發行

發 行 人＊成田聖
總 編 輯＊呂慧君
主　　編＊李維莉
文字編輯＊溫佩蓉
資深設計指導＊黃珮君
美術設計＊宋芳茹
印　　務＊李明修（主任）、張加恩、黎宇凡、潘尚琪

發 行 所＊台灣角川股份有限公司
地　　址＊105 台北市光復北路11巷44號5樓
電　　話＊(02)2747-2433
傳　　真＊(02)2747-2558
網　　址＊http://www.kadokawa.com.tw
劃撥帳戶＊台灣角川股份有限公司
劃撥帳號＊19487412
製　　版＊尚騰印刷事業有限公司
I S B N ＊978-986-237-131-2

香港代理
香港角川有限公司
地　　址＊香港新界葵涌興芳路223號新都會廣場第2座17樓1701-02A室
電　　話＊(852)3653-2804

法律顧問＊寰瀛法律事務所

作者簡介

有川 浩

生長於日本高知縣，已在關西定居十餘年。一口仍帶有故鄉口音的「偽關西腔」，講起故鄉的事就會有點興奮，算是輕微的國家主義者（縣粹主義者）。以拿下第10屆電擊小說大賞〈大賞〉的《鹽之街》於2004年出道。代表作品有《空之中》、《海之底》、《圖書館戰爭》、《雨林之國》。現不定期在日本小說雜誌《野性時代》上發表自衛隊愛情喜劇故事，2007年1月集結成《クジラの彼》（角川書店出版）發售。

插畫家簡介

徒花スクモ

曾以「シイナスクモ」的筆名獲得第10屆電擊插畫大賞〈金賞〉。以逛水族館、閱讀、小輪徑的腳踏車為興趣的菜鳥插畫家。主食是松屋的辣味韓式蓋飯。是有川浩作品的忠實書迷。

譯者簡介

章澤儀

1994年畢業於政治大學資訊管理學系，曾任職於出版社、網路科技公司與廣告綜合代理商。自1993年起從事英日文筆譯。